Desdemona

Im Bann der Unterwelt

Bei seinem Anblick spürte ich immer eine Mischung aus Abscheu und Wehmut. Es gab zu viel Enttäuschung und zerbrochene Träume zwischen uns. Das konnte ich ihm nicht vergeben. Und er mir auch nicht.

Desdemonas Leben steht Kopf.

Ausgerechnet Haakon, ihrem ehemaligen Liebhaber, muss sie zur Seite eilen und ihn unterstützen.

Ihr Verhältnis ist denkbar schlecht, doch die Bedrohung wird immer größer. Wohl oder übel müssen sie zusammenarbeiten und sich den Problemen stellen.

Als Haakon seine Meinung plötzlich ändert, steht Desdemona vor dem nächsten Problem. Außerdem ist da noch Jan, ein Mensch, der sie in seinen Bann zieht. Dabei gehört ihr Herz doch nur einem.
Doch der hat ganz andere Pläne mit ihr, die die Welt verändern könnten…

Desdemona

Im Bann der Unterwelt

Kristin Wöllmer-Bergmann

Bibliografische Information der Deutschen Nationalbibliothek: Die Deutsche Nationalbibliothek verzeichnet diese Publikation in der Deutschen Nationalbibliografie; detaillierte bibliografische Daten sind im Internet über http://dnb.dnb.de abrufbar.

© 2021 Kristin Wöllmer-Bergmann

Covergestaltung: Kristin Wöllmer-Bergmann, Foto by Yuriy Zhuravov, Lizenz über Shutterstock

Herstellung und Verlag: BoD – Books on Demand, Norderstedt

ISBN: 9783752684445

Für Desdemonas größten Fan.

Und für alle Frauen, die stärker sind,
als sie selbst gedacht haben.

Prolog

Sein Blick wanderte über den Konferenztisch voller Papiere. Sein Laptop summte am oberen Ende des langen Möbelstücks. Der Bildschirm zeigte eine Weltkarte mit farbig markierten Städten.

Sein Plan war äußerst riskant. Waghalsig.

Vernünftig betrachtet verrückt.

Er hob ein Blatt Papier vom Tisch auf, dabei streifte sein Blick den Ring an seinem Finger. Der Grund, warum er all das tat. Warum er so viel riskierte.

Der letzte Teil des Plans war beinahe schiefgelaufen, das Risiko immens gestiegen. Fast hätte er einen seiner besten Männer verloren. Kurz hatte er gedacht, dass alles aus war.

Doch das Blut war nicht umsonst vergossen worden. Es brachte ihn näher an sein Ziel und der Plan war - in letzter Sekunde - aufgegangen.

Jetzt konnte er die nächsten Schritte gehen.

Es klopfte an der Tür und seine Mitarbeiterin kam herein. Er hatte sie schon erwartet. In ihrem Gesicht sah er ihren Widerwillen.

»Hast du alles vorbereitet?«

»Ja, Herr.«

»Gut, dann schick die Mitteilungen los.« Sie zögerte und er sah die Angst in ihren Augen. »Sag es.«

»Herr, damit werden wir sie nur noch mehr provozieren. Bitte, denken Sie an Berlin.« Der beinahe schiefgegangene Plan. Er neigte den Kopf. »Das tue ich.«

»Und ich soll es dennoch tun?«

»Ja.«

»Trotz der Provokation? Trotz der Risiken?«

»Das alles habe ich berücksichtigt.« Sie biss sich auf die Unterlippe. Er las die Frage, die sie nicht zu stellen wagte, von ihrem Gesicht ab: ›Warum?‹

Er hatte nicht vor, ihr seine Beweggründe darzulegen. Dass er sie ihre Bedenken äußern ließ, war Zugeständnis genug, doch sie sollte den Bogen nicht überspannen.

Er nickte in Richtung des Tisches, ein Befehl, den sie widerstandslos befolgte.

Sie stellte ihr Laptop auf den Konferenztisch und startete ein Programm. Mit mildem Interesse sah er ihr dabei über die Schulter. Ihre Begabung machte es unnötig für ihn, sich damit zu befassen. Sie selbst hatte ihn auf sich aufmerksam gemacht, als sie ihre Nase in seine Angelegenheiten steckte. Sie war Idealistin, eine schlechte Eigenschaft, wenn sie unter ihm arbeitete.

Jetzt war sie der Schlüssel zur Durchführung seines Plans. Des Plans, der ihr so wenig behagte.

Sie würde es dennoch tun. Und sie würde gut sein.

Ihre Finger flogen über die Tastatur, als sie sich in das fremde Netzwerk einloggte und die Informationen hinterlegte. Programmfenster öffneten und schlossen sich in rasender Geschwindigkeit, sie wechselte ohne mit der Wimper zu zucken zwischen verschiedenen Modi hin und her, suchte Lücken, hackte Firewalls.

Geschickt. Unauffällig. Nicht nachzuverfolgen.

Ein Fortschrittsbalken erschien, als sie die Dateien hochlud. Die enthaltenen Dateien waren falsch. Und sie würden ihre Wirkung erzielen.

Ihr Zeigefinger verharrte über der Enter-Taste.

»Herr«, sagte sie leise. Bittend.

»Tu es.«

Sie drückte die Taste. Der Vorgang war abgeschlossen.

»Es dauert nicht mehr lange, Rhea.«

Sie nickte. In ihrer Miene stritt Widerwille mit Stolz. Sie wusste, wie wichtig ihre Arbeit war.

Und wie riskant.

Streng geheim.

Sie durfte mit niemandem darüber sprechen, vor allem nicht mit ihrem Vater.

Tat sie es, gäbe es nichts, was sie rettete.

Das wusste sie.

Er registrierte eine vertraute Energie in Hörweite. Sein Herz machte einen Satz. Waren sie etwa belauscht worden? Wieviel hatte sie mitbekommen? Und was?

Das war ein unerwartetes Problem, um das er sich schnellstens kümmern musste. Er wollte keine Mitwisser bei dieser Angelegenheit. Nicht einmal sie.

Sein Blick glitt über den Konferenztisch und blieb an der Weltkarte auf dem Bildschirm seines Laptops hängen. Die Karte zoomte gerade an Nordeuropa heran, als eine neue Meldung eintraf.

Seine Lippen verzogen sich zu einem Lächeln.

Die Lösung war einfacher als gedacht. Und viel besser als sein ursprünglicher Plan, sie eröffnete Möglichkeiten, an die er bis eben nicht gedacht hatte.

Er wandte sich um und rief sie herein.

Mit einem Klick verdunkelte sich Rheas Bildschirm.

1

Ich stand der Herrin der Unterwelt gegenüber und suchte nach den passenden Worten. Sie betrachtete mich aufmerksam, dabei legte sie den Kopf schief. Zwischen ihren rotblonden Augenbrauen entstand eine sorgenvolle Falte, die ich bei ihr nicht sehen wollte.

»Was hast du denn?«, fragte sie angespannt. »Du siehst so beunruhigt aus.« Ich wich ihrem Blick aus.

Wie sollte ich es ihr sagen? Gedanken rasten durch meinen Kopf, doch ich war zu durcheinander, um sie ordnen zu können.

Sie kam zu mir herüber. Als sie ihre warme Hand auf meine legte, ruckte mein Blick hoch, doch meine Lippen waren wie versiegelt.

Mein Schwur band mich an sie, für alle Zeit. Und dennoch gab es jemanden, an den ich stärker gebunden war. Mit meinem Leben.

»Desi?«

»Nenn mich nicht so«, murmelte ich. Ich hasste es, wenn man mir Spitznamen gab. Das gestattete ich nicht einmal ihr. Sie ging darüber hinweg.

»Ist es wegen der Attacke auf Canberra?«

Wieder wich ich ihrem Blick aus. »Unter anderem.«

Sie sah bekümmert aus dem Fenster des Büros, in dem ich sie angetroffen hatte. »Es wird schlimmer.« Ihre Hände fuhren unstet über ihren Ärmel und strichen ihn immer wieder glatt. Das war neu. »Ja.« Dabei war der Angriff der Engel am vergangenen Montag glimpflich abgelaufen. Nur Verletzte, keine Toten. Glück gehabt.

»Ich werde einen Weg finden, um das zu beenden«, sagte sie und ballte die Hände zu Fäusten. Ich sah ihr ins Gesicht. Seit sie sich vor knapp drei Jahren entschieden hatte, Satans Frau zu werden, hatte sie sich unglaublich entwickelt. Wo sie auch auftauchte, nachdem die Tatsache verdaut worden war, dass sie sterblich war, waren alle begeistert von ihr. Ihre Menschlichkeit und ihre eigenwillige Sicht der Dinge zeichneten sie aus.

»Ich wüsste nicht, was du tun könntest«, entgegnete ich. Ohne es zu wollen, ballte ich meine Hände zu Fäusten. Der Tag rieb mich auf und meine Beobachtung beschäftigte mich. Es schien so, als hätte Satan auch kein Interesse an einer Beendigung der Angriffe auf unsere Stützpunkte, bei denen immer mehr Opfer zu beklagen waren.

Canberra war nur ein Scharmützel.

Was ich gehört hatte, machte mir Angst, seitdem konnte ich keinen klaren Gedanken mehr fassen. Was hatte er vor? Und welche Rolle spielte Rhea dabei?

Ich war ratlos.

»Gott hat mir sein Wort gegeben: Meinetwegen wird es nicht zum Krieg kommen.« Sie betonte jedes Wort.

»Ich weiß. Das beeindruckt nur Michael wenig.«

Die Worte des Gesprächs zwischen Satan und Rhea hallten in meinem Kopf wie eine Endlosschleife wider.

Helene wandte den Blick ab. »Ich werde nie verstehen, was Michael dazu treibt. Ich habe ihm nichts getan. Wie könnte ich auch? Wir haben doch ein friedliches Miteinander vereinbart.« Sie starrte auf ihre leeren Hände, als stünde dort die Antwort auf ihre Fragen.

Ich biss mir auf die Lippe. Helene schien das meiste, was vor ihrer Hochzeit geschehen war, verdrängt zu haben. Wie sehr Michael sich von ihrem ersten Treffen in Berlin bis zu der Gerichtsverhandlung einige Monate später verändert hatte. Die Anschläge auf ihr Leben. Die Drohungen und was er ihr gesagt hatte – vor allem in Bezug auf Satan.

Ich kannte den obersten Erzengel lange. Er war besonnen und beinahe gefühlskalt gewesen, ihn aus der Reserve zu locken war schwierig.

Seitdem Helene ihn von einer Wunde geheilt hatte, war er unberechenbar und gefährlich. Er hatte es auf sie abgesehen. Mit einer Vehemenz, die mir Angst machte.

Dieser Hass, der während der Verhandlung in seinen Augen loderte… Ich kannte nur Bruchstücke dessen, was bei den Treffen zuvor mit ihm geschehen war. Helene konnte sich offenbar nicht erinnern und Satan schwieg beharrlich.

Vor mir krümmte sie sich zusammen und schlang keuchend die Arme um ihren Oberkörper. Mit einem unterdrückten Schrei sank sie in die Knie, ich saß Schweiß auf ihrer Stirn.

Alarmiert ergriff ich ihre Hand, als sie rasselnd Luft holte. Diese Attacken kamen ohne Vorankündigung und immer häufiger. Ich wusste nicht, was es war.

Noch ein Rätsel, noch ein Risiko.

»Es ... geht schon ...«, keuchte sie. »Das war nur wieder dieses kalte Gefühl.« Sie rang sich ein schwaches Lächeln ab.

Ich nickte stumm. Diese Anfälle waren zum ersten Mal nach Michaels Heilung aufgetaucht, jene, die aus ihm meiner Meinung nach einen Psychopathen gemacht hatte.

Ich war mir sicher, dass es damit zu tun hatte. Doch bisher waren alle Nachforschungen ergebnislos geblieben. »Michael ...«, knurrte ich.

Sie schloss die Augen und ich half ihr zurück auf die Füße. Ihr Gesicht war kreidebleich. »Eines Tages werden wir ihn hoffentlich los.«

»Dann hättest du ihn nicht retten dürfen.«

»Das war keine bewusste Entscheidung. Keine Ahnung, wie ich es gemacht habe, ich wusste einfach, dass ich es kann.« Sie sah mich an. »Doch nicht zu helfen, obwohl man könnte, ist Mord.«

»Trotzdem hätte es vieles leichter gemacht.«

»Der Kampf war furchtbar. Ich dachte, ich sterbe. Damian war so wütend.«

Ich wusste nicht, was Michael zu Helene gesagt hatte. Was er ihr erzählt hatte. Er hatte sie zu sich gelockt, auf das Dach meiner Londoner Zentrale, während wir einen Angriff mit vielen Toten besprachen. Weil sie ein Mensch war, konnte er ihr nichts antun, also musste er sie aus einem anderen Grund zu sich geholt haben. Er musste etwas gesagt haben, das Satan so wütend machte, dass er angegriffen hatte.

Ich hatte einen Verdacht, doch sie konnte mir dazu nichts sagen. Ihre Erinnerung war lückenhaft, vielleicht vor Stress, aber ich fragte mich, wie man eine solche Begegnung in Teilen vergessen konnte.

Vergessen.

Meine Finger verkrampften sich und färbten sich schwarz bis zum Unterarm, als ich mit meinen Emotionen kämpfte.

Es gab noch viele andere Möglichkeiten, die viel schlimmer waren als eine posttraumatische Belastungsstörung. Ich dachte an das Gespräch zwischen Satan und Rhea und spürte meine Nägel zu Krallen werden.

Was wurde hier gespielt?

Helene sah es, ihre braunen Augen wurden groß. Auch nach drei Jahren hatte sie noch Angst vor meiner Manifestation, die mich als Mitglied der Hölle auswies. »Desi, ist alles in Ordnung?« Ich atmete tief durch. Sie durfte davon nichts erfahren.

Ich musste mich schützen. Er wusste, dass ich etwas gehört hatte, anders war mein Auftrag nicht zu erklären.

Er war wütend auf mich.

»Es ist nur der Stress, mach dir keine Sorgen. Ich bin hier, um mich zu verabschieden.«

»Warum? Du bist doch gestern erst angekommen, so war das nicht geplant«, fuhr sie auf.

Es kam alles anders als geplant.

»Satan hat einen Auftrag für mich. Ich werde nach Oslo fliegen. Haakon braucht Hilfe.« Mein Mund fühlte sich bei diesen Worten seltsam an.

Ihre Augen weiteten sich. »Haakon? Und ausgerechnet du sollst ihm helfen?«

»Ich bin professionell genug, um das zu tun«, erwiderte ich schmallippig.

»Bei jedem anderen würde ich das unterschreiben, aber nicht, wenn es um Haakon geht.«

Sie hatte recht. Leider. Und ich ärgerte mich darüber.

»Aber vielleicht vertragt ihr euch ja, wenn die Zusammenarbeit gut klappt.«

Sie war so naiv.

»Eher friert die Hölle zu«, erwiderte ich. Endlich waren meine Hände wieder normal.

»Denkst du nicht, dass ihr eure Feindschaft begraben solltet? Wie lange geht das schon?«

»Etwa zweihundert Jahre.«

»Eine lange Zeit, um sich zu hassen.«

»Manchen Hass kann man bis in alle Ewigkeit pflegen.« Und das hatte ich vor.

»Ach, Desi...«

»Desdemona.«

»Stell dich nicht so an.« Sie wiegte den Kopf. »Naja, man kann auch mit jemandem Sex haben, den man hasst.«

Ich starrte sie an. »Wie bitte?«

»Desi, ich versuche seit drei Jahren, dich unter die Haube zu bringen. Leider bist du vollkommen verkupplungsresistent. Vermisst du es nicht, einen Partner zu haben?«

»Eben hast du noch von Sex mit jemandem, den man hasst, gesprochen.«

»Willst du behaupten, du hättest keine Bedürfnisse?«

»Wenn, befriedige ich sie sicher nicht mit Haakon.«

Sie schüttelte den Kopf. »Ich will nur dein bestes.«

»Und ich habe Massen an Arbeit. Meine Reise nach Oslo ist rein beruflich.«

Außerdem hatte ich das Gefühl, dass Satan mich loswerden wollte. Deswegen fühlte ich mich schlecht.

Hatte ich ihn verärgert?

Es hatte noch nie etwas zwischen uns gestanden, außer meinen Gefühlen. Daran war nur ich allein schuld und er konnte sie mir nicht vorwerfen.

Er *durfte* sie mir nicht vorwerfen.

Ich hatte ihn gestört. Sein Pokerface war meisterhaft, doch mein Herzenswunsch machte mich für jede noch so kleine Regung empfänglich. Ich hatte den Ärger in seinem Mundwinkel gesehen.

Falls die Reise nach Oslo eine Strafe war, musste ich sie akzeptieren und alles dafür tun, dass er mir verzieh.

»Eines Tages findest du sicher einen Mann, mit dem du den Rest deines Lebens verbringen willst«, sagte Helene. Sie war von diesem Trip nicht herunterzubringen. »Wer weiß, vielleicht heiratest du ja sogar.«

»Ich werde nie wieder heiraten«, rutschte mir heraus. Sie sah mich erschrocken an. »Du ...«

»Ja. Als Mensch. Und das wird sich nicht wiederholen.« Ihre Augen waren weit aufgerissen. Sie ahnte, dass das keine schöne Erinnerung war.

»Möchtest du darüber reden?«

»Nein.«

Sie hatte Fragen, die ich ihr nicht beantworten wollte. Ich schloss die Augen, um die Erinnerungen zu verdrängen. Meist gelang mir das gut, doch manchmal war ich chancenlos gegen sie.

༄

London, 1603

Ich stand im Wohnraum unseres Hauses in Whitechapel, dem widerlichsten Stadtteil Londons, mein Mann Charles vor mir. Sein Atem roch nach dem billigen Ale, das er in der Spelunke nebenan gesoffen hatte. Hoffentlich kippte er bald um, damit ich endlich raus konnte.

Mit blutunterlaufenen Augen stierte er mich an, die Hand um seinen allgegenwärtigen Weinbecher geballt.

»Mona«, knurrte er. Heute wollte er es mir besonders schwermachen. Mit einem Knall, der mich zusammenzucken ließ, stellte er den Becher auf den Tisch und kam auf mich zu. Mit einer Hand packte er meine Brust, mit der anderen zerrte er an seinem Hosenband.

Ich keuchte vor Schmerz auf, sein Griff hatte nichts Zärtliches. Morgen würden blaue Flecken mein Dekolleté verunstalten.

Schnell öffnete er die Hose und stand mit nacktem Unterleib vor mir. Mit einem Knurren packte er mich an der Hüfte und warf mich auf den Tisch. Ich quiekte, als ich auf dem Becher landete und diesen umwarf.

»Dummes Stück!«, keifte er und schlug mich ins Gesicht. Ich wehrte mich nicht. Jedes Wort würde mit harten Schlägen bestraft werden. Diese Erfahrung musste ich in unserer siebenjährigen Ehe allzu oft machen.

Doch innerlich schrie ich und trat wild um mich. Äußerlich musste ich zulassen, dass dieser menschliche Abschaum meinen Rock hochschob und mich bestieg wie ein Köter eine Hündin in einem Hinterhof.

Ich biss mir auf die Lippe, um vor Schmerz und Ekel nicht zu schreien. Mit aller Kraft blendete ich ihn aus, versuchte, mich an einen anderen Ort zu denken, wo sein stinkender Atem nicht über mein Gesicht strich.

Ich dankte Gott, als er endlich keuchend über mir zusammenbrach. Glücklicherweise dauerten seine Übergriffe nie lange. Mit angehaltenem Atem wartete ich, bis er sich aufrichtete und mir einen groben Schubs gab.

»Bring Wein«, grunzte er. In der Küche wusch ich die Sauerei notdürftig mit Wasser ab und unterdrückte wütende Tränen.

Wie oft hatte ich überlegt, den Hurensohn umzubringen. Mit Gift oder einem Strick. Ich könnte behaupten, er sei von einer Sauftour nicht zurückgekommen, die betroffene Witwe spielen und verschwinden.

Der Gedanke tröstete mich, als ich den Weinbecher vor ihm auf den Tisch stellte. Er war eingeschlafen, mit heruntergelassener Hose. Angeekelt betrachtete ich das schlaffe Stück Fleisch, das er wie eine Waffe gegen mich einsetzte. Wie gern würde ich es mit einem Messer abschneiden. Es müsste nicht einmal scharf sein, damit es länger dauerte und ihn mehr quälte. Seine Schreie wären meilenweit zu hören. Stattdessen nahm ich mein Schultertuch und schlich aus dem Haus.

Ich eilte durch die Straßen Londons. Es stank aus allen Gassen nach Dreck und Tod, doch ich fühlte mich frei und unbeschwert. Ich war auf dem Weg nach Hause. Dorthin, wo mein Herz wohnte und ich längst wäre, wenn Charles nicht existierte. Was mich am Leben hielt, war die Hoffnung, dass ich eines Tages die Möglichkeit fand, nur noch hier zu sein.

Endlich erreichte ich die Themse und die London Bridge. Unweit der Brücke stand das Globe Theatre, der Ort meiner Liebe. Theater und William.

William war der Hausdichter, ein brillanter Mann mit fantastischen Ideen. Er war fast vierzig, doch das störte mich nicht. Sein Intellekt machte ihn interessant für mich, die ich völlig ungebildet war und nicht lesen konnte. Die beschriebenen Blätter erschienen mir wie die Anleitung zu einem besseren Leben und es betrübte mich, dass ich sie nicht verstand.

William kümmerte es nicht, dass ich die Ehefrau eines versoffenen Handwerkers war, schmutzig und dumm. Er war stets geduldig mit mir, gab mir das Gefühl, klug und begehrenswert zu sein. Wenn ich bei ihm war, tauchte ich in seine Erzählungen ein und vergaß mein erbärmliches Leben.

Ich durfte die weiblichen Hauptrollen in seinen Stücken spielen. William nannte mich John Ward und machte mich zum Mitglied seiner Truppe. Jedem, der fragte, erzählte William, dass ich niemals in den Stimmbruch gekommen sei. Als John Ward genoss ich, so oft es Charles' Sauferei zuließ, die freie Luft der Theaterbühne und das zu tun, wozu ich geboren wurde.

Heute kam ich unverkleidet, keine Probe stand an und die Leute interessierten sich nicht für mich. Wahrscheinlich dachten sie, ich sei eine Prostituierte, die William sich kommen ließ. Das war mir egal.

Er begrüßte mich mit einem scheuen Kuss auf die Wange. Er war kein Freund öffentlicher Zuneigung und ich war dankbar dafür. Vor allem heute, wo mein ganzer Leib von Charles' Misshandlungen schmerzte.

Er merkte es sofort. »Desdemona, was ist geschehen?«, fragte er und strich sanft über meine Wange.

Er fand Mona zu banal. Für ihn war ich eine Göttin gefangen im Leib einer sterblichen Frau, den Leiden der irdischen Welt ausgesetzt. Er erzählte mir, er habe mich geträumt mit flammendrotem Haar und Augen grün wie Smaragde, eine sinnliche Botschafterin der Leidenschaft.

Dass ich in Wahrheit durchschnittlich war, störte seine Künstlerseele nicht. Mein struppiges braunes Haar und meine dunklen Augen waren keinesfalls göttlich.

Außerdem war ich fast so groß wie Charles, weswegen er mich oft verprügelte. Auch das unterstützte mich bei meiner Verkleidung, wenn ich meine Brust mit einem Verband flachdrückte und wie mich wie ein Mann verhielt, der vorgab, eine Frau zu sein.

Doch für William wollte ich diese göttliche Frau sein.

Heute fiel es mir schwer, die Fassade aufrecht zu erhalten. »Mein Mann.« Er verstand. Tröstend nahm er meine Hand und drückte sie.

Bevor ich in Selbstmitleid versank, überwand er seine Anteilnahme und sah mich fröhlich an. »Ich habe eine Idee für ein Stück, Desdemona. Und ich werde die weibliche Hauptrolle nach dir benennen.«

»Ich hoffe, du machst mich nicht lächerlich, indem du mich für eine Komödie benutzt«, sagte ich. Ich liebte seine Lustspiele, doch mich in einem wiederzufinden wäre unerträglich.

»Oh nein. Es wird eine Tragödie. Der Schmerz, den ich empfinde, ist unbegreiflich. So wie der deine«, sagte er feierlich. »Die Welt wird mit dir weinen, wenn sie von deinem Schicksal erfährt. Niemals hat es ein größeres Drama gegeben als das der unglücklichen Desdemona und des eifersüchtigen Othello. Komm mein Kind, ich werde dir zeigen, was mir im Kopf herumgeht.«

Er griff nach meiner Hand und führte mich in seine Schreibstube. Im Gegensatz zu Charles liebte William mich mit einer ehrfürchtigen Bewunderung, die ich nicht verdiente. Bei ihm vergaß ich den Schmerz, den mir mein Mann jeden Tag zufügte.

Danach erläuterte er mir seine neueste Vision. Ich war angetan von seiner Brillanz und der Rolle, die er mir zudachte. Er schrieb sie mir auf den Leib. Es war elendig viel Text, den er mir beibringen musste, doch für ihn lernte ich jedes Wort von Herzen gern.

Ich fühlte mich besser, als ich nach Hause ging, doch immer lauerte die Angst, Charles könne aufwachen und mein Fehlen bemerken.

Bisher hatte ich Glück.

Auch heute Abend war alles dunkel und ich schlich mich lautlos hinein. Vielleicht waren meine Schulden für heute bereits bezahlt oder Charles hatte sich zu Tode gesoffen., auch wenn ich das nicht zu hoffen wagte.

Im Finsteren tappte ich bis zu unserer Schlafstatt. Gerade atmete ich auf, als ich brutal an den Haaren gerissen und zu Boden geschleudert wurde.

Mit einem hässlichen Geräusch löste sich eine dicke Strähne von der Kopfhaut und mir lief Blut in die Augen. Ein scharfer Schmerz schoss durch meinen Arm, als der Knochen brach.

Diesen hatte ich kaum bemerkt, als Charles auf mich einschlug und nach mir trat. Meine Rippen brachen unter seinen Tritten. Ein Schrei entkam meiner Kehle. Ich klang nicht mehr menschlich, sondern wie ein gepeinigtes Tier.

Ich lag wehrlos auf dem Boden und konnte mich nicht mehr rühren. So schlimm war es noch nie gewesen.

»Warst du bei deinem Geliebten, du Hure?«, schrie Charles, doch ich hörte ihn kaum. Vor Schmerzen rasten

Blitze durch meinen Schädel und betäubten alles andere.

»Dachtest du, ich merke nicht, dass du dich aus dem Haus schleichst?«

Noch ein Tritt, wieder packte er meine Haare, zog mich hoch und versetzte mir einen Faustschlag ins Gesicht. Der Knochen unter meinem Auge gab nach und der grelle Schmerz nahm mir den Atem und das Bewusstsein.

Dankbar glitt ich in die Dunkelheit.

Als ich zu mir kam, brannte mein Körper wie Feuer. Meine Rippen, mein Gesicht, mein Arm ... ich konnte kaum atmen, jedes Luftholen bereitete mir ungeheuerliche Schmerzen. Unter mir fühlte ich die Dielen, ich lag auf dem Boden.

Ich starb. Heute Nacht.

Wie könnte ich gesund werden? Viele Frauen bekamen den einen oder anderen Schlag von ihren Männern ab, doch Charles ging weiter als andere.

Es war vorbei.

Keine Schauspielerei mehr, kein William.

Meine Knochen würden krumm und schief zusammenwachsen, weil Charles sich eher kastrieren ließe, als einen teuren Arzt für mich zu rufen. Er ließe mich kaltblütig krepieren, wenn er die Möglichkeit dazu bekam.

Es war besser so.

Ich wäre von diesem elenden Leben erlöst und müsste ihn nicht mehr ertragen. Er käme ungestraft davon, weil sich niemand für einen Mann interessierte, der seine untreue Ehefrau zu Tode prügelte.

Vor Wut vergaß ich fast meinen Schmerz. Es war so ungerecht, dass ich zu diesem elenden Leben verdammt war, nur, weil ich arm geboren wurde.

Hatte ich so viel erlitten, um am Ende von einem Säufer totgeprügelt zu werden?

Er lebte und ich verreckte hier in meinem eigenen Blut und keiner weinte mir eine Träne nach.

Ich verdiente viel mehr als dieses Schicksal.

Mehr als alles andere wünschte mir, ich könnte es ihm heimzahlen. Hass brannte in mir wie Höllenfeuer und ich schaffte es, mich auf den Rücken zu rollen.

Vor Schmerz verlor ich fast die Besinnung, doch mein Kopf blieb klar. Wenn es eine Möglichkeit gab, mich an ihm zu rächen, würde ich sie ergreifen. Selbst wenn ich dafür meine Seele hergeben müsste.

Mein Herz machte bei diesem Gedanken einen Satz.

Das war eine Chance, ich hatte nichts zu verlieren. Gott half mir nicht, für Lügnerinnen und Ehebrecherinnen kannte er keine Gnade. Doch wenn es heute Nacht ein Ende mit mir nahm, konnte ich ebenso zum Teufel beten.

»Ich täte alles, damit dieser Bastard leiden muss«, flüsterte ich mit aufgesprungenen Lippen. Mir fehlten Zähne und meine Luftröhre brannte wie Säure. Mein Mund war voller Blut. Ich sprach trotzdem weiter. »Alles, Satan. Nimm meine Seele, wenn du sie haben willst.«

»Ist es dir ernst?«, erklang eine tiefe Stimme. Sie vibrierte in meinen Körper. Erschrocken zuckte ich zusammen und stöhnte, als mich eine Welle des Schmerzes erfasste.

»Wer seid Ihr?«, fragte ich ängstlich. Hatte Charles die Wachen gerufen, um den kümmerlichen Rest, der von mir übrig war, in den Tower zu werfen?

»Der, den du gerufen hast«, entgegnete die Stimme.

Mein Herz raste. Satan war mir leibhaftig erschienen.

War ich mit meinem Wunsch zu weit gegangen?

War ich verdammt?

Eine Träne rollte aus meinem Augenwinkel. Ich fühlte mich klein und unbedeutend. Und ich hatte Angst. Der Dielenboden knarrte, als Satan sich neben mich kniete.

Sein warmer Atem strich über meine Wange. Ich konnte nirgendwo hin. Ich war verloren.

Was sollte ich machen? Er kam auf meinen Ruf.

Mein Lebenswille ließ nach, doch in mir brannte der Hass auf Charles und die Ungerechtigkeit dieser Welt.

»Ich biete dir einen Pakt an, Frau. Ich gebe dir Unsterblichkeit und die Kraft, deinen Racheplan in die Tat umzusetzen. Dafür gibst du mir deine Seele.« Seine Stimme war schmeichelnd. Sie berührte einen Teil meines Selbst, den ich tot geglaubt hatte und floss wie Balsam durch meine schmerzenden Glieder.

Der Schmerz ließ nach und mein Kopf klärte sich.

Meine Seele war verloren. Unsterblichkeit und Kraft klangen verlockend, genau wie Charles für alle Qualen leiden zu lassen, die er mir zugefügt hatte.

»Kein Fegefeuer?«, fragte ich, doch auch das wäre kein Grund, sein Angebot abzulehnen. Es konnte nicht furchtbarer als mein Leben sein.

Er lachte leise. »Nein.«

»Ich schließe mit dir den Pakt, Satan«, sagte ich, als seien mir die Worte in den Mund gelegt worden. Mein Herz raste, als er meine Hand nahm und auf einmal war Licht um uns.

Endlich sah ich ihn: Er war groß, schwarzhaarig und sein edles Gesicht scharfgeschnitten. Er war wunderschön und ich ertrank in seinen grünen Augen. Was immer ich für Liebe gehalten hatte, wurde von diesem neuen Gefühl überlagert. Sogar auf der Bühne zu stehen, verblasste daneben wie im Nebel.

»So sei es denn. Dein Name?«, fragte er seidenweich.

»Desdemona«, sagte ich schnell. Auch wenn ich ihn nie mehr wiedersah, wollte ich das einzig Gute in meinem Leben, William, nicht loslassen. Ich wollte diesen Namen als Andenken an die wenigen schönen Momente tragen.

»Desdemona ...«, wiederholte er mit einem hintergründigen Lächeln.

Da passierte es: Mir wurde heiß, als brenne ich lichterloh. Meine gebrochenen Knochen rutschten ineinander und meine ausgeschlagenen Zähne befanden sich an ihrem ursprünglichen Platz. Aufgeplatzte Haut verschloss sich, als hätten die Wunden nie existiert.

Die Schmerzen verschwanden mit den Verletzungen und ließen mich vergessen, dass es sie gegeben hatte.

Dann, wie ein Eishauch, rutschte etwas aus meiner Brust und trieb wie silbriger Nebel auf Satan zu. Er absorbierte es und schloss genießerisch die Augen.

Meine Seele.

Ich sah sie verschwinden und dachte nie wieder an sie.

Der Bruch unter meinem Auge verheilte mit einem Zwicken und die ausgerissenen Haare wuchsen nach.

Mein Herr reichte mir seine Hand und zog mich hoch. Als wir uns Auge um Auge gegenüberstanden, holte mich mein neues Wesen ein. Ich fühlte mich stark und unbesiegbar. Meine Fingerspitzen knisterten vor Energie, meine Haut kribbelte.

Ich atmete tief ein und genoss es.

Ich konnte alles tun.

Für ihn.

Bat er mich darum, würde ich sogar die Welt zerstören.

Jede Faser meines Körpers strotzte vor Energie und Leben. Kein Vergleich zu meinem bisherigen Dasein.

Satan betrachtete mich. »Interessant. Schon so stark. Nun geh, Desdemona, und tu, was dich verlangt. Danach werden wir einen weiteren Pakt schmieden, durch den du ganz zu mir gehörst.«

Und das tat ich.

Ich tötete Charles so bestialisch, dass wochenlang von mir in den Gazetten als Schlächter von Whitechapel berichtet wurde. Ich stellte den Leichnam auf dem Markt-platz aus, nackt an den Galgen genagelt, die abgetrennten Teile sorgsam um ihn herum arrangiert.

Ich genoss jede Sekunde meiner Rache. Von dem Moment an, als ich ihn weckte und mich an seinem Entsetzen, dass ich völlig gesund vor ihm stand, weidete, bis zu dem Augenblick, als er sein Leben aushauchte. Diese süßen Stunden, die ich ihn für alles leiden ließ, was er mir angetan hatte, entschädigten mich für die buchstäbliche Hölle unserer Ehe.

Ich fühlte mich nie besser, doch als es vorbei war, brauchte ich einen Lebenssinn, damit ich die vor mir liegenden Jahrhunderte und Jahrtausende bewältigen konnte. Charles' Tod markierte das Ende meines alten Lebens. Ich wollte mein neues ganz meinem Erschaffer widmen. Also rief ich nach Satan.

»Wie kann ich dir dienen, Herr?«, fragte ich begierig, meine Macht zu vergrößern und mich für ihn unersetzlich zu machen.

Er lächelte mich an, als hätte ich etwas getan, das ihn mit Stolz erfüllte. Und ich war stolz, zu ihm zu gehören. Zum ersten Mal fühlte ich mich wertvoll.

»Komm mit mir.« Er nahm meine Hand. Ein ungeheures Glücksgefühl durchfuhr mich. »Du wirst eine große Rolle im Höllengefüge spielen«, prophezeite er. Seine Stimme streichelte mein Inneres und brachte es zum Vibrieren.

Das wollte ich unbedingt. Nur eines fehlte, um mein altes Leben vollständig hinter mir zu lassen: »Satan?«

Er sah mich an, seine Augen unergründliche grüne Seen, in denen die Zeit verschwamm. »Kannst du mich verändern? Äußerlich?«

»Wie möchtest du aussehen?«, flüsterte er in mein Ohr. Ich berichtete von Williams Traum, dem flammend roten

Haar und den grünen Augen. Satan entsprach meinem Wunsch und tat noch mehr für mich. Ich wurde die Göttin, die William in mir gesehen hatte. Damit ließ ich die letzten Reste meines sterblichen Lebens hinter mir.

Danach folgte ich ihm in die Hölle, die mein Himmel war, und wurde für alle Zeit sein.

ৡৰৎ

Ich verließ die Hamburger Zentrale. Satan hatte mich angewiesen, schnellstmöglich aufzubrechen, also machte ich mich direkt auf den Weg zum Flughafen. Meine Hände verkrampften sich am Lenkrad, als ich mir erneut die Frage stellte, ob ich ihn verärgert hatte.

Das Gespräch, dessen Teile ich mitbekommen hatte, war nicht für meine Ohren bestimmt gewesen. Obwohl ich wusste, dass er mir nicht alles anvertraute, machte mir zu schaffen, was vorhin im Konferenzraum geschehen war:

Er kam zu mir, ein neutrales Lächeln im Gesicht, das für andere reserviert war, die ihm nicht nahestanden. Mir zeigte er normalerweise seine echten Emotionen.

»Desdemona, ich habe nicht mit dir gerechnet.«

»Ich bin gleich mit Helene verabredet und wollte dich vorher begrüßen.« Er nickte und wies hinter sich.

»Ich habe gerade ein Meeting mit Rhea.«

Ich lächelte die Tochter meines Ratskollegen Ali Abd El Wahabid an. Rhea war ein IT-Genie, wie sich erst vor Kurzem zeigte. Zuvor machte sie von Riad aus die Administration für ihren Vater, bis ...

... bis Satan aus einem mir nicht bekannten Grund auf sie aufmerksam wurde. Seitdem war sie oft hier in

Hamburg, um ihn und Helene zu Meetings zu begleiten. Helene mochte sie, ich ebenfalls. Bis eben.

Jetzt stellte die junge Dämonin ein Rätsel für mich dar, das mir Unbehagen bereitete. Ihr Lächeln war unsicher, sie schlug schnell die Augen nieder. Meine Anwesenheit war ihr unangenehm.

Warum?

»Bitte entschuldigt die Unterbrechung.« Ich wollte mich umdrehen, da rief er mich zurück.

»Da du gerade hier bist, kann ich dir den Auftrag persönlich erteilen.« Ich straffte mich.

»Ein Auftrag?« Unwillkürlich schlug mein Herz schneller. Mein Körper spannte sich an, um auf sein Wort hin sofort loszustürmen.

»Es gab einen Zwischenfall in Norwegen. Engel haben eine Zweigstelle angegriffen. Haakon schafft es nicht allein. Ich möchte, dass du ihn unterstützt.« Er beobachtete die Wirkung seiner Worte. Natürlich wusste er von unserer Antipathie.

Tausend Gedanken rasten durch meinen Kopf.

Warum ich?

Warum ausgerechnet Haakon?

Was hatte er mit Rhea besprochen?

Warum schickte er mich weg?

Was war da im Gange?

Doch die Fragen stellte ich nicht. Meine Loyalität war bedingungslos. Es gab nur eine Antwort.

»Wann soll ich fliegen?«

»Schnellstmöglich, aber Helene erwartet dich. Der Jet geht in zwei Stunden.« Ich sah in sein Gesicht, um zu verstehen, was da zwischen uns geschah. Seine Miene war unbeweglich.

Es gab keine Alternative, ich musste mich fügen.

Mit einem seltsamen Gefühl fuhr ich nun durch Hamburg. Am liebsten hätte ich ihn angerufen und um eine Erklärung gebeten, doch dies war eine der wenigen Situationen, in denen ich ihm gegenüber befangen war.

Ich würde alles dafür tun, um, was immer zwischen uns stand, aus der Welt zu schaffen.

Wenn ich dazu mit Haakon zusammenarbeiten musste, tat ich das.

Über die Freisprechanlage rief ich meine Assistenten an und beauftragte sie, nach Oslo zu kommen. Roman machte sich von London aus auf den Weg, Sadie war in Montreal und nahm den nächsten Flug.

Eine halbe Stunde später war ich bereits in der Luft. Satan mailte mir die Details des Anschlages auf einen Stützpunkt in der Stadt Drammen zu und ich nutzte den Flug, um mich upzudaten.

Drei als Kuriere verkleidete Engel hatten im Entree eine Lichtbombe gezündet, die mit tödlicher Himmelsenergie geladen war. Solche Vorfälle häuften sich in letzter Zeit. Weltweit gab es Anschläge auf unsere Niederlassungen, bei denen Dämonen verletzt oder getötet wurden.

Nadelstiche, die uns schmerzten.

Momentan nahmen wir das verdrossen hin oder bemühten uns um unauffällige Rache, doch die Lage spitzte sich zu. Wir alle wussten, was auf dem Spiel stand. In welcher Gefahr wir schwebten, wenn die Lage eskalierte.

Michaels Veränderung machte ihn unberechenbar.

Niemand konnte sagen, was er als nächstes tun würde. Zudem schien sich Raphael, der General der Himmlischen Armee, ein Beispiel an seinem älteren Bruder zu nehmen. Er hatte es auf Santini, seinen dämonischen Gegenpart, abgesehen und dabei beinahe dessen menschliche Frau getötet. Eine erschreckende Veränderung, die unter normalen Umständen dazu geführt hätte, dass

Raphael zum Gefallenen Engel wurde und den Himmel verlassen musste.

Doch seit drei Jahren war nichts mehr normal.

Wahrscheinlich lag genau hier das Problem, das uns lähmte: Wir wussten nicht, was wir ins Rollen brachten, wenn wir mit Härte reagierten.

Ich wollte meine Leute schützen, doch Satan war in diesem Punkt deutlich: Wir würden abwarten, bis sich eine Strategie hinter Michaels Aktionen zeigte, und erst dann handeln.

Meine Eingeweide verkrampften sich. Und wenn wir uns alle an diese Maßgabe hielten, was hatte Rhea dann tun müssen, das ihr so schwerfiel? Sie hatte von einer Provokation gesprochen.

Je mehr ich darüber nachdachte, desto gefährlicher wurden meine Gedanken.

Nach einer Stunde Flug landete ich in Oslo-Gardermoen, wo Roman auf mich wartete.

»Lady Desdemona«, begrüßte er mich und hielt mir die Tür der schwarzen Limousine auf. Ihn umspielte ein Windzug, seine Manifestation der Höllenenergie, wie sie fast jeder Dämon hatte. Er zerzauste sein schwarzes Haar und ließ meinen Rocksaum flattern.

Ich wünschte, meine Manifestation wäre so unauffällig, obwohl ich die schwarzen ›Monsterhände‹, wie Helene sie nannte, verschwinden lassen konnte. Vor ihr hatte sich nie jemand getraut, sie so zu bezeichnen, aber sie hatte leider recht.

Seitdem mochte ich sie noch weniger.

»Ich bin vor einer Dreiviertelstunde gelandet und habe über Lord Haakons Büro alles organisiert: Hotel, Fahrer. Ihre Koffer habe ich auch dabei. Fast, als wäre ich Sadie.« Er grinste schelmisch, denn solche organisatorischen Dinge übernahm sie normalerweise.

Roman war seit dreißig Jahren mein Assistent und erst seit sechzig ein Dämon. Bei einem Einsatz in Kanada hatte er sich durch seine kreative Herangehensweise an Probleme hervorgetan und mich davon überzeugt, dass ich seine Unterstützung brauchte.

Sadie begleitete mich seit über zweihundert Jahren, so lange, wie ich im Rat der Lords war. Sie war eine treue Seele, die mir bis in den Tod folgen würde. Außerdem hatte sie, im Gegensatz zu Roman, keine Aufstiegsambitionen und war, obwohl sie so alt war wie ich, noch ein Elementardämon. Sie ergänzten sich wunderbar. Sadie glich Romans Übermut aus und er trieb sie an.

Wir verließen den Flughafen und erreichten nach einer halben Stunde den Hafen Oslos, in dem sich Haakons Prunkbau befand. Natürlich stand er in bester Lage mit Blick auf den Yachthafen und wirkte beinahe, als habe man ihn aus New York City oder Hongkong gestohlen, um ihn hier aufzubauen. Das war typisch für Haakon: Phallussymbole so weit das Auge reichte.

Ich hatte ihn noch nicht einmal gesehen und schon sank meine Laune seinetwegen.

Satan wollte mich prüfen. Oder bestrafen.

Der Fahrer bremste und Roman hielt mir schon die Tür auf, bevor die Reifen ganz zum Stehen gekommen waren. Als Niederer Dämon verfügte er über eine besondere Gabe: übermenschliche Geschwindigkeit. Sein Luftwirbel ließ meine Haare flattern, als ich ausstieg.

Mein Kollege wartete im Foyer auf mich. Er lehnte am Tresen und flirtete mit seiner Empfangsdame, unterbrach aber das Gespräch, als er mich hereinkommen sah.

Das war keine Höflichkeit, sicher hatte Satan ihn angewiesen, mich persönlich zu empfangen. Auch für Haakon war die Zusammenarbeit eine Herausforderung.

Bei seinem Anblick spürte ich immer eine Mischung aus Abscheu und Wehmut. Es gab zu viel Enttäuschung und zerbrochene Träume zwischen uns. Das konnte ich ihm nicht vergeben. Und er mir auch nicht.

Er drehte sich zu mir um. Gleich gingen sie los, die Sticheleien und Seitenhiebe, die unsere Kommunikation ausmachten.

Es hatte so kommen müssen.

Mein Herz machte einen Satz, als ich ihn ansah: Haakon Welhaven ist ein Bild von einem Mann: Zwei Meter groß und muskelbepackt. Mit seinem hellblonden Haar und strahlendblauen Augen sah er aus wie ein Wikinger aus einem Frauenroman. Sein markantes Gesicht mit dem breiten Kiefer brach im Laufe der Jahre hunderte Frauenherzen. Seine Lippen aber umspielte ein arrogantes Lächeln.

Das war seine Art, mit seinen Gefühlen umzugehen.

»Desdemona. Du bist schon hier«, stellte er fest, obwohl er mit nichts Anderem gerechnet haben konnte. Satan hatte mich angekündigt. Trotzdem schaffte er es, dass ich mir unwillkommen und überflüssig vorkam.

Ich lächelte dünn und schüttelte seine Hand - eine Geste der Höflichkeit, die ich gern durch einen Faustschlag ersetzt hätte. Außerdem war sie mehr Körperkontakt, als ich ertrug.

»Du siehst gut aus«, fuhr er fort. »Nun ja, jeder sollte das tun, was er am besten kann.«

Wut brannte wie Säure in meinem Magen. Konnte er nicht eine Minute warten, bis er mir die erste Beleidigung an den Kopf warf?

»Vielen Dank, Haakon«, erwiderte ich. »Ich bin hier um zu helfen. Da ich mein Gebiet so gut im Griff habe, kann ich dich bei deinem unterstützen.« Er presste die Kiefer aufeinander und warf mir einen Blick zu, der andere in Panik versetzt hätte. Das Schimpfwort, das ihm auf der Zunge lag, konnte ich von seinem Gesicht ablesen.

Danke, gleichfalls.

Er deutete auf die Aufzüge im hinteren Teil des Eingangsbereiches. »Wir sollten anfangen und schnellstmöglich fertig werden.«

Ich nickte. Darin waren wir uns einig.

Roman folgte uns in respektvollem Abstand. Das war auch besser so, denn wir brauchten keine Zeugen.

»Ich hätte nicht gedacht, dass du mich hier unten abholst. So viel Freundlichkeit bin ich von dir nicht gewöhnt. Mir kommen fast die Tränen«, ließ ich die Maske der Freundlichkeit fallen, als wir außer Hörweite waren.

Seine Finger ballten sich zur Faust. Haakon war dünnhäutig und ich konnte ihn bis aufs Blut reizen.

»Ich will dich nicht hier haben«, sagte er mit zusammengebissenen Zähnen. »Ich habe Kasjanow angefordert, doch er hat genug zu tun. Da bliebst nur du.«

Die Hitze in meinem Inneren breitete sich aus. Ich sah hinunter. Meine Fingernägel färbten sich bereits schwarz. Musste ich mir von diesem chauvinistischen Spinner sagen lassen, dass er mich für nutzlos hielt?

»Ich hätte besseres zu tun, als dir das Händchen zu halten, weil du überfordert bist«, zischte ich. Die Fahrstuhltüren öffneten sich und wir traten ein. Roman wartete unten, bis ich ihn zum Hochkommen aufforderte.

Er schnaubte verächtlich. »Von wegen.«

»Also hast du Satan *nicht* kontaktiert und um Hilfe gebeten?«, konterte ich süffisant.

»Hätte ich das gewusst, hätte ich es nicht getan«, knirschte er und drückte den Knopf so fest, dass er stecken blieb.

»Du hättest warten können, bis dich eine Lichtbombe trifft. Ich wäre sofort herbeigeeilt, um deine Einzelteile vom Boden abzukratzen.« Meine Fingernägel verlängerten sich zu schwarzen Krallen.

»Wenn du mir damit eins auswischen könntest, würdest du mir die Engel persönlich auf den Hals hetzen, oder?« Helene hätte seine Laune *angekotzt* genannt.

Mir ging es nicht besser. Wenn Haakon ins Spiel kam, löste sich meine eisige Professionalität auf und ich fühlte mich fast so verletzlich wie ein Mensch.

Unsere Zusammenarbeit war ein einziger Kampf.

»Lehn dich nicht zu weit aus dem Fenster!«, fauchte ich. »Du weißt, wie wichtig mir meine Loyalität ist.« Er sah betreten aus, nur kurz, dann war er wieder das arrogante Arschloch, das ich hasste.

Im obersten Stockwerk öffneten sich die Türen. Hier hatte man einen atemberaubenden Blick auf den Hafen Oslos, der in nächtlicher Beleuchtung glitzerte.

Ich atmete tief durch, um die Situation zu entspannen.

Wir mussten uns zusammenreißen. Wenn wir uns die Köpfe einschlugen, dauerte unsere Zusammenarbeit schlimmstenfalls Jahre. Ich zog es vor, bis zum Ende der Woche nach London zurückzukehren.

»Schön hast du's hier.«

Er deutete auf eine milchverglaste Tür. »Besten Dank. Du kannst dieses Büro nutzen. Meins ist gegenüber.«

»Und meine Assistenten? Sollen sie im Flur arbeiten?«, fragte ich kratzbürstig. ›Ruhig Blut, Desdemona!‹

Er seufzte so abgrundtief als hätte ich seinen Erstgeborenen verlangt. »Es stehen drei Schreibtische im Büro. Die reichen für deinen Hofstaat, oder?«

»Sicher«, sagte ich säuerlich. In was für einer Abstellkammer brachte er mich wohl unter?

Er sah auf seine Armbanduhr, ein übergroßes Gerät aus Gold. Haakon konnte schönen Dingen schwer widerstehen, weder materiellen noch lebendigen. Er lebte seine Gelüste intensiver aus als ich. Ich beschränkte mich darauf, mich durch die Kollektionen meiner Lieblings-Designer zu shoppen.

›Jeder sollte das tun, was er am besten kann‹, hatte er zu mir gesagt. Das beschränkte sich bei mir sicher nicht darauf, mich hübsch anzuziehen. Er sollte mit solchen Aussagen aufpassen. Satan erhob niemanden in den Rat, nur weil er hübsch war.

Satan... Der Gedanke an ihn versetzte mir einen Stich in der Brust.

Verdammt. Ich sollte nicht hier sein. Ich musste es.

Ich warf einen schnellen Blick auf meine Armbanduhr. Viertel vor elf Uhr abends.

»Morgen um neun steht ein Termin mit Mads Sundström an. Wir besprechen die Lage in Norwegen. Der Konferenzraum ist auf der linken Seite.« Er deutete auf eine weitere Tür. »Gut.« Er drehte um und ging in Richtung Aufzüge. »Der Fahrer fährt dich und deinen Jungen zum Hotel.«

Schwang da etwa Eifersucht mit? Haakons Stimme war rau und tief, außerdem sprach er immer in der gleichen Tonlage, sodass es schwer war, Untertöne zu deuten. Doch die letzte Bemerkung hörte sich verdächtig nach Eifersucht an.

Wenn er seine Position missbrauchte, um mit Untergebenen zu schlafen, war das verwerflich, aber seine Sache. Ich würde so etwas niemals tun. Allein der Gedanke, mit Roman ins Bett zu gehen, war so lächerlich, dass ich beinahe gelacht hätte.

Haakon war ein noch größerer Idiot, als ich dachte.

Wir schwiegen im Fahrstuhl auf dem Weg nach unten. Ich wollte nicht mehr mit ihm sprechen. Am liebsten wäre ich zurück zum Flughafen gefahren.

Wut kochte in mir, weil ich zu dieser beschissenen Situation gezwungen wurde. Das konnte nur schiefgehen. Ich musste Satan sehr verärgert haben.

Roman wartete im Erdgeschoss auf mich und sah mich überrascht an.

»Wir machen Feierabend«, informierte ich ihn.

Er nickte erleichtert, seine Energiereserven waren schneller erschöpft als meine.

Trotzdem, der Job war wichtiger als eine Stunde Schlaf. Das sollte er sich eingeprägt haben.

2

Wir erreichten das Hotel nach wenigen Minuten Autofahrt. Mittlerweile war ich erschöpft. Es war ein langer Tag gewesen, an dem sich die Ereignisse so unvorhergesehen entwickelten, dass sie mich mit Verspätung einholten. Erst jetzt begriff ich gänzlich, dass ich hier in Norwegen war.

Ich ließ es mir vor Roman nicht anmerken, aber ich hätte schreien können. Nicht einmal Helene konnte ich anrufen, um meinen Unmut mit jemandem zu teilen. Er bekäme es mit.

Meine Loyalität war das wichtigste in meinem Leben.

Das zweitwichtigste.

Es lief alles aufs Gleiche hinaus.

Vom Auto aus rief ich Sadie an. Morgen konnte ich auf sie zählen. Sie hatte bereits die Hälfte der Strecke hinter sich gebracht.

Eine Suite war für mich reserviert und Roman brachte meine Koffer aufs Zimmer. Ich beobachtete ihn dabei und schüttelte den Kopf. Allein der Gedanke, ihn an mich heranzulassen, war lächerlich.

Stattdessen ging ich die Geschehnisse des Tages durch, die Begegnung mit Satan, das Gespräch mit Helene und das Treffen mit Haakon.

Das flaue Gefühl im Magen war noch da und ich befürchtete, dass es mich so schnell nicht losließ.

Doch egal, wie oft ich die Gesprächsfetzen im Geiste durchging, ich wurde nicht schlau aus ihnen, auch nicht nach mehreren Stunden. Stattdessen entwarf mein Verstand immer mehr Möglichkeiten, was gemeint gewesen sein *könnte*.

Ich gab es auf. So ging ich der Sache niemals auf den Grund und mittlerweile war es mitten in der Nacht.

Mir blieben nur zwei Dinge zu tun: den Auftrag ausführen und die Augen und Ohren offenhalten.

Geduld zahlte sich aus.

Ich dachte darüber nach, wie lange mein Auftrag dauern könnte. Vermutlich bis wir den gröbsten Dreck beseitigt hatten und uns eine Lösung eingefallen war, wie wir solche Angriffe in Zukunft verhindern konnten.

Ich seufzte. Ein beinahe aussichtsloses Unterfangen, wenn der Gesprächspartner Haakon Welhaven hieß.

Es klopfte an der Tür. Ich sah auf mein Smartphone, es war drei Uhr nachts. Ich streckte meine mentalen Fühler aus und tastete den Besucher ab. Draußen stand ein Dämon, dessen Aura mir so vertraut war wie meine eigene.

Ich öffnete die Tür und lächelte Sadie an, die mit zwei Koffern - meinen Koffern - vor der Tür stand.

»Lydia rief mich an und sagte, der Einsatz werde länger dauern, also habe ich Ihr Gepäck bringen lassen«, erklärte sie. Sie war vor einer halben Stunde gelandet.

»Danke, Sadie. Roman hat sich ebenfalls um das Gepäck gekümmert.« Ich wies auf die anderen beiden ungeöffneten Koffer.

Sie schnaubte. »Lassen Sie es mich lieber durchsehen. Wer weiß, was er hat einpacken lassen.«

Ich lächelte. Damit hatte sie nicht unrecht. Seit über zweihundert Jahren war sie mir eine wichtige Stütze. Aus diesem Grund hatte sie mich auch in Kanada vertreten.

Sadie vertraute ich am meisten. Sie kannte mich so gut, dass nur meine tiefsten Geheimnisse vor ihr sicher waren. Ich wüsste nicht, wie ich alles ohne sie schaffen sollte.

Einmal hätte ich sie fast verloren, als Engel im Ersten Weltkrieg einen meiner englischen Stützpunkte angriffen. Sie war schwer verletzt worden. Das war meine Schuld gewesen, weil ich nicht genug für ihren Schutz getan hatte. Seitdem schützte ich meine Assistenten mit allen Mitteln.

Wir schoben die Koffer ins Schlafzimmer. Sie hinterließ eine Spur von Blütenblättern, die aus ihren Haaren fielen. Sadie war ein Erddämon mit einem Talent für Pflanzen und ihre Manifestation fast zu schön, um wahr zu sein.

»Hoffentlich dauert unser Aufenthalt nicht allzu lang«, murmelte sie. »Ich weiß ja, wie schlecht Sie auf Lord Haakon zu sprechen sind.«

»Sadie«, sagte ich kühl. So durfte sie trotz aller Vertrautheit nicht mit mir reden.

Meine Feindschaft mit Haakon war bekannt, trotzdem konnte ich es nicht zulassen, wenn andere (mir unterstellte!) Dämonen schlecht über ihn redeten. Schon gar nicht ließ ich mich dazu hinreißen, mitzumachen.

Der Rat musste stets als Einheit wahrgenommen werden. Als festes Bollwerk und Konstante im Höllengefüge.

Sadie erkannte ihren Fehler sofort. Betreten sah sie zu Boden. »Tut mir leid. Das stand mir nicht zu.«

»Danke dir. Hab eine erholsame Nacht. Morgen um neun haben wir einen Termin im Hauptquartier.«

»Mit Mads Sundström, ich weiß. Gute Nacht, Desdemona.« Sie ließ mich allein.

Ich machte mich bettfertig. Ein, zwei Stunden Schlaf wären gut, damit ich morgen auf der Höhe war. Ich würde mich um meine Regierungsgeschäfte kümmern, bevor ich mich mit Haakons auseinandersetzte. Meine Assistenten brauchten Ruhepausen, um bei Kräften zu bleiben. Ich hingegen kam wochenlang ohne aus, wenn es die

Umstände erforderten. Die notwendige Energie wurde Dämonen im Innendienst in den Niederlassungen zur Verfügung gestellt und zuvor von Energiesammlern von Menschen gewonnen. Meistens haben Sammler Jobs, bei denen sie mit Menschenmassen in Berührung kommen, wie Musiker.

Ich legte mich aufs Bett und schloss die Augen. Nach wenigen Sekunden musste ich eingeschlafen sein, denn auf einmal war es 1796 und ich stand in Satans Arbeitszimmer.

֍֍

»Desdemona.« Er breitete die Arme aus, als wolle er mich umarmen. Ich war auf seinen Ruf gekommen, er hatte mir etwas Besonderes versprochen.

So besonders, wie ich es mir erhoffte?

Ich widerstand dem Drang, in seine Arme zu rennen und mich an ihn zu schmiegen.

Das war nicht der Grund, aus dem ich hier war.

»Sieh nur.« Er wies hinter sich.

Mein Herz klopfte laut, als ich das goldene Band auf dem Schreibtisch sah. Meine Brust wurde eng.

Ich ahnte, was es bedeutete.

Es war das Zweitbeste, was passieren konnte.

»Dein Beitrag zu der Verhandlung letzte Woche war beeindruckend. Seit hundertneunzig Jahren dienst du mir mit all deiner Kraft. Deiner Hingabe. Deiner Liebe.« Sein Blick hielt mich fest, er durchschaute mich zweifellos. Seine Worte trafen mich mitten ins Herz.

»Du bist dabei, eine meiner wichtigsten Untergebenen zu werden.« Sein professioneller Tonfall verlor sich. Er trat einen Schritt heran. Mein Herz trommelte Stakkato. »Schon bei deiner Erschaffung sah ich dein Potenzial. Es war lange her, dass ich eine Neugeborene in den Status eines Elementardämons erhoben habe. Und kaum siebzig Jahre später wurdest du ein Starker Dämon. Ich werde dich heute in den höchsten Rang erheben und ich werde noch mehr für dich tun, Desdemona.«

Mein Herzschlag setzte aus. Es war so, wie ich gehofft hatte. Endlich erreichte ich die höchste Dämonenklasse. Ich hatte so hart dafür gearbeitet.

»Zuvor habe ich eine Aufgabe für dich und wenn du sie meisterst, nehme ich dich in den Rat der Lords auf. Ich brauche dich nicht zu fragen, ob du willst.«

»Nein«, hauchte ich. Vor meinen Augen tanzten Sterne. Mir wurde schwindelig, doch ich nahm mich zusammen. Lords fielen nicht in Ohnmacht. Ich sah ihm fest in die Augen. »Ich werde dich nicht enttäuschen.«

»Ich weiß.«

»Was darf ich für dich tun?«

Dass wir uns von Anfang an duzten, war eine Besonderheit: Kaum ein anderer Dämon wagte das, doch für mich gab es keine Alternative. Ich fühlte mich ihm seit unserem ersten Treffen verbunden, ich gehörte ihm. Um ihm nahe zu sein, täte ich alles und als Lord hätte ich dazu noch öfter die Möglichkeit.

»Du reist morgen nach Kopenhagen. Haakon Welhaven erwartet dich. Du wirst ihn bei einer Verhandlung unterstützen.« Er legte den Kopf schief, als wolle er ein Rätsel lösen, das ich ihm aufgab.

Ich nickte eifrig. Welhaven kannte ich flüchtig. Andere Dämonen sagten von ihm, er sei ein zielstrebiger Mann, der abgebrochene Verhandlungen mit den ansässigen Engeln wiederaufnahm. Er habe Gebiete errungen, die Satan zur Verfolgung seiner Pläne benötigte.

Von jemandem wie ihm konnte ich lernen.

Einige Dämoninnen schwärmten von seinem Aussehen, aber das war mir egal. Für mich war er nur attraktiv, weil der Auftrag meinen Aufstieg beschleunigte.

Von meinem Ratssitz träumte ich, seit ich vom Rat wusste. Damals wurde mir bewusst, dass ich Teil des mächtigsten Gremiums der Hölle werden musste. Nur so konnte ich Satan dienen, wie er es verdiente.

Seither war mein ganzes Handeln darauf ausgerichtet, dieses Ziel zu erreichen - so schnell wie möglich. Dazu war mir keine Arbeit zu hart, keine Nacht zu lang, kein Aufwand zu hoch. Satan quittierte meine Erfolge mit einem beifälligen Lächeln, als hätte er nichts Anderes erwartet. Ich wusste, dass ich sein Liebling war.

Diese Gewissheit machte mich glücklich, vor allem, wenn er mir einen stolzen Blick schenkte. Mit dem Himmel habe ich nichts zu tun, aber ich schwöre, in jenen Momenten war ich in meiner Version des Paradieses.

Vor der Initialisierung hatte ich keine Angst, obwohl sie unangenehm werden würde. Als ich zum Starken Dämon wurde, legte er mir ein silbernes Band um den Hals. Bewegte ich den Kopf in eine bestimmte Position, fühlte ich es bis heute unter der Haut.

Ich wusste, dass die Erhebung zum Hohen Dämon mindestens so quälend war.

Er nahm das goldene Band vom Tisch. Mein Blick zuckte zwischen ihm und meiner Beförderung hin und her, unschlüssig, welcher Anblick mir besser gefiel. Eins führte zum anderen und band mich noch stärker an ihn.

Mein Herz pochte gegen meine Rippen. Röte stieg in meine Wangen.

Er trat zu mir und hob mein Kinn an. Ich sah mein Spiegelbild in seinen Augen und fühlte mich, als fiele ich in bodenlose Tiefen.

Für mich war er meine ganze Welt und der Grund meiner Existenz. Nie könnte ich ihm sagen, was er mir bedeutete, das stand mir nicht zu.

Außerdem fürchtete ich mich vor seiner Antwort.

So klammerte ich mich an die Möglichkeit, dass er empfand wie ich und auf den richtigen Moment wartete, um es mir zu sagen.

Irgendwann würde er kommen. Ich war bereit.

Bis dahin litt ich stumm und wartete darauf, ihm alles zu geben, was er wollte, und sei es mein Leben.

»Es ist Zeit.« Er legte seine Hand auf meine Brust. Köstliche kleine Blitze zuckten wegen seiner Berührung durch meine Eingeweide. Sie war beinahe zu sanft und mir graute vor dem Moment, in dem er mich losließ.

Er würde das Band um mein Herz legen, meinen Körper stärken und meine Macht mehren. Die Kräfte, die in mir schlummerten, würden erwachen und mich zu einem Hohen Dämon machen.

Ein Kribbeln und Summen breitete sich in meinem Körper aus, als sich Satans Energie verteilte. Nur knapp unterdrückte ich ein lustvolles Seufzen. Ich schloss die Augen und genoss den Kick, wünschte mir, dieser Moment wärte ewig.

Ein scharfer Schmerz durchfuhr mich, als er magisch meine Brust öffnete und das goldene Band hineinschob.

Ich keuchte auf und hielt mich an seinem Arm fest, sah in sein konzentriertes, wunderschönes Gesicht. Innerlich stand ich in Flammen, nur mit großer Mühe verhinderte ich, gellend zu schreien.

Das Band legte sich quälend um meinen Herzmuskel, schob sich Zentimeter für Zentimeter mit Satans Fingern durch mein Fleisch und meine Rippen.

In meinem Kopf dröhnte es, der Schmerz raste wie weiße Flammen durch meinen Kopf.

Meine Sicht war schwarz gerändert.

»Gleich ist es vorbei.« Er strich über meine Wange. In mir stritten sich Hochgefühl und Schmerz um die Vorherrschaft, seine Hand hinterließ ein brennendes Gefühl auf meiner Wange, das anders schmerzte als seine Hand in meiner Brust.

Der Schmerz wurde unerträglich und ich fürchtete, ohnmächtig zu werden. Ein Ruck fuhr durch meinen Brustkorb, als Satan die Enden des Bandes verknüpfte.

Mein Herzschlag setzte aus.

Wie ein zu enges Mieder schnürte das Band mein Herz ab. Meine Hände und Füße wurden taub. Tränen stiegen in meine Augen, als ich verzweifelt Luft holte, die wie Feuer in meinen Lungen explodierte.

Mein Herz schlug immer noch nicht.

Möglicherweise war das mehr, als ich vertrug.

Ich schaffte es nicht. Ich war nicht stark genug.

Ich sah ihn flehend an. Er durfte mir nicht böse sein, weil ich versagte. Ich enttäuschte ihn. Tränen sammelten sich in meinen Augen.

Ich starb.

In die Stille meines Körper erklang ein Herzschlag wie ein Donnerhall.

Ich zuckte zusammen und riss die Augen auf. Mein Herz schlug wieder und ich fühlte mich phantastisch.

Stark. Stärker als je zuvor. Mächtiger.

Er zog seine Hand aus meiner Brust und trat einen Schritt zurück. Ich hob den Kopf und sah in sein Gesicht.

»So hatte ich es mir vorgestellt.«

»Danke, Satan«, sagte ich rau.

Er legte mir den Zeigefinger auf die Lippen. »Ich gebe niemanden mehr als er verdient. Merke dir das.« Ich senkte den Blick. Er strich mir über die Wange und setzte sich in seinen Sessel.

»Jetzt, Desdemona vom Rang eines Hohen Dämonen, geh packen. Du wirst morgen in aller Frühe aufbrechen.«
Ich verließ glücklich das Arbeitszimmer.
Mein Körper pulsierte vor Macht.

Einige Tage später stand ich am Kai im Kopenhagener Hafen und wartete auf die Gesandtschaft Lord Haakons. Mein Schiff bekam exzellenten Rückenwind, deswegen kam ich einen Tag früher in an als geplant. Ein Kurier jagte los, um meine Ankunft zu verkünden.
Das Warten wurde zur Ewigkeit. Es dauerte so lang, dass es an eine Frechheit grenzte und ich begann, mich zu ärgern.
Endlich erschien eine Delegation von Dämonen am Kai. Ich griff meinen Sonnenschirm, rief meine Begleiter und ging zu ihnen hinüber. Es waren ausnahmslos Männer, alle bis auf einen Starke Dämonen. Der letzte war ein Hoher Dämon, vermutlich der Anführer.
Einer der Starken Dämonen drehte sich auf mein Räuspern um und musterte mich. »Zum Internat für höhere Töchter geht es dahinten, Püppi«, sagte er auf Dänisch und wies in eine Richtung, jedoch nicht, ohne auf meine Brüste zu starren.
Ich war fassungslos. Was für ein Idiot! Erkannte nicht einmal einen höheren Dämon und hatte keinen Funken Anstand. Er war meiner nicht würdig.
Vor Wut verfärbten sich meine Arme und Hände, meine Fingernägel wuchsen zu Krallen. Aus meinem Mund stieg Rauch auf. Ich hasste meine Manifestation, doch diesmal zeigte sie die gewünschte Wirkung.
Er wich zurück und hob die Hände, da hörte ich ein Lachen. Der Hohe Dämon kam zu mir und applaudierte mit einem breiten Grinsen. Sein Haar war weizenblond,

ebenso die Brauen, die sich über seinen intensivblauen Augen amüsiert kräuselten.

»Miss Gaunt, nehme ich an.« Ich nickte verdattert, meine Hände verwandelten sich zurück. Er feixte und verbeugte sich. »Haakon Welhaven. Sie haben Feuer unterm Hintern, wie Satan gesagt hat.«

Ich sprach mit fremden Männern grundsätzlich nicht über mein Hinterteil, deswegen nickte ich knapp und ergriff seine behandschuhte Rechte, die er mir hinhielt. Sie war riesig, meine Hand wirkte winzig darin.

Ich fand ihn unsympathisch und ungehobelt. Sein gutes Aussehen ließ mich nicht darüber hinwegsehen, obwohl er zweifellos dachte, er sei unwiderstehlich.

»Lassen Sie uns in mein Stadthaus fahren, damit ich Sie in unser Problem einweisen kann.« Galant bot er mir seinen Arm, den ich widerwillig ergriff, und führte mich zu der wartenden Kutsche. Die Männer der Delegation wurden mir nicht vorgestellt, sie stiegen in schlichtere Kutschen und bogen in eine andere Richtung ab.

Anscheinend war mir das zweifelhafte Vergnügen beschieden, eine Privataudienz bei Lord Haakon zu bekommen.

Wir fuhren durch die kopfsteingepflasterten Straßen der dänischen Hauptstadt, die sich nach dem Großbrand im Wiederaufbau befand. Trotz der Ruinen war spürbar, dass den Dänen am Wiederaufbau ihrer geliebten Stadt gelegen war.

»Ein Trauerspiel, nicht wahr?«, fragte mein Begleiter. Mir war nicht nach flacher Konversation zumute, deswegen nickte ich nur unverbindlich und sah aus dem Fenster. Welhaven betrachtete mich unentwegt. Nach einer Weile ertrug ich es nicht mehr.

»Was haben Sie?« Trotz aller Höflichkeit fand ich, dass man mit Ehrlichkeit und Direktheit am weitesten kam.

Ebenso mit Unerbittlichkeit. Männer wie Welhaven ließen sich überraschen, weil sie nicht damit rechneten, dass eine Frau ihnen so im Gespräch begegnete.

Sein Mund zuckte amüsiert. »Sie sind außergewöhnlich schön. Nach dem, was Satan mir über Sie berichtete, rechnete ich mit einer grauen Maus. Sie hingegen ...« Sein Blick begegnete meinem mit einer Hitze, die mich kribbelig machte.

Mein Herzschlag beschleunigte sich, doch ich hielt mich standhaft an meiner Professionalität fest. Sie sagte mir, dass dies nur ein Trick war, um herauszufinden, inwieweit er mich manipulieren konnte.

Die schlichte Antwort war: Gar nicht.

Das musste er aber nicht sofort wissen. Lord hin oder her, die Waffen einer Frau sollte er nicht unterschätzen. Vor allem nicht mich. Wenn er dachte, dass Satan mich zu ihm schickte, weil ich eine gute Schreibkraft war, kannte er seinen Herrn schlecht.

Ich würde es ihm schon beibringen.

Im Laufe der Jahre hatte ich mit einigen Lords zusammengearbeitet, manche von ihnen lebten nicht mehr. Jeder war auf seine Art ein Spezialist. Ich war gespannt, in welche Richtung es bei Lord Haakon ging. Sein Aussehen konnte nicht sein einziger Vorzug sein.

Darin glichen wir einander.

Ich kam nicht umhin, ihn zu betrachten, dezenter und weniger wie ein hungriger Tiger, wie er mich ansah.

Er war wirklich attraktiv und ich hatte mir lange kein Vergnügen gegönnt. Energisch wies ich die aufwallenden Gelüste zurück und erinnerte mich daran, dass ich in Satans Auftrag hier war.

Wenn dieser erledigt war, konnte ich mir überlegen, ob ich ihn an mich heranlassen wollte, um mich für meine gute Arbeit zu belohnen.

Ich lächelte ihn kühl an, dennoch lag darin ein Versprechen, das ich nicht einzulösen gedachte.

Noch nicht.

Diese Kombination hatte ich in den letzten Jahrzehnten perfektioniert. Als Frau war es nicht leicht, von Männern ernstgenommen zu werden, deswegen zog ich seit jeher alle Register, um zu bekommen, was ich wollte.

Erwiesen sich Männer als immun gegen meine Intelligenz und kluge Argumente, bekam ich sie spätestens mit einem Wimpernaufschlag dazu, meine Wünsche zu erfüllen. Der tiefe Ausschnitt meines Kleides tat bei meiner üppigen Oberweite das Übrige.

Bald, als Lord, war ich darauf nicht mehr angewiesen. Endlich.

»Danke, Lord Haakon«, sagte ich. »Ich werde Ihren Erwartungen sicher trotz meines Aussehens gerecht.«

Er verstand den Wink. Die restliche Fahrt beobachtete er mich weniger ungeniert.

Doch ich hatte sein Feuer für mich entfacht.

Ich schreckte hoch. Mein Smartphone zeigte halb sechs an. Ich hatte über zwei Stunden geschlafen. Fluchend sprang ich von der Matratze. Nicht nur, dass Haakon mich in meinen Träumen verfolgte, jetzt verschlief ich auch noch und hing mit meiner Arbeit hinterher.

Ich checkte meine Mails. Die erste war aus Ontario. Die Engelsaktivitäten nahmen auch hier stetig zu, als zöge sich eine Schlinge immer enger. Auch der Himmel verfügte weltweit über Niederlassungen. Und jede Seite hatte Gebiete, in denen sie vorherrschend war.

Ich bearbeitete die ersten Mails und bestellte mir beim Room Service Espresso und Croissants. Essen war zwar nicht nötig, aber ich tat es aus Gewohnheit und Genuss.

Eine Mail aus Brisbane verdarb mir allerdings den Appetit: Meine Niederlassungsleiterin Elizabeth berichtete von einem Überfall auf eine Gruppe Mitarbeiter. Alle vier wurden getötet.

Wut sammelte sich in meinem Bauch. Die Engel wurden immer dreister. Seit dem Kampf zwischen Satan und Michael vor drei Jahren häuften sich diese Vorfälle.

Dass Engel Dämonen regelrecht exekutierten, war eine beunruhigende Entwicklung. Ich wollte Elizabeth anrufen, sobald ich die Mails durchgesehen hatte. Darüber mussten wir sprechen.

Die nächste Mail war vom Kommandant der Jäger in Brisbane. Die betreffenden Grundengel waren eliminiert worden. Wenigstens etwas. Damit rutschte der Anruf bei Elizabeth auf meiner To-do-Liste nach unten. Roman konnte die Details abfragen.

Die letzte Mail kam von einem verschlüsselten Absender, der mich Böses ahnen ließ. In der Regel waren das Himmelsprovider.

Solche Techniken sorgten dafür, dass außerhalb der Organisation niemand bemerkte, wer wir waren. Externe Mails waren selten und bedeuteten Ärger.

Ich klickte auf *Öffnen* und mein Verdacht bestätigte sich: sie war von Gabriel:

Desdemona, Dämonischer Lord der Hölle, Großbritannien, Kanada, Australien und Neuseeland,

bezüglich des Angriffs auf Engel in Queensland weise ich darauf hin, dass mir ein Vertrag vorliegt, nach welchem das Gebiet von Cairns bis Normanton und alle Be-

reiche nördlich dieser Städte unmissverständlich in unseren Herrschaftsbereich fallen.

In letzter Zeit wurden in diesem unseren Gebiet vermehrt dämonische Aktivitäten von Suchern festgestellt. Dies stellt einen Verstoß gegen die Rahmenbedingungen des Vertrages lt. §167 Abs. 4 Punkt 3 dar, den wir nicht hinnehmen.

Nachdem sie als eklatantes Sicherheitsrisiko für unser Gebiet und die darin tätigen Himmelsbewohner eingestuft wurden, haben wir dieses Risiko gem. §179 Abs. 3 eliminiert.

Unsere Gebietsansprüche scheinen dir nicht bekannt zu sein, da meine Sucher von einer deiner Jägertruppen angegriffen wurden.

Das wird Konsequenzen haben, die allein du trägst!

Zieh deine Leute sofort ab, um die Schäden so gering wie möglich zu halten. Und kümmere dich darum, dass deine Leute ihre Zuständigkeitsbereiche und Kompetenzen nicht überschreiten, sonst sehe ich mich gezwungen, zu härteren Maßnahmen als der bloßen Liquidierung umherstreunender Dämonen zu greifen.

Hochachtungsvoll

Gabriel,
Oberster Jurist am Himmlischen Gerichtshof
Erzengel ppa.

Ich lehnte mich stirnrunzelnd zurück.

Über diese Information musste ich nachdenken. Gabriel die Antwort zu schicken, die mir in den Fingern juckte, wäre kontraproduktiv. Es stimmte, was der großmäulige Erzengel schrieb. Der Vertrag lag Eve van de Fries, meiner australischen Kanzlerin, vor, aber wir hatten beschlossen, ihn zu ignorieren. Das besagte Gebiet war für uns interessant und ich wollte mein eigenes darum erweitern. Ich hatte nicht damit gerechnet, dass der zuständige Himmelsengel uns direkt an Gabriel verpetzte. Der elende Bürokrat hatte jeden Vertrag sofort zur Hand und bestand auf jede kleine Klausel.

Darum hasse ich Engel wie die Pest.

Schnell informierte ich Eve, Elizabeth und den Leiter der Jäger über Gabriels E-Mail und suchte den Vertrag auf unserem Sharepoint. Wie alle Verträge war auch dieser mehrere hundert Seiten lang. Dank der Suchfunktion fand ich die Passage, die ich brauchte, dennoch schnell.

Meine Mundwinkel verzogen sich grimmig nach unten. So leicht kam er nicht davon. Ich war genauso ausgekocht wie er. Das sollte er mittlerweile wissen.

Meine Finger flogen über die Tastatur.

Gabriel,

§179 Abs. 3 ist keine Rechtfertigung für die Liquidierung meines Jägertrupps. Die Parameter der Zusammenarbeit und Informationspflicht sind hinlänglich in §47 (1) festgehalten. Dementsprechend liegt ein schwerwiegender Pflichtverstoß Eurer Seite vor, den wir nicht hinnehmen können.

Wir machen unsere Ansprüche geltend und werden entsprechende Maßnahmen ergreifen.
Du solltest deine Verträge ganz lesen, bevor du Drohungen ausstößt.

Es klopfte an der Zimmertür, der Room Service brachte mein Frühstück. Mit grimmiger Genugtuung biss ich in das Croissant. Der cremige Buttergeschmack beruhigte meine Nerven und ich genoss den Espresso.

Die Sache war damit nicht erledigt, aber ich war es leid, stillzuhalten. Bevor wir in die Zentrale fuhren, würde ich mir zusammen mit meinem australischen Team eine Strategie überlegen.

Bei dem Gedanken, den ganzen Tag mit Haakon verbringen zu müssen, löste sich der Rest meiner guten Laune in Luft auf.

Sicher setzte er alles daran, dass die Stimmung möglichst unangenehm und feindselig wurde. Und ich täte mein Übriges dazu. Innerlich fluchte ich darüber, dass Satan mich beauftragt hatte, Haakon zu unterstützen.

Ich schloss die Augen und sammelte mich. Es brachte nichts, mit der Situation zu hadern. Ich musste es durchstehen und das Beste daraus machen.

Um Viertel nach sechs waren alle Mails bearbeitet. Ich griff zum Telefon, um Sadie und Roman zu mir zu bestellen. Anschließend duschte ich und machte mich zurecht. Mit Dämonenkräften dauerte das zehn Minuten.

Helene war neidisch auf diese Fähigkeiten, über die sie als Mensch nicht verfügte.

Ich korrigierte mich: Sie *sollte* keine magischen Kräfte haben. Doch Michaels Brust zierte seit seiner Heilung ein rotes Mal. Es leuchtete wie eine frische Wunde.

Ich erinnerte mich an eine Begebenheit vor der Hochzeit, als Michael Helene in Berlin angriff. Ich war als Erste vor Ort und hörte, wie er zu ihr sagte, Satan habe sie nur wegen des Wertes ihrer Seele ausgesucht.

Satan selbst stritt das ab, doch ich konnte es nicht vergessen. Es gab Ungereimtheiten in der Geschichte, die mir bis heute Rätsel aufgaben, doch ich fürchtete, dass ich mir die Finger verbrannte, wenn ich zu tief bohrte. Dazu kamen Helenes verschwommene Erinnerungen an die Begegnungen in Berlin und London. Nur, dass er sie beinahe dazu gebracht hätte, aus einem Fenster im zwölften Stock zu springen, wusste sie noch.

Ich hatte einmal vorsichtig ihre Aura abgetastet, als ich mit ihr allein war. Dabei fand ich etwas, das mich beunruhigte: einen Widerstand, der nicht da sein sollte. Und das hatte nichts mit der Immunität gegen Zwang zu tun, die Satan ihr gegeben hatte.

Er hatte etwas mit ihr gemacht und ich wusste, dass es mir nicht gefallen würde, wenn ich herausfand, was.

Um halb sieben klopfte es an der Tür und meine Assistenten kamen herein. Ich begrüßte sie lächelnd. Gegensätzlicher könnten zwei Personen nicht sein: Sadie war viel kleiner als Roman und aus ihrem weißblonden Haar fielen Blütenblätter, wenn sie sich bewegte. Romans Luftzug wirbelte sie quer durch den Raum. Sein schwarzes Haar und der braune Teint zeugten von seiner kreolischen Abstammung.

»Möchten Sie mit Gabriels Nachricht anfangen?«, fragte Sadie und stellte ihr Laptop auf den Tisch. »Ich habe deswegen mit Eve telefoniert. Sie hat die Sicherung der Gebiete in die Wege geleitet und überprüft die Verträge, um Verhandlungen aufzunehmen.«

»Ich habe mit Heathcliff telefoniert«, trumpfte Roman auf. »Die Gebiete sind gesichert und er hat das Hauptquartier umstellen lassen.«

Ich widerstand dem Drang, Roman für diese Dummheit durch die geschlossene Fensterscheibe nach unten auf die Straße zu schleudern. Er war ein junger Dämon und konnte sein Handeln nicht überblicken.

Ich kämpfte den aufkommenden Wutanfall nieder und unterbrach ihn in seinen Ausführungen, wie er den Engeln *einzuheizen* gedachte: »Sag ihm, er soll die Jäger abziehen«, wies ich ihn scharf an.

Ein Blutbad in Nord-Queensland musste vermieden werden. Vor allem, wenn die Engel teilweise im Recht waren. Meine Maßnahmen würden das verhindern.

Roman guckte verdattert, dann hatte er das Telefon am Ohr und gab meine Anweisung an Heathcliff weiter. Sadie schüttelte missbilligend den Kopf.

»Was hast du mit Eve besprochen?«, fragte ich.

»Den Vertrag, den Gabriel erwähnte und auf den Sie sich ja auch in Ihrer Mail bezogen. Eve wird die Klauseln überprüfen und neue Verhandlungen fordern. Dank Ihrer Nachricht geht sie mit guten Argumenten ins Gespräch«, entgegnete sie.

Mit ihrer Arbeit war ich zufrieden. Sadie arbeitete sehr gründlich und wusste, worauf ich Wert legte. Und das waren sicher keine kopflosen Attacken, bei denen man ein Hauptquartier in Schutt und Asche legte und noch mehr Verluste provozierte.

»Du weißt, dass wir jeden Fleck Australiens brauchen, wenn es zum Krieg kommt.« Sie nickte düster.

Der Norden Australiens und die Wüste Saudi-Arabiens waren die einzigen Möglichkeiten für das Höllische Heer, um die Truppen zu sammeln. Beide Gegenden waren kaum besiedelt und boten genug Platz.

Roman beendete sein Telefonat, sein Gesicht war rot vor Scham. »Lady Desdemona ... ich ...«

»Vergiss nicht, dass ich die Entscheidungen treffe. Zumindest mit Eve hättest du sprechen müssen, zumal ich bereits auf Gabriels Mail reagiert hatte. Mit deiner Voreiligkeit hättest du einen Krieg auslösen können.«

Ich überspitzte die Situation bewusst, um ihm einen Schrecken einzujagen, rief mir aber sein Alter ins Gedächtnis. Er war längst nicht so weit, dass ich ihn einfach machen lassen konnte.

»Es tut mir so... leid...«, stammelte er.

»Reden wir nicht mehr davon«, unterbrach ich ihn. Er sah betreten zu Boden.

Wir bearbeiteten die Mails, ich rückte die Sache gerade und verteilte die Aufgaben. Das Delegieren gewöhnte ich mir schnell an, als ich Mitglied des Rates wurde. Die Aufgaben auf drei Kontinenten waren zu umfangreich, als dass ich mich um alles kümmern konnte.

Die Kanzler und Assistenten leisteten exzellente Arbeit. Meistens.

Nach meinem dritten Espresso klingelte mein Handy. Ich sah auf das Display und unterdrückte ein Fluchen.

Haakon.

»Gaunt«, meldete ich mich unbeteiligt, als hätte ich nicht darauf geachtet.

»Welhaven«, grollte er ins Telefon. »Du musst herkommen. Ich ... wir... haben ein Problem.« Allein dass er mich anrief, verhieß nichts Gutes.

»Bin unterwegs.« Meine Assistenten sahen mich erwartungsvoll an. »Abflug. Notfall«, informierte ich sie.

Wortlos packten sie zusammen und folgten mir hinaus.

3

Haakon erwartete mich in seinem Büro.

Er stand an der Fensterfront und sah düster in den Osloer Hafen hinaus. Als er mich hereinkommen hörte, drehte er sich um und zeigte mir sein steinernes Gesicht.

Meine Unruhe wuchs. »Was ist passiert?«

»Amsterdam, Budapest und Moskau wurden angegriffen. Kleine Attentate, geschickt getarnt, aber mit verheerender Wirkung. Kasjanow hat sieben Tote aus Moskau gemeldet.« Er ballte die Hände zu Fäusten. »Kannst du mir sagen, wie das weitergehen soll? Und Satan verdammt uns zum Warten!« Er drehte sich unwirsch um. »Es gab Zeiten, in denen wir mit aller Härte zurückgeschlagen hätten.«

Das wusste ich. Trotzdem war es nicht gut für ihn und damit auch für mich, Satans Befehle in Frage zu stellen, oder schlimmer noch, zu missachten.

»Wie hoch sind deine Verluste?« Und warum hatte ich noch keine Nachricht erhalten?

Mein Handy vibrierte. Vermutlich besagte Information.

»Nur Verletzte dieses Mal. Den Sachschaden kann ich noch nicht beziffern, die Kanzler haben alle ins Homeoffice geschickt.«

»Vielleicht eine gute Maßnahme, um weitere Tote zu vermeiden.«

»Das sähe aus, als würden wir kleinbeigeben und uns verstecken.«

»Es nicht zu tun, lässt uns unvorsichtig und überheblich erscheinen.«

Er fuhr herum. »Ich entscheide, was in meinem Herrschaftsgebiet passiert, nicht du!«

Ich biss mir auf die Lippe. Genau das hatte ich Roman auch zu verstehen gegeben. »Ich mache nur Vorschläge.«

»Spar dir das für jemanden auf, der sie hören will.«

Er war so ein Vollidiot.

»Kannst du mir verraten, wie die Zusammenarbeit funktionieren soll, wenn das unsere Kommunikation ist?«

Er zuckte mit den Schultern. »Denk dir was aus.«

»Dann sag mir, warum du mich eben angerufen hast«, erwiderte ich so ruhig wie möglich.

Er seufzte vernehmlich. »Gut, lassen wir das. Ich habe den Eindruck, dass die Engel uns näherkommen. Uns Lords, meine ich. Nur an Grünbünden trauen sie sich nicht heran.«

Der Gedanke war mir bisher noch nicht gekommen, aber die Logik ließ sich nicht von der Hand weisen.

Seit Wochen kämpften Afrika, Asien und der Nahe Osten mit Engelsangriffen, von meinem Zwischenfall in Australien ganz zu schweigen. Südamerika, das ohne Lord war, wurde durch ein zuverlässiges Netz von Kanzlern gesichert. Sie unterstanden Satan direkt und Richard von Grünbünden hatte Nordamerika im Griff.

Er war einer der Dämonen, die ihrer rationalen Seite die Führung überließen. Er hatte die Engel wahrscheinlich an so harte Verträge gefesselt, dass sie ihm all ihre Gebiete abtreten müssten, wenn sie einen Angriff durchführten.

Die Impulsivität mancher Dämonen war ihr Untergang. Das war einer der Gründe, warum Südamerika ohne Oberhaupt war. Aber Richard... Mit ihm wäre die Zusammenarbeit eine Freude. Stattdessen stand ich hier mit Haakon. »Wie willst du vorgehen?«, fragte ich und scrollte mit meinem Handy durch meine Emails. Dreißig ungelesene Nachrichten im Posteingang.

Die Arbeit nahm kein Ende.

Er warf mir einen arroganten Blick zu. »Wie wohl? Ich rufe meine Kanzler zusammen und wir besprechen die Vergeltungsmaßnahmen. Was sich dieser wahnsinnige Erzengel auch dabei denkt, er muss mit herben Verlusten rechnen.« Er verschränkte trotzig die Arme vor der Brust.

Ich hätte schreien können. Dieses schreckliche Kleinkindverhalten gewöhnte er sich wohl niemals ab.

»Wir haben eben noch darüber gesprochen, dass Satan uns befohlen hat, stillzuhalten.«

»Ich werde keine Armeen aufmarschieren lassen«, maßregelte er mich. »Ich werde Nadelstiche setzen, die noch schmerzhafter sind als ihre Angriffe. Ich habe mit Satan gesprochen, er hat mir grünes Licht für die Konferenz gegeben.«

Das bedeutete, dass ich mit von der Partie war und eigene Anweisungen erhielt.

»Du wirst sie nur noch mehr reizen, das ist dir doch wohl klar. Was versprichst du dir also davon?«, fragte ich scharf. Haakon regte mich dermaßen auf, dass kein Buttercroissant der Welt mich beruhigen könnte. Eine Ader an meiner Schläfe pochte.

Irritiert sah er mich an.

»Vergeltung, was sonst?«, wiederholte er in einem Tonfall, als sei ich äußerst einfältig.

Meine Miene versteinerte. »Das habe ich verstanden, aber was kommt danach? Willst du sie dann in den Frieden zwingen? Verträge schließen, eine Offensive starten? Was soll danach passieren?«, bohrte ich gereizt.

»Was soll diese dumme Fragerei? Ich werde nicht auf mir sitzen lassen, dass meine Stützpunkte bombardiert und meine Angestellten ermordet werden. Wir sind stärker als die Himmelsbewohner. Wir werden siegen, wenn es zum Krieg kommt, was Michael ja anscheinend unbedingt will. Er und Raphael machen sich über uns lustig. Und wir lassen das auch noch zu. Ich bin nicht tausend Jahre alt geworden, weil ich ein Idiot bin.«

Dem würde ich widersprechen, doch mittlerweile hatte Haakon sich in Rage geredet und wurde laut. Wild lief er vor seinem Panoramafenster auf und ab.

Ich atmete tief durch.

Gegenanzuschreien war sinnlos, obwohl es mir die größte Freude bereitet hätte. Er war nicht nur ein chauvinistischer Mann, er war ein chauvinistischer Dämon.

Bei Weitem nicht der Einzige, doch Frauen in wichtigen Positionen gab es seit der Erschaffung von Satans Geschöpfen. Schließlich war der erste Dämon, Lilith, eine Frau gewesen. Seine rechte Hand für Jahrhunderte.

Sie war lange tot, doch was ich über sie wusste, machte mich dennoch eifersüchtig. Er hatte sie geliebt. Und ich wünschte mir, ich wäre an ihrer Stelle gewesen.

Stattdessen war ich bei Haakon, der im Mittelalter stehen geblieben war.

»Du verstehst das nicht«, redete er indes weiter. »Du bist nur eine Frau.« Das brachte das Fass zum Überlaufen. Ich ballte die Hände zu Fäusten. Trotz meiner Zwölfzentimeter-Absätze war ich einen halben Kopf kleiner als er. Das hinderte mich nicht daran, ihm ordentlich die Meinung zu sagen.

»Nur eine Frau? Hast du auch noch den letzten Rest deines Verstandes verloren?«

Haakon fletschte die Zähne. »Es ist doch so!«, brüllte er. »Ich verstehe nicht, warum Satan Frauen in den Rat der Lords lässt! Ihr habt keine Ahnung und seid uns ein Klotz am Bein!«

»Weil es fünfmal besser ist, einen Idioten wie dich da sitzen zu haben, dessen Gehirn sich ständig im Testosteron-Ausnahmezustand befindet!«, fauchte ich und biss mir auf die Lippe. Viel zu impulsiv. Viel zu emotional. Ich wollte mich nicht reizen lassen, professionell bleiben.

Aber Haakon schaffte es jedes Mal.

Jedes verdammte Mal.

Sein Gesicht nahm eine ungesunde Farbe an. »Wie redest du mit mir? Du schuldest mir verdammt noch mal Respekt!«

»Respekt muss man sich verdienen!«, keifte ich. Meine Hände wurden schwarz, eine Rauchwolke stieg aus meinem Mund auf. Haakons Manifestation war eine Körperverfärbung auf Brust, Schultern und Hals, die wie Schuppen aussah. Sie spiegelten seinen Gemütszustand wider. Gerade pulsierten sie dunkelblau an seinem Hals.

Er war mindestens so aufgebracht wie ich.

»Du mit deiner Vergeltung! Was soll das nützen? Du provozierst nur weitere Angriffe, bei denen noch mehr umgebracht werden! Du machst dich lächerlich!«

Er packte mich am Oberarm und zerrte mich zur Seite. Wütend versetzte ich ihm einen Feuerstoß.

Gegen körperliche Gewalt war ich allergisch und scheute nicht davor zurück, Haakon anzugreifen, wenn er versuchte, mir zu schaden. Was mir als Mensch widerfahren war, würde sich nicht wiederholen.

Einen Wasserdämon konnte ich nicht schwer verletzen, aber es reichte, damit er mich losließ.

»Verdammt, Desdemona! Du weißt, dass wir uns nicht länger bieten lassen dürfen. Wir machen uns wirklich lächerlich, aber nicht mit Vergeltung. Was sollen sie über uns denken? Über unsere ausbleibende Reaktion? Sie denken, dass wir feige und unfähig sind, zu handeln. Und du weißt, wessen Schuld das alles ist. Selbst du solltest bemerkt haben, dass es schlimmer wird, seitdem Satan sich diese menschliche Tussi ...«

Ich versetzte ihm einen weiteren Feuerstoß, der ihn zurücktaumeln ließ. »Sprich nicht so über unsere Königin. Sie trägt keine Schuld an den Attacken.«

Er wischte sich Ruß von der Wange. Die Schuppen schillerten lila. »Ach nein? Du willst also behaupten, dass sie nichts mit Michaels Veränderung zu tun hat? Ich habe das anders in Erinnerung. Diese Frau mit ihren merkwürdigen Kräften mischt sich überall ein.«

»Wenn ich mich recht erinnere, hat sie dir bereits ein paar Mal geholfen.« Haakons Gesicht wurde dunkelrot. Helene hatte ein Händchen für Dämonen, sie schaffte es, die meisten um den Finger zu wickeln, was seine größte Schwäche war. Haakon erreichte seine Ziele mit seiner Autorität, die er auf seine Position stützte. Helene hatte das nicht nötig.

Ich bewunderte sie dafür, denn sie schaffte es, dass die Dämonen gern taten, was sie von ihnen wollte. Um ihr zu gefallen. Das war einzigartig in der Hölle.

»Ohne sie wäre es genauso ausgegangen«, behauptete er und wandte das Gesicht ab. »Und ich weiß, dass du sie in Schutz nimmst, aber ich bleibe dabei: An den Attacken der Engel trägt sie die Schuld. Du solltest dich nicht blenden lassen.«

»Tue ich nicht. Jeder weiß, dass die Engel auf einen Vorwand gewartet haben, uns anzugreifen. Du warst doch bei der Verhandlung damals dabei. Michael ist völlig durchgedreht, als Gott Helene freigesprochen hat. Er hat sie nach der Verhandlung bedroht. Und auf der Hochzeit ...« Ich brach ab. Was geschehen war, wussten nur Satan und ich. Helene wollte nicht mit mir darüber sprechen. Wie die Begegnungen in Berlin und London schien sie auch dieses verdrängt zu haben.

Verdrängt.

Meine Eingeweide krampften sich zusammen, als ich mich energisch an meine Loyalität erinnerte.

So etwas durfte ich nicht einmal *denken*.

»Was?«, fragte Haakon. Ich atmete tief ein.

»Er tauchte auf und drohte mit weiteren Angriffen. Er hat es auf sie abgesehen. Weil seine Veränderung mit ihr zu tun hat und er nicht mehr er selbst ist. Das spielt keine Rolle, weil er verstanden hat, dass er durch Helene Satan verletzen kann. Wie wichtig sie ihm ist, sieht jeder, der Augen im Kopf hat.«.

»Frauen machen nur Ärger.«

»Ach, *deshalb* scharrst du möglichst viele um dich«, schoss ich zurück. Dieser Mann war das Hinterletzte!

Haakons Augenbraue zuckte hämisch nach oben. »Diese Frauen haben nichts zu sagen.«

»Besser nicht. Die können nicht bei Trost sein, sich auf dich einzulassen.«

»*Du* hast dich auch auf mich eingelassen.«

»Glücklicherweise mache ich keinen Fehler zweimal«, zischte ich. Der Mistkerl scheute vor nichts zurück. Ich sah ihn finster an. »Wo findet deine Konferenz statt?« Es war besser, aufs Wesentliche zurückzukommen.

»Wir fliegen nach Den Haag«, sagte Haakon, als habe er auf diese Frage gewartet.

»Jetzt?«

»Jetzt.« Er drehte sich um und ließ mich stehen. Ich beeilte mich, um hinterher zu kommen.

Die Limousine wartete vor dem Haus. Sadie und Roman standen mit Haakons Assistenten Tuva und Mads vor dem Eingang. Als wir hinauskamen, trat Mads seine Zigarette aus. Tuva, eine hübsche Brünette mit großen Brüsten, gab ihm Infos. Warum die Wahl auf sie gefallen war, erklärte sich von selbst.

Ich winkte Roman und Sadie heran. »Was gibt es Neues?« Sie warfen den anderen misstrauische Blicke zu.

»Angeblich bereitet Lord Haakon eine Großoffensive vor. Mads behauptet, sie hätten Prag und Madrid im Visier«, sagte Roman gedämpft. »Aufschneiderei, wenn Sie mich fragen. Wie könnte er in der Kürze der Zeit Truppen sammeln, die groß genug sind, um solche Manöver durchzuführen?«

»Ruf Steele an, er soll sich mit den anderen Jägern in Verbindung setzen. Ich muss wissen, was da vor sich geht«, wies ich ihn an. Das Ganze nahm beunruhigende Ausmaße an und Haakon schien nicht vorzuhaben, mich in seine Pläne einzuweihen.

Dafür erschwerte er die Zusammenarbeit.

Ich stieg in meine Limousine, griff nach meinem Handy und rief Antoine Cartier, meinen Kanzler für Kanada, an.

»Cartier.« Er klang gestresst.

»Gaunt. Hallo Antoine.« Er war ein integrer Starker Dämon, den ich aus der Zeit kannte, als ich aufgestiegen war. Damals half er mir bei verschiedenen Projekten und erwies sich als guter Freund, weswegen ich ihn sofort zum Kanzler ernannte, als ich in den Rat erhoben wurde.

»Desdemona, wie nett, von Ihnen zu hören. Obwohl der Anlass Ihres Anrufes vermutlich wenig erbaulich ist«, sagte er freundlich.

»Ich fürchte, Sie haben recht. Ich erhielt die Information, dass Haakon Truppen zusammenzieht. Haben Sie davon *gehört*?«, kam ich gleich zur Sache. Ich sah zu Roman und Sadie, die ebenfalls telefonierten.

»Es gab ein Mailing. Darin bat Lord Haakon um Unterstützung für diesen Einsatz.« Ich hörte, wie er mit seiner Tastatur klapperte. Genau das hatte ich mit der Betonung auf *gehört* gemeint. Antoine war ein begnadeter Hacker.

»Sie kam vor zwei Stunden und ging an die gesamte Führungsebene. Unwahrscheinlich, dass es seitdem Aktionen gab«, berichtete er weiter.

An die gesamte Führungsebene? Ich ballte die Hand zur Faust. An diese Mail konnte ich mich nicht erinnern. Ich atmete tief durch die Nase ein.

»Wissen Sie, wer Welhaven Unterstützung zugesprochen hat? Und von wem die Mail kam?«

»Die Mail kam von Tuva Mykland«, Cartier hüstelte. »Die Antworten ließen auf sich warten, weil die Mail ... nun ja ... inhaltlich schwer zu verstehen war.« Kein Wunder, Haakon war nicht dafür bekannt, bei Frauen nach Intelligenz zu gehen. Deshalb ließen sie sich schließlich auf ihn ein, wie er selbst zugegeben hatte.

Ich hörte Cartier tippen, er hackte sich zweifellos in Haakons System ein. Ich verfügte über das beste IT-Team der Hölle.

Abgesehen von Rhea, die nun für Satan arbeitete. Der Gedanke an sie beunruhigte mich. Sollte ich mit Ali darüber sprechen? Wäre er ehrlich mit mir oder wusste er eventuell auch nichts?

»Ich habe hier die Antworten«, riss Cartier mich aus meinen Grübeleien. Ich schwieg. Seine Aktivitäten in Haakons Netzwerk ließ ich mir nicht bestätigen. Was ich nicht wusste, konnte man mir nicht vorwerfen. »Sein Herrschaftsgebiet folgt der Aufforderung. Außerdem die Ukraine und Malaysia.«

Das überraschte mich. Meine asiatische Kollegin Yani Akutagawa war sparsam mit Unterstützungsangeboten. Unhöflich ausgedrückt ist sie ein Miststück, das nur seinen persönlichen Vorteil im Blick hat.

»Von unseren Leuten niemand, oder?« Cartier räusperte sich. »Wenn ich das so ausdrücken darf: man hätte sich Ihres Einverständnisses rückversichert.«

»Danke, Antoine.« Das stimmte, aber manchmal, und das wusste ich aus eigener Erfahrung, taten auch Vertraute Dinge, die man nicht erwartete.

Eve und Giles de Beauchamp, mein Kanzler für Großbritannien, genossen mein Vertrauen, ebenso wie Cartier, aber ich legte für niemanden die Hand ins Feuer. Außer für Satan und, seit Neuestem, Helene.

»Ich sende Ihnen die Liste. So können Sie Ihrem Kollegen im Gespräch auf dem gleichen Wissensstand begegnen.« Damit drückte er elegant aus, dass Haakon versuchte, mich zu betrügen.

»Danke.« Ich legte auf. Sadie und Roman beendeten ihre Telefonate.

»Giles hat die Mail nicht beantwortet. Er will sich bei Ihnen melden,« erklärte Roman.

»Eve hat eine Absage geschickt, da Sie ja bereits mit ihr telefoniert und die Maßnahmen geplant haben. Allerdings ist ihre Assistentin aus dem hiesigen Büro angerufen und unter Druck gesetzt worden«, berichtete Sadie.

»Wie das?« Sämtliche Alarmglocken in meinem Kopf läuteten. Wenn jemand meine Angestellten unter Druck setzte, war ich es immer noch selbst. Mein Blick wanderte durch die Windschutzscheibe auf die schwarze Limousine vor uns.

»Ihr ist mit einer Strafe gedroht worden, falls sie die Freigabe verweigert. Wegen Behinderung militärischer Operationen oberster Priorität.« Sadie schnaubte. »Das muss man sich mal vorstellen! Was soll denn das? Und wer soll das glauben?«

Das fragte ich mich auch. Sprach ich Haakon darauf an, wüsste er von nichts und würde irgendwen pro forma feuern. Doch ich würde die Sache nicht ruhen lassen.

»Das alles ist verdächtig. Wir sollten Nachforschungen anstellen.« Roman fiel in seine menschlichen Verhaltensmuster zurück. Er war Polizist in New Orleans, bevor er zum Dämon wurde. Das war nicht ungewöhnlich. Viele hatte in den ersten einhundert Jahren Probleme, ihr erstes Leben zu vergessen.

»Ich werde das auf dem Flug klären«, sagte ich.

Er ließ sich zurück in die Sitzpolster sinken. »Ich schätze, dass Lord Haakon mehr Leute für seinen Einsatz benötigt, als seine Assistenten uns erzählen dürfen«, sagte er und vertiefte sich in seine Emails.

Das Ganze gefiel mir nicht, doch der Flug dauerte lange genug, um ihm das detailliert auseinanderzusetzen.

Wir erreichten den Flughafen. Haakons Jet stand mit laufenden Turbinen bereit. Ich seufzte innerlich. Ich musste mir mein Gepäck nachschicken lassen. Es wäre wohl besser, die Koffer im Wagen zu deponieren.

Oder gleich im Flugzeug.

Haakon und ich nahmen im vorderen Teil der Passagierkabine Platz, die Assistenten im hinteren. Er wich meinem Blick aus und stierte aus dem Fenster.

»Wann wolltest du es mir sagen?«, fragte ich. Er wusste sofort, wovon ich sprach. Was das anbelangte, war er äußerst scharfsinnig.

»Es war nicht nötig«, sagte er knapp.

Wut schoss meine Kehle hoch.

»Nicht nötig? *Du* forderst Hilfe an und redest nicht mit mir? *Du* entscheidest über meinen Kopf hinweg, dass *du* Truppen brauchst und lässt *meine* Mitarbeiter anschreiben, ohne mir etwas zu sagen? Das ist *nicht nötig*?« Ich schloss die Augen, um mich abzuregen.

Er schob den Unterkiefer vor. Er konnte nicht leugnen, dass sein Verhalten falsch war. »Schön. Ich habe dir nichts gesagt, weil ich wusste, dass du mir nicht hilfst.«

»Du weißt gar nichts!« Ich atmete durch. Das führte zu

nichts. »Wir hätten darüber reden müssen. Ich kann nicht tolerieren, dass du meine Mitarbeiter ohne mein Wissen kontaktierst und Unterstützung anforderst.«

Er schnaubte. »Ich schulde dir keine Rechenschaft.«

»Verdammt, ich bin hier, um dir zu helfen. Du wolltest Unterstützung. Nicht meine, ich weiß«, unterbrach ich ihn, als er protestieren wollte. »Trotzdem hat Satan mich zu dir geschickt und wir werden es zusammen machen müssen.« Sein Mund war nur ein schmaler Strich in seinem kantigen Gesicht.

»Ich hatte Sergej angefordert«, sagte er gepresst.

»Komm darüber hinweg. Ich habe jetzt die zweifelhafte Ehre, dir zu helfen. Wenn du so weitermachst, könnte diese Zwangspartnerschaft länger dauern, als du und ich ertragen können.« Das war keine direkte Drohung, aber deutlich genug. Wir beide wussten, dass es am besten für uns war, möglichst bald getrennte Wege zu gehen.

In Haakons Gesicht stritten verschiedene Emotionen. Kurz dachte ich, er würde mit den Schultern zucken und es darauf ankommen lassen. Er hatte die Reife eines siebenjährigen Kindes und konnte sich ewig in seinem Trotz suhlen.

Vor allem, wenn er mich damit ärgern konnte. Der Stachel von damals saß noch immer fest in seinem Fleisch.

»Gut«, grollte er schließlich. »Mir liegt nichts daran, länger als nötig Teamwork zu betreiben. Weder mit dir, noch mit sonst wem.« Das war ja fast ein Zugeständnis. Manchmal überraschte sogar ein dummer Wikinger.

»Dann lass uns hoffen, dass wir heute Nachmittag auf der Konferenz zu einem guten Plan finden. Wenn er zu Satans Zufriedenheit ausfällt, kann ich dich vielleicht heute noch verlassen.«

Dass meine Wortwahl ungeschickt war, merkte ich sofort an seinem Gesichtsausdruck.

»Das wäre zu schön, um wahr zu sein.« Er wandte sich abrupt ab. Ich sah aus meinem Fenster und bekämpfte den Drang, mich zu entschuldigen. Aber das verdiente er nicht. Nicht nach den Heimlichkeiten und Anfeindungen der letzten Stunden.

Ich wünschte, ich könnte etwas Anderes behaupten, aber trafen wir aufeinander, kamen unsere schlechtesten Seiten ans Licht. Auch meine.

Ich musste abwarten, was die Besprechung ergab. Vielleicht bestand ja wirklich die Hoffnung, dass wir einen Plan fassten, der mich schnell nach Hause brachte.

Dann könnte ich mich um all die ungeklärten Fragen kümmern, die mich umtrieben.

Und mich endlich wieder wohlfühlen.

Der Flug ging rasch vorüber, obwohl Haakon und ich nur noch das nötigste miteinander sprachen. Ich telefonierte mit Helene, die besorgt war, dass wir uns die Köpfe einschlugen.

Ich weiß bis heute nicht, wie ich mich verraten hatte. Sie war mir schnell auf die Schliche gekommen und zog mich manchmal damit auf.

Wahrscheinlich profitierte sie von ihrer unerträglichen Neugier, denn ihr entging beinahe nichts. Schon gar nicht in Liebesdingen und allem, was damit zu tun hatte. Sie hielt wenig von Haakon, doch die beiden hatten einen akzeptablen Weg, miteinander zu arbeiten gefunden.

Streng genommen ergänzten die beiden sich gut, fast so gut wie Haakon und ich, doch sie hatten keine solche Geschichte wie wir und Helene war weniger stolz als ich.

Das hatte sie mir voraus.

»Ich höre doch, wie angespannt du bist«, sagte sie. »Hattet ihr euch gerade in den Haaren?« »Das ist untertrieben«, erwiderte ich, konnte aber nicht näher ins Detail gehen. Haakon telefonierte zwar auch, aber ich wusste nicht, wie viel er mitbekam. Ich wollte mir keine Blöße geben. Er sollte nicht hören, wie sehr er mich aufwühlte.

Er wusste es.

»Es tut mir leid, dass du das machen musst«, seufzte sie. »Ich habe mit Damian gesprochen, aber er sagte, deine Anwesenheit wäre wichtig, damit ihr zu einem Ergebnis kommt.«

Mein Augenlid zuckte. Die Frage war nur, welches das sein würde. »Ich werde schon nicht daran sterben.«

»Nein, das sicher nicht. Ich hoffe nur, das gleiche gilt für Haakon.«

»Wir werden sehen.« Ich versprach ihr, mich weder ärgern noch provozieren zu lassen und konzentrierte mich auf meine Briefings.

Als wir in Den Haag landeten, wartete Luuk van Rojden auf uns, Haakons niederländischer Kanzler. Ich kannte ihn flüchtig von einigen Terminen. Er war ein angenehmer Mann, seit gut sechshundert Jahren im Geschäft und ein Starker Dämon. Er war zuverlässig und nicht allzu ehrgeizig, genau die richtige Mischung für diese Position.

»Lady Desdemona, schön, Sie wiederzusehen. Mit Ihnen habe ich gar nicht gerechnet!«, begrüßte er mich, nachdem er Haakons Hand geschüttelt hatte.

»Wie Sie wissen, sind wir Lords stets für eine Überraschung gut«, sagte ich freundlich.

»Sind die anderen da?«, unterbrach Haakon unser Gespräch. Van Rojden nickte.

»Die meisten ja. Ich erwarte den Rest bis heute Abend.«

Haakon mahlte mit den Kiefern. »Die Versammlung ist für sechzehn Uhr angesetzt. Warum verspäten sie sich?«

Van Rojden zuckte zurück, was ich ihm nicht verdenken konnte. Sein Boss war nicht für sein sanftes Gemüt bekannt.

Wäre ich ihm nicht ebenbürtig gewesen, hätte er mich auch beeindruckt. Wegen seiner Größe, den breiten Schultern und dem kantigen Gesicht wirkte er imposanter als andere Lords, die sich nicht so aufplusterten. Genau wegen dieser Art hatte er es in Verhandlungen schwer, zu bekommen, was er wollte.

»Einige kommen von einer Sitzung in der Türkei. Die Balten müssen eine Schlechtwetterfront umfliegen«, erklärte van Rojden. »Mit Ihrem Einverständnis verlegen wir die Sitzung auf einundzwanzig Uhr, so können wir noch heute zu einem Entschluss kommen.«

Haakon nickte mürrisch und stieg ins Auto. Van Rojden und seine Assistenten folgten. Für meine Assistenten und mich stand eine zweite Limousine bereit.

Wir brauchten zwanzig Minuten bis zur Zentrale, Zeit, die ich schweigend verbrachte. Ich musste einen klaren Kopf bekommen und verstehen, was geschah. Nun, da van Rojden von meiner Anwesenheit wusste, hatte er mir die Mails weitergeleitet. Darin enthalten waren auch Fotos von der zerstörten Niederlassung.

Die Gewalt traf mich jedes Mal unvorbereitet. Immer, wenn ich dachte, ich hätte mich langsam daran gewöhnt, warf mich das Bild der Zerstörung zurück zu dem Angriff auf meine Zentrale vor drei Jahren. Die Ohnmacht und Angst, die ich deswegen empfunden hatte. Und wie sehr die Verluste schmerzten. Ich hatte alle Opfer gekannt. Manche fehlten mir bis heute.

In vierhundert Jahren hatte ich einige Engelsangriffe und Gemetzel erlebt, trotzdem war ein Rahmen gewahrt worden, eine Art Kodex, auf den wir uns verlassen konnten. Seit Satans und Helenes Zusammenkommen spielte das keine Rolle mehr.

Die blinde Wut hinter den Angriffen erschreckte mich. Sie wurden durchgeführt, um größtmöglichen Schaden anzurichten, nicht, um gezielt Dämonen zu töten. Nicht mal eigene Opfer wurden dabei gescheut, denn ich war mir sicher, dass nicht jedes Mal alle Engel heil aus der Mission herauskamen.

Was Michael und die anderen Erzengel dazu bewog, den Tod ihrer Leute in Kauf zu nehmen, erschloss sich mir nicht und machte mir Angst. Dieses Vorgehen war im Krieg das letzte Mittel. Dass er jetzt dazu griff, machte mich ratlos, in welchem Stadium wir uns befanden.

Krieg? Kalter Krieg? Wettrüsten?

Wir brauchten eine Vorgehensweise, um Frieden, zumindest aber einen Waffenstillstand zu erzwingen. Sonst wusste ich nicht, wie es weitergehen sollte.

Santini hatte alle Hände voll damit zu tun, unsere Leute zu schützen. Doch die Angriffe wurden immer brutaler und die Abstände kürzer. Das machte mich ebenso wütend wie Haakon, doch ich war mir sicher, dass es nichts brachte, Feuer mit Feuer zu bekämpfen.

Ein großangelegter Vergeltungsschlag entspannte die Lage nicht, im Gegenteil.

Ich holte mein Handy aus der Tasche und rief Satan an.

»Desdemona.« Seine Stimme vibrierte in mir. »Hast du mit Haakon eine Lösung gefunden?«

»Wir sind in Den Haag.«

»Ich weiß. Er hat sich die Konferenz von mir genehmigen lassen. Aber was hat es mit den Anfragen auf sich? Sein Büro wollte Pierre keine klare Antwort geben.«

Haakon konnte geheimniskrämerisch sein, doch Satan wäre nicht Satan, wenn er das nicht durchschaute. Er kannte seine Lords und erriet Hintergedanken sofort. Jetzt wollte er meine Meinung hören und mich auf Kurs bringen.

»Er will die Angriffe nicht mehr hinnehmen und Gegenmaßnahmen ergreifen. Keine Anschläge, sagt er, will aber nicht ins Detail gehen. Ich versuche, ihn zu überzeugen, dass es uns nicht weiterbringen wird, aber du kennst ihn.«

»Allerdings. Seine Dickköpfigkeit ist kaum zu übertreffen«, erwiderte er mit feinem Spott.

Ja, außer von deiner, dachte ich.

»Ich hoffe auf die Vernunft seiner Kanzler. Denn sein Plan führt nur zu weiteren Vergeltungsschlägen.«

»Die Gefahr besteht. Doch es wird sich kaum ein Kanzler trauen, ihm zu widersprechen. «

»Was ist mit Santini?«, fragte ich. Eine weitere Stimme der Vernunft konnte nicht schaden.

»Santini darf seine Bedenken äußern, muss sich jedoch den Befehlen der Lords fügen«, erinnerte er mich.

»Willst du eingreifen?«, fragte ich, obwohl ich die Antwort kannte.

»Nein. Solange der Krieg nicht erklärt wurde, tragt ihr die Verantwortung für eure Gebiete. Wenn Haakon mich nicht um Hilfe bittet, werde ich es ihm überlassen, so weit seine Kompetenzen reichen. Du kannst auf ihn einwirken. Als einzige hast du einen gewissen Einfluss auf ihn. Lenk ihn in die richtige Richtung.«

Ich fragte mich, was er damit meinte. Mein sogenannter Einfluss beschränkte sich darauf, ihn zu reizen und seine Machoallüren zu befeuern.

»Ich fürchte, du überschätzt mich.«

»Das glaube ich nicht. Ich weiß, was du kannst«, entgegnete er. Mein Herz flatterte wie ein kleiner Vogel.

»Ich gebe mein Bestes.«

»Schick mir nach der Besprechung einen Bericht. Mich interessiert das Ergebnis.«

»Selbstverständlich.«

Wir erreichten unser Hotel, das gegenüber von der Den Haager Zentrale lag. Ich verzog das Gesicht.

Wahrscheinlich waren alle Kanzler hier untergebracht, sodass ich nie zur Ruhe kam.

Der Rezeptionist händigte mir die Schlüsselkarte für meine Suite aus und ich machte, dass ich wegkam. Roman rief mir nach, dass die Sitzung auf halb neun angesetzt war, da schlossen sich die Aufzugtüren und ich war allein. Ich atmete durch und sah auf meine Armbanduhr.

Halb zwei nachmittags. Zeit genug, um mich mental auf die Sitzung heute Abend vorzubereiten.

Ich betrat meine Suite, warf einen Blick ins Bad und seufzte glücklich beim Anblick der Wanne. Ich drehte die Hähne auf. Ein Bad wäre jetzt das richtige.

Nach einem Blick hinaus zog ich schnell die Vorhänge zu. Ich hatte einen exzellenten Blick auf unser Bürogebäude, wahrscheinlich sogar auf die Chefetage.

Auch das noch.

Meine Kleidung warf ich über einen Stuhl und ging ins Bad, wo ich das Licht soweit es ging dimmte. Ich kam nicht umhin, meinen Körper im Spiegel zu bewundern. Bei meiner Verwandlung hatte Satan alle meine Wünsche erfüllt. Mein hüftlanges Haar schimmerte im schummrigen Licht wie Glut, als ich in die Wanne stieg.

Ich tauchte ins Wasser. Dampf umhüllte mich und das Spiegelglas beschlug vor Hitze. Die ätherischen Öle meines Badezusatzes entspannten mich, lösten meine verkrampften Muskeln.

›Du kannst Einfluss auf Haakon nehmen‹, hatte Satan gesagt. Ich würde alles versuchen, aber ich glaubte nicht an meinen Erfolg. Wenn ich ihn beeinflusste, dann nur zum Schlechten. Die kurze Zeit, in der zwischen uns alles gut gewesen war, war nur ein Wimpernschlag im Vergleich zu der Zeit, die wir uns hassten. Dabei hatte alles so vielversprechend angefangen. Zumindest damals war er nicht so arrogant gewesen, wie es den Anschein hatte. Doch es war sinnlos, sich darüber den Kopf zu zerbrechen.

Überhaupt war ich müde. Der Stress forderte seinen Tribut. Dass Haakon mich so aufwühlte, machte alles nur noch anstrengender.

Meine Lider wurden schwer und ich spürte noch, wie mein Kopf zur Seite rollte, dann war ich eingeschlafen.

»Gute Arbeit, Desdemona«, sagte Welhaven zu mir und nickte anerkennend. Ich lächelte. Das Lob war angebracht. Die Ergebnisse meiner Arbeit der letzten Monate übertrafen alle Erwartungen. Unzählige durchgearbeitete Nächte lagen hinter mir.

Satans Lob war mir gewiss. Er war zu uns nach Kopenhagen gekommen und wusste, was ich leistete. Und Welhaven war so beeindruckt, dass er mir kaum von der Seite wich und mich mit Aufmerksamkeit überhäufte.

Ich hatte einen dicken Fisch an der Angel.

In zwei Wochen erhob Satan mich in den Rat der Lords. Neben Yani Akutagawa wäre ich die einzige Frau dort. Mit Haakon am Haken würde alles leichter werden, dessen war ich mir sicher.

Ich erhielt die Staaten des Commonwealth, die über die ganze Welt verstreut waren. Das war mir recht, England war meine Heimat und die fernen Kontinente boten mir die Gelegenheit, die ganze Welt kennenzulernen.

Er ergriff meine Hand. »Ausgesprochen gute Arbeit.« Er küsste meinen Handrücken. Erleichtert über den Abschluss der Verhandlungen und die Gewissheit, dass mein Aufstieg beschlossen war, ließ ich ihn gewähren.

Ich verdiente eine Belohnung. Eine große, lange.

Welhaven sah aus, als könne er mir all das geben. Seine Hände glitten über mich. Er wusste, was er tat.

Er schob meinen Ärmel hoch und küsste meinen Unterarm, mit der rechten Hand fasste er meine Taille und zog mich zu sich heran. Seine Lippen wanderten zu meinem Mund, eroberten ihn. Als seine Zunge meine Lippen teilte, seufzte ich laut.

Es war berauschend. Ein Kribbeln wanderte durch meinen Körper und meine Knie wurden weich. Genau, was ich mir erhofft hatte. Nein, noch besser.

»Haakon«, seufzte ich, als er mich noch enger an sich zog. Er war mindestens so erregt wie ich. Ich hatte ihn warten lassen, sicher viel länger, als er es gewohnt war.

Es war mir schwergefallen, denn er hatte mit seinen Absichten nicht hinterm Berg gehalten. Mehr als einmal musste ich mich Situationen entziehen, in denen er dachte, er hätte mich so weit.

Jede einzelne war eine Prüfung für meine Selbstbeherrschung gewesen.

Er hatte sich meinen Respekt und meine Sympathie verdient. Unsere Zusammenarbeit war exzellent und wir ein gutes Team. Jetzt würde ich mich erkenntlich zeigen und ihm geben, was er unbedingt wollte.

Und ich auch.

Mein Körper lechzte nach den Wonnen, die ein Mann ihm bereiten konnte. Das letzte Mal war lange her.

Er strich mein Haar zurück und fuhr mit den Fingerspitzen meinen Haaransatz entlang zu meinem Kinn, den Hals hinunter zu meinem Dekolleté. Ich sog zischend Luft ein, als er die Hand in meinen Ausschnitt schob und den Daumen um meine Brustwarze kreisen ließ. Die andere tastete sich an meinem Rücken zu der Schleife, die das Kleid unter der Brust zusammenhielt.

Ich griff nach seinem Hemdkragen und zog seinen Krawattenknoten auf. Dann machte ich mich an seinen Gehrock und entblätterte ihn Schicht um Schicht.

Er strich die Ärmel von meinen Schultern und schob mein Kleid hinunter. Seine Augen weiteten sich, als er meinen nackten Körper betrachtete.

Mittlerweile hatte ich seinen Oberkörper entblößt und strich über seine breite Brust. Seine Schultern, Oberarme, Brust und die Seiten seines Halses waren von seiner Manifestation bedeckt, einem faszinierenden Muster aus Fischschuppen und Wellen. Sie schillerten in allen Farben des Ozeans.

»Je dunkler die Farbe, desto erregter bin ich«, vertraute er mir an. Die meisten Partien waren indigoblau.

Mehr Bestätigung brauchte ich nicht. Hastig zerrte ich an seinem Hosenband, als er seine Lippen auf meine Brüste senkte und meine Haut zum Brennen brachte. Ein Rauchwölkchen entwich meinen Lippen. Er beobachtete es fasziniert.

»Je erregter ich bin, desto heißer wird es werden«, flüsterte ich. Seine Hand war kühl, als sie jetzt über meine Haut fuhr.

»Ich werde dafür sorgen, dass du nicht verglühst, obwohl du es tust«, versprach er.

Er hob mich hoch und schlang meine Beine um seine Taille. Auf einem der Sofas ließ er sich nieder und zog die Bänder seiner Hose auf. Atemlos beobachtete ich, was zum Vorschein kam.

All meine Wünsche würden in Erfüllung gehen.

Ich kniete über ihm und wand mich unter den köstlichen Qualen, die sein Mund und seine Hände verursachten, als sie sich tastend über meinen Körper bewegten.

Seine Rechte glitt an der Innenseite meines Oberschenkels hinauf und öffnete mich für ihn. Stöhnend senkte ich meinen Mund auf seine Lippen und drückte mich gegen seine Finger. Ich konnte nicht mehr länger warten, für alles andere konnten wir uns hinterher Zeit nehmen.

»Tu es«, bat ich ihn heiser. »Jetzt.«

Die Muster waren so dunkel, dass sie beinahe schwarz wirkten, als er meine Hüften packte. Er schob mich auf seine Erektion und vereinigte uns. Mir blieb fast die Luft weg, als er mich gänzlich ausfüllte. Keuchend verharrte ich einen Moment und genoss den exquisiten Schmerz.

Seine Hände strichen über mein Gesäß, sein Mund zog eine heiße Spur von meinen Lippen zu meinem Schlüsselbein.

»Du fühlst dich so gut an«, stöhnte er unter mir. Als hätte es darauf gewartet, regte sich etwas in mir.

Etwas Neues, Drängendes.

Ehrgeiz trieb mich an, dieses Ereignis für uns beide unvergesslich zu machen. Ich ließ mein Becken in einem aufreizend langsamen Rhythmus kreisen. Er stieß ein Knurren aus und zog alle Nadeln aus meiner Hochsteckfrisur, sodass die langen Locken über meinen Rücken flossen. Dann fasste er meine Hüften, dirigierte sie, erhöhte das Tempo. Er sah mir fest in die Augen, bis sich in mir schier unerträgliche Hitze zusammenballte, die mich mit einem Aufschrei zum Zerbersten brachte. Rauch stieg von meiner glühend heißen Haut auf und verdampfte zischend an seinen Händen.

Sein Schrei ging mir durch Mark und Bein, als er ebenfalls seinen Höhepunkt erreichte und seine schweißfeuchte Stirn gegen meine Schulter sank. Seine Manifestation schillerte im Takt seines Herzschlags.

Ich rang nach Luft. In all den Jahren hatte ich das noch nicht erlebt. Nicht einmal ansatzweise.

Noch in mir legte er die Hände um meinen Rücken und bettete mich auf das Sofa, sodass er über mir war.

»Ich kann nicht aufhören. Du etwa, meine Süße?«, gurrte er in mein Ohr. Ich schüttelte den Kopf. Ich hatte längst nicht genug von ihm. Er musste weitermachen, mir mehr Lust bescheren.

»Das hatte ich auch nicht anders erwartet«, sagte er dunkel lächelnd. Seine Hände griffen meine Fesseln und zogen sie weit nach oben. Fasziniert beobachtete ich seine sicheren Bewegungen und krampfte kurz darauf unter seinen Berührungen. Seinen tiefen Stößen, die mich vibrieren ließen.

Er war geschickt, wer weiß, wie viele Frauen er bereits in Verzückung gebracht hatte. Doch seine Miene zeigte mir, dass er selten eine solche Ekstase fühlte.

Er nahm mich ein weiteres Mal auf dem Sofa und wenig später, als wir bereits angekleidet waren, auf seinem Schreibtisch. Ich genoss das Gefühl, mich nicht verstellen oder schämen zu müssen, weil er mir das Kleid hochschob und mich auf die dunkle Holzplatte setzte, die unter unsere Bewegungen knarrte.

»Ich bin froh, dass du ebenfalls ein Hoher Dämon bist«, sagte er und schob mir eine Locke hinters Ohr. »Ich muss keine Angst haben, dir wehzutun, wenn ich dir zeige, was ich besonders mag.« Seine Hände legten sich um meine Oberarme und hoben mich hoch.

Er flüsterte mir ins Ohr, was er mit mir tun wollte, um es gleich darauf in die Tat umzusetzen. Er brachte mir Dinge bei, von denen ich zuvor weder gehört, noch zu träumen gewagt hatte und die uns an den Rand unserer Belastbarkeit trieben.

Er konnte mir nicht wehtun, auch wenn manche Dinge einem schwächeren Dämon nicht gut bekommen wären.

Ich liebte es. Und ich wollte mehr davon.

Als ich zerzaust und glühend sein Arbeitszimmer verließ, hatte er nicht genug. Nach dem Dinner suchte er mich in meinem Zimmer auf und fing von vorn an. In einem Bett bei verschlossener Tür, hatte er noch bessere Ideen, um mich glücklich zu machen. Ich bereute es kein einziges Mal, auf seine Vorschläge eingegangen zu sein.

Weit nach Mitternacht gönnten wir uns eine Pause.

»Wie lange bleibst du?«, fragte er. Sein Kopf lag schwer auf meiner Brust. Ein Silbertablett mit dekadenten Weintrauben war in Reichweite. Er ließ nichts aus.

Ich nahm eine dunkelrote Traube und dachte an Satans Nachricht, die heute angekommen war. Ich sollte unverzüglich nach Kairo zu kommen. Dort wollte er meine Initiierung vornehmen.

»Jetzt, da der Auftrag erfüllt ist, werde ich morgen auf Satans Befehl nach Ägypten abreisen.«

Warum fiel es mir schwer, ihn zu verlassen?

Haakon jedoch schien sich über diese Neuigkeit zu freuen. Das Blitzen seiner blauen Augen gefiel mir.

»Ich werde ebenfalls dorthin abreisen. Wichtige Geschäfte im Rat stehen an«, sagte er selbstgefällig. Ich ärgerte mich über seinen Hochmut und verschwieg, dass ich der Grund der Zusammenkunft war. Dennoch war die Aussicht verlockend, dass wir die mehrwöchige Seereise zusammen unternahmen.

Er strich mit der Hand meinen Oberschenkel entlang und griff sich eine Traube. »Wir könnten zusammen fahren. Zeit gemeinsam verbringen.«

Ich fing seine Hand ein. »Das gefällt mir«, hauchte ich und verführte ihn von neuem.

Dabei erwiesen sich die Weintrauben als nützlich.

Ich schreckte hoch. Einen kurzen Moment orientierungslos blinzelte ich ins gedämpfte Licht. Wo war ich? Das war nicht mein Badezimmer.

Da kam alles zurück: Hamburg, Satans Auftrag, Haakon und jetzt Den Haag.

Haakon.

Meine Haut war noch erhitzt, der Traum hatte mich daran erinnert, wie gut wir harmoniert hatten.

Ich schloss die Augen. Das war alles so lange vorbei, dass es kaum mehr eine Erinnerung war.

Mehr als zweihundert Jahre.

Es war sinnlos, der Vergangenheit nachzuhängen.

Auch wenn sie mich daran erinnerte, dass ich eine Frau mit Bedürfnissen war.

Trotz all des Hasses hatte ich nicht vergessen, welches Geschenk Haakon mir gemacht hatte. Wie ich mich seinetwegen gefühlt hatte. Das Funkeln in seinen Augen verfolgte mich. Nach ihm hatte es keinen Mann gegeben, der das Feuer so in mir entfacht hatte, doch die Gründe für unser Zerwürfnis waren zu zwingend, als dass etwas zu retten wäre. Überhaupt verdiente ich eine Entschuldigung, die ich nie bekommen würde.

Ich schüttelte die Gefühle und Erinnerungen ab, stieg aus der Wanne und trocknete mich ab. Dann warf ich einen Blick auf die Uhr. Halb sechs.

Genug Zeit, um mich auf den Abend vorzubereiten.

Während ich mich anzog, grübelte ich über die Müdigkeit nach. Manchmal kam ich wochenlang ohne Schlaf aus und doch nun hatte ich innerhalb kurzer Zeit zweimal geschlafen. Als wäre ich ein Mensch.

Ich hoffte nur, dass das nicht zur Gewohnheit wurde.

Je schneller ich hier fertig wurde, desto besser. Als ich hergerichtet war, rief ich Sadie und Roman zu mir. Kaum drei Minuten später stolperten sie in meine Suite, beide wirkten eifrig, es musste Neuigkeiten geben. »Was ist los?«, fragte ich.

Sadie zückte ihr Smartphone. »Es kamen Mails von Giles und Eve. Antoine konnte ein paar interessante Informationen von Lord Haakons ... Homepage gewinnen.« Sie grinste mich verschmitzt an. Also hatte Antoine ein wenig herumgeschnüffelt. Interessant.

»Also?«

»Lord Haakon hat eine Statistik anfertigen lassen und die Städte, Engel und das Verhältnis der Populationen analysieren lassen«, berichtete sie. »Demnach greifen sie vor allem in Städten an, in denen sie in der Überzahl sind. Wahrscheinlich, um sich gegen uns zu schützen.«

Haakon, dachte ich fasziniert. *Wirst du doch sorgfältig auf deine alten Tage.* Allein den Aufwand zu betreiben, die Herkunft der Engel zu ermitteln, hätte ich ihm nicht zugetraut.

»Allerdings, und das ist irritierend, plant er nach diesen Erkenntnissen Vergeltungsschläge.« Sie sah von ihren Unterlagen auf, um meine Reaktion zu beobachten.

»Warum ist das irritierend?« Mich wunderte das gar nicht. Er hatte ja in unseren *Gesprächen* bereits durchblicken lassen, dass er nicht mehr bereit war, die andere Wange hinzuhalten.

»Weil er die umgekehrte Strategie nutzt und Städte mit hoher Population anvisiert. Vermutlich, um so viele Engel wie möglich zu töten.« Sadie runzelte die Stirn. Ich wusste, dass sie das nicht verstand, aber ich konnte es umso besser nachvollziehen.

Diese Denkweise war typisch für ihn. Er definierte sich über die Opferzahlen.

Ich hoffte nur, dass Antoine Details gefunden hatte.

»Und welche Städte sind das? Doch nicht der Vatikan, oder?« Nicht einmal Haakon war so größenwahnsinnig, die Hochburg des Himmels anzugreifen. Außerdem kontrollierten die Engel den größten Teil Italiens.

»Nein, Prag und Madrid«, fiel Roman Sadie ins Wort. »Es gibt eine interessante Korrespondenz zwischen ihm und General Santini zu diesem Thema.«

Ich seufzte.

Nach dem Vatikan und Rom waren Prag und Madrid die Städte mit der höchsten Engelspopulation der nördlichen Hemisphäre. Gegen sie einen erfolgreichen Einsatz durchzuführen setzte enormes taktisches Geschick voraus. Und das sah ich bei dem hitzigen Norweger nicht.

Wenigstens war Santini im Boot. Dieser zeichnete sich durch seine Umsicht aus und würde keinen übereilten Aktionen zustimmen.

Ich würde einen solchen Wahnsinn niemals unterstützen. Ich unterdrückte den Drang, mir die Schläfen zu reiben, und wandte mich Sadie zu. »Und Eve?«

»Lord Haakon beharrt darauf, dass er das Northern Territory für seine Militäroperation benötigt.« Ich biss mir auf die Lippe.

»Er oder sein Büro?« Ich hatte es gewusst: er würde sich niemals ändern, egal, was er versprach.

»Sein Büro. Tuva hat die Mail geschickt«, sagte Roman. Die dusselige Brünette also. Ich ahnte, was in der Mail stand.

»Was hat Eve geantwortet?«

»Das gleiche wie sechs Stunden vorher. Ohne Absprache mit Ihnen wird sie nicht helfen.«

Auf meine Kanzler ist Verlass.

»Gut. Das werde ich mit ihm heute Abend diskutieren.« Ich hörte Romans Zusammenfassung der angekommenen Mails zu. Die meisten waren Standardberichte, aber die von Eve und Antoine bedurften mehr Aufmerksamkeit. Und eine Unterredung mit Haakon.

»Das wird ein interessantes Gespräch.« Meine Assistenten hatten ihre Smartphones im Anschlag und sahen mich erwartungsvoll an. »Lasst gut sein, das regele ich.«

»Was werden Sie unternehmen?«, fragte Roman.

»Das überlege ich mir, wenn ich ihn vor mir habe,« sagte ich ruhiger, als mir zumute war.

4

»Was hast du dir dabei gedacht? Dass du mich mit Lügen ruhigstellen kannst?«, fuhr ich Haakon an. Es war kurz vor der Konferenz, aber ich wollte nicht mehr warten. Ich musste die Angelegenheit jetzt klären.

Haakon sah mich an, als hätte ich den Verstand verloren, die Hände abwehrend erhoben. »Was ich gesagt habe, meinte ich so«, beharrte er. »Ich habe keine zweite Mail in Auftrag gegeben. Das muss ein Missverständnis sein. Eve irrt sich.«

Ich warf ihm den Ausdruck zu. Er las ihn und machte ein dummes Gesicht. »Also, das ...«

»An dieser Mail gibt es nichts misszuverstehen. Sie ist von deiner Assistentin. *Nachdem* wir miteinander gesprochen haben«, sagte ich schneidend und deutete auf den Zeitstempel. »So können wir nicht zusammenarbeiten. Ich muss mich darauf verlassen können, dass deine Aussagen stimmen.«

Sein Mund zuckte. »Tun sie. Ich spreche mit Tuva. Das wird nicht wieder vorkommen. Niemand handelt ohne meine Anweisung«, sagte er grollend. »Und ich stehe immer zu meinen Aussagen.«

»Dann sorg dafür, dass du dein Häschen unter Kontrolle bekommst. Ich kann es nicht leiden, wenn meine Angestellten bedroht werden. Ob nun mit oder ohne dein Einverständnis«, sagte ich boshaft. Ich stolzierte aus dem Raum, bevor er etwas erwidern konnte. Dabei atmete ich durch. Das war auch nicht hilfreich.

Übertrieben hatte ich nicht. Die Aktion war indiskutabel. Ich *musste* so reagieren. Haakon musste verstehen, dass er so nicht mit mir umgehen konnte.

Tuva saß in Haakons Vorzimmer an ihrem Schreibtisch und lächelte mich dümmlich an. Wahrscheinlich war ihr nicht einmal bewusst, was sie getan hatte.

Haakon sollte seine Personalpolitik überdenken.

Schleunigst.

Roman und Sadie warteten im Flur. Ich sah ihnen an, dass sie am liebsten an der Tür gelauscht hätten.

»Haben Sie ...« Roman brach ab, als ihm bewusst wurde, dass seine Frage unangebracht war.

Ich ging darüber hinweg. »Wenn weitere Mails kommen, informiert mich umgehend. Wir lassen uns nicht unter Druck setzen.« Die beiden nickten und vertieften sich sofort in ihre Bildschirme.

Es wurde Zeit, in Richtung Konferenzraum zu gehen. Ich war ungern die letzte.

Ich holte mein Telefon hervor und rief Eve an. »Ich habe die Angelegenheit geklärt. Sie können die Mail ignorieren. Es handelte sich um einen Fehler.«

»Da bin ich froh«, sagte sie. »Shannon war ganz aufgelöst, als die Nachricht kam. Sie fragte mich, mit welcher Strafe sie rechnen muss.«

»Mit keiner. Im Gegenteil. Lassen Sie sich etwas einfallen, um sie zu belohnen. Sie hat richtig reagiert.«

»Danke, dass Sie sich so schnell gekümmert haben, Desdemona. Es herrschte schnell Aufruhr unter uns. Ich habe mit Kollegen aus den anderen Gebieten telefoniert. Die meisten waren irritiert. Ich weiß nicht, inwieweit Lord Haakon sich mit Ihren Kollegen abgestimmt hat.«

»Das hat er getan. Mir wollte er es persönlich sagen, kam aber nicht rechtzeitig dazu.« Ich verzog den Mund. Jetzt nahm ich Haakon auch noch in Schutz.

Dieser Einsatz verlangte mehr von mir, als ich gedacht hatte. Doch der Rat durfte nicht uneinig aussehen, nicht vor meinen Kanzlern und auch nicht vor allen anderen. Was Eve darüber dachte, konnte ich nicht beeinflussen. Sie war klug und intuitiv. Sie würde ihre Schlüsse ziehen und schweigen.

»Wenn die Konferenz beendet ist, melde ich mich bei Ihnen«, sagte ich zum Abschied. »Der Output wird uns wahrscheinlich alle betreffen.«

»Antoine, Giles und ich halten uns bereit«, versprach sie. »Viel Erfolg, Desdemona.«

Wir verabschiedeten uns und ich lenkte meine Schritte in Richtung Konferenzraum. Sadie und Roman liefen in ihre Smartphones versunken hinter mir her.

Die Aufzüge gingen auf und ein Schwung Leute trat in den Flur. Alles Starke und zwei Hohe Dämonen.

Haakons Kanzler. Zumindest ein paar von ihnen.

Sie erkannten mich und nickten mir ehrerbietig zu. Einige blieben stehen, um ein paar Worte mit mir zu wechseln. Wegen Großbritannien hatten wir oft miteinander zu tun, vor allem die westeuropäischen Länder. Und obwohl ich von Haakons Strategie, für jedes Land einen eigenen Kanzler einzusetzen, nichts hielt, waren viele kompetente Leute dabei.

Inga Stralund wartete, bis die anderen vorübergegangen waren. »Lady Desdemona, schön Sie zu sehen. Ich wusste nicht, dass Sie an der Konferenz teilnehmen.«

Ich kannte sie noch von der ersten Zusammenarbeit mit Haakon. Sie war seit dreihundert Jahren für Dänemark, die Färöer-Inseln und Grönland verantwortlich. Auf mich wirkte sie undurchsichtig, sie hatte ein Pokerface und ich konnte sie schwer einschätzen. Dennoch war ihre Arbeit gut und ich vermutete, dass sie bald in den Rang einer Hohen Dämonin erhoben wurde.

Wenn sie so weitermachte, konnte ich sie mir sogar für den Rat vorstellen. Der Sitz von Südamerika war seit über einhundert Jahren unbesetzt. Ruy war Anfang des Ersten Weltkrieges in Mexiko ermordet worden. Ein schwerer Schlag, den niemand hatte kommen sehen.

Bei der Nachbesetzung ließ Satan sich gern Zeit. Als ich erhoben wurde, war mein Sitz siebzig Jahre frei gewesen und von den anderen Lords interimsweise mitregiert worden. Ich merkte ihnen die Erleichterung an, als sie den zusätzlichen Klotz am Bein loswurden.

Dennoch brachte jeder neue Lord auch eine neue Dynamik in den Rat. Nach mir kam nur noch Steve, der Afrika regierte, doch ich ahnte, wie viel Veränderung Sergej Kasjanow bereits erlebt hatte. Er war das einzig verbliebene Gründungsmitglied und seit zweitausend Jahren ein Dämon.

»Ich bin von Satan zur Unterstützung gesandt worden«, erklärte ich meiner potenziellen Kollegin. Eine Frau mehr wäre von Vorteil. Vielleicht verbesserte sich dann auch mein Verhältnis zu Yani.

»Wegen der Angriffe auf die Stützpunkte? Ich habe davon Kenntnis erhalten. Ich hoffe, Lord Haakon hat einen Plan, wie wir weitere Angriffe abwenden können. Sind Ihre Gebiete ebenfalls betroffen?«

»Bisher noch nicht, aber wir können uns nicht sicher fühlen. Da sich in Haakons Gebiet die Vorfälle häufen, bin ich zu seiner Unterstützung angereist. Er hat die mit Abstand meisten Staaten unter sich.« Und wieder musste ich Schönwetter machen und so tun, als wäre ich *gern* hier an Haakons Seite. Sie schien das zu schlucken.

»Wenn wir unsere Kräfte bündeln, werden wir sicherlich eine gute Lösung finden. Ich bin gespannt, mit welcher Intention Lord Haakon an die Sache herangeht. Und natürlich auch, wie die Kollegen dazu stehen.«

Ich nickte knapp. Im Gegensatz zu anderen, die die Muskeln spielen ließen, hatte ich bei ihr das Gefühl, dass sie Vernunft Impulsen vorzog.

»Lassen Sie uns hineingehen und es herausfinden.«

Wir machten ein paar Schritte, da klingelte ihr Smartphone. Inga warf einen Blick auf das Display und riss verblüfft die Augen auf. Der Anruf überraschte sie anscheinend und schien wichtig zu sein. »Entschuldigen Sie, da muss ich rangehen.«

Ich ließ sie zurück und betrat mit Roman und Sadie den Konferenzraum. Er wirkte wie ein Hörsaal in einer Universität, kein Wunder, bei der Anzahl von Teilnehmern. Es waren an die dreißig Kanzler.

Ich hätte keine Lust, mit so vielen Leuten sprechen und ihnen Anweisungen geben zu müssen. Meine drei Kanzler waren kompetent genug und gaben unsere Ergebnisse an ihre jeweiligen Leute weiter. Top-down und Lean, so wie es sein musste. Haakon sollte einen Managementkurs besuchen, statt hier Hof zu halten wie ein König.

Vorn stand ein Tisch mit einem Namensschild für mich. Sadie und Roman saßen neben mir. Hinter uns schlossen sich die Kanzler zu ihren Delegationen zusammen und setzten sich.

Meine Assistenten starrten Haakon mit gezückten Smartphones an wie übereifrige Studenten ihren Professor. Ich lehnte mich auf meinem Stuhl zurück und schlug die Beine übereinander. Wie Inga war auch ich gespannt, zu welchem Schluss er gekommen war. Bei Haakon musste man stets mit allem rechnen. Auch, dass er seine Meinung aus heiterem Himmel änderte.

Als alle saßen, ergriff der Lord das Wort. Er schilderte kurz die Vorfälle und fügte ein paar Angriffe aus den letzten Monaten hinzu. Er präsentierte die Statistik, die Antoine entdeckt hatte und zeigte Bilder der zerstörten

Niederlassungen. Mein Magen verkrampfte sich. Ich würde den Anschlag auf London vergessen.

Irgendwann.

Haakon beschrieb die Opferzahlen und führte auf, welche Schäden die Angriffe verursacht hatten - personell und finanziell. Er übertrieb, aber das bemerkte man nur, wenn man ihn gut kannte. Außer Satan und mir war dazu wahrscheinlich niemand in der Lage.

»Wie Sie sehen, ist uns übel mitgespielt worden«, sagte Haakon und ging mit finsterer Miene vor einer Karte seines Herrschaftsgebiets auf und ab. Darauf waren die attackierten Städte markiert. Es waren viele, mehr, als ich in Erinnerung hatte.

Wie konnte ich das vergessen?

Unruhig sah ich hinunter auf mein Telefon. Ich verließ mich zu sehr auf dieses Gerät. Schlussendlich würde es mich nicht retten.

»Wir sind uns einig, dass wir das nicht länger hinnehmen können. Wir werden uns wehren und sie dort treffen, wo sie besonders empfindlich sind: Sie haben ihre Lieblingsstädte in Europa, die exponiert vor uns liegen. Sie verlassen sich darauf, dass sie wegen der hohen Population unangreifbar sind. Aber genau diese Arroganz machen wir uns zunutze. Madrid und Prag sind unsere ersten Ziele, um schmerzhafte Nadelstiche zu setzen. Sie werden sich wundern, wo ihre fähigsten Köpfe geblieben sind. Es wird dauern, bis sie darauf kommen. Und wenn sie es geschafft haben, wenden wir uns den nächsten Städten zu: Budapest und Paris.«

Unruhe kam über die Kanzler. Manche waren damit nicht einverstanden, Prag und Madrid anzugreifen, allerdings sah ich auch viel Zustimmung in den Gesichtern.

Ich hatte damit gerechnet, dass Haakon die absolute Mehrheit auf Anhieb verfehlte. Die meisten der Kanzler waren Bürokraten, keine Krieger. Sie würden es sich sehr genau überlegen, welche Risiken sie eingingen.

»Es ist Zeit, den Himmelsbewohnern Paroli zu bieten und unsere Stärke zu beweisen. Wir sind die Mächtigeren und haben lange genug geduldet und gezagt. Die Hochzeit Satans wird nicht länger ein Vorwand für sinnlose Zerstörung und Mord sein!«, schmetterte Haakon in das Mikrofon, das er nicht gebraucht hätte. Was den Zuspruch anging, sah er offenbar Potenzial.

Einige Kanzler erhoben sich nun offensiv und klatschten Beifall. Andere saßen schweigend da, schienen sich aber nicht zu Protest durchringen zu können. Ich sah van Rojden mit seinen Sitznachbarn flüstern. Seine Zustimmung hätte mich auch sehr verwundert.

»Lasst uns abstimmen!«, donnerte Haakon, da wurde es still im Saal. Ich drehte mich um und sah Inga Stralund. Sie stand und hatte die Hand erhoben, um sich Gehör zu verschaffen.

»Mylord, darf ich etwas sagen?« Haakon sah verdattert aus, mit einer Gegenrede hatte er nicht gerechnet.

»Sicher, Inga.« Er machte ihr am Pult Platz. Sie beugte sich vor, um das Mikrofon zu erreichen.

»Liebe Kollegen, seit Jahren leben wir in Angst. Angst um unsere Mitarbeiter, unsere Familien und uns selbst. Dämonen sind verletzt und getötet worden. Wir haben wichtige Leute verloren, deren Fehlen uns schmerzt. Wir haben sehr lange stillgehalten, verharrt, weil wir nicht wussten, wie wir reagieren sollen. Wie wir reagieren dürfen. Dank Lord Haakon wissen wir nun, dass wir handeln können.« Sie warf einen bedeutungsvollen Blick in die Runde.

»Jedoch halte ich Vergeltungsschläge auf die Himmelszentren für nicht sinnvoll. Solche Maßnahmen greifen zu kurz. Verhandlungen sind Sackgassen, Anträge kommen ungeöffnet zurück, jegliche Korrespondenz wird unterbunden. Es scheint, als habe der Himmel alle Kontakte abgebrochen. Mit nur einem möglichen Ziel.«

Mir schwante Böses.

»Es wird Zeit, den Krieg vorzubereiten, den das Himmelreich seit drei Jahren anstrebt. Ihre Botschaft ist unmissverständlich und es wäre fahrlässig, nicht zu handeln, jetzt, da sie sich in Sicherheit wähnen. Wir müssen angreifen, bevor sie zum Vernichtungsschlag ansetzen. Noch scheinen sie nicht so weit zu sein, sie konzentrieren sich auf Details. Wir haben jetzt die Möglichkeit, das Himmelreich in seine Schranken zu weisen und ihm eine böse Überraschung zu bescheren. Sie rechnen nicht mit uns, aber das sollten sie. Nur ihre Außenstellen zu zerstören wird ihnen nicht genug schaden. Wir müssen ihnen die Existenzgrundlage nehmen. Kollegen, wir haben lange genug koexistiert und mit gezielten Angriffen können wir sie eiskalt erwischen. Lasst uns diesen Weg gemeinsam einschlagen. Mit Lord Haakon an unserer Spitze können wir gewinnen. Uns endlich rächen für diejenigen, die wir durch die sinnlose Zerstörungswut verloren haben. Es wird Zeit, dass wir uns wehren und den Engeln zeigen, wer der Stärkere ist! Wir!«

Die meisten der einunddreißig Kanzler sprangen auf und applaudierten.

Ich fasste es nicht.

Haakon warf mir einen triumphalen Blick zu, dann sah er zu Inga, die gerade in seinen Augen höchstmögliche Attraktivität erlangt hatte. Er fand sicher eine Möglichkeit, ihr zu danken.

Inga sah zufrieden zu, wie ihre Kollegen wilde Strategien vorschlugen, mit denen sie das Himmelreich bis auf die Grundfesten abrissen. Von der kühlen Strategin, mit der ich im Flur gesprochen hatte, war nichts zu sehen.

Die Selbstsicherheit, mit der sie vorn stand und ihre Rede schwang, machte mich fassungslos.

Wie konnte ich mich so in ihr täuschen?

Wer hatte sie angerufen?

Mir lief es kalt den Rücken hinunter.

Wer?

Ich hatte nur eine Anlaufstelle vor Ort und keine Zeit zu verlieren. Also stand ich auf und trat zu Haakon. »Also erklärt Europa dem Himmelreich den Krieg? Das ist dein genialer Plan? Allein gegen Michael und Raphael? Mit Inga an deiner Seite als lorbeerbekränzte Victoria?«

»Sei nicht albern, Desdemona«, schnauzte er. »Wenn ich das verbreite, werden sich die anderen Lords anschließen. Auch du, egal wie neidisch du bist.«

»Von wegen. Das werden wir sehen. Und wie geht es hier jetzt weiter?« Ich ließ meinen Blick über die diskutierenden Kanzler schweifen, dabei fiel mir auf, dass einige fehlten, unter anderem van Rojden.

Haakon bemerkte es ebenfalls. Seine Augen verengten sich. »Ich werde hierbleiben, falls Fragen kommen und Entscheidungen gefällt werden müssen.« Ich sah, dass er Ausschau nach Inga hielt, die bei den Balten stand.

»Dann ist meine Anwesenheit nicht mehr notwendig.«

»Nein.«

»Gut. Schönen Abend.« Ich winkte Sadie und Roman und wir verließen den Konferenzraum. Die geistige Notiz wegen Ingas Beförderung zerriss ich. Ich musste Satan vor ihr warnen. Solche Leute verbreiteten nur Chaos.

Wir gingen zu den Aufzügen, als jemand nach mir rief.

Ich drehte mich um. Was konnte jetzt noch sein? Ich hatte keine Lust, an den Gewaltfantasien teilzuhaben.

Es war Luuk van Rojden, der hastig näherkam. »Bitte verzeihen Sie, dass ich Sie aufhalte. Darf ich Sie auf ein Wort in mein Büro bitten?«

Ich schenkte ihm ein Lächeln. Er konnte nichts für seinen Boss. »Natürlich, Luuk.«

Ich ging durch die Tür, die er mir aufhielt. Er bot mir einen Stuhl an, Roman und Sadie nahmen auf einer Couch Platz. Ich war gespannt, was er von mir wollte.

Van Rojden war blass und er sprach hastig. »Wir haben ein Problem. Inga ist übers Ziel hinausgeschossen. Ihr Vorschlag ist inakzeptabel. Abgesehen vom Aufwand, einen Krieg zu betreiben, würde die Zahl der Opfer drastisch steigen. Alles, was wir uns seit der Umstrukturierung erarbeitet haben, wäre zerstört.« Er holte Luft und in mir keimte Hoffnung. Hier gab es eine Möglichkeit, Haakon aufzuhalten.

»Damit haben Sie unbestritten recht.«

»Nicht alle sind von dem Vorschlag begeistert. Vor allem Länder, die viel Krieg erlebt haben, sind dagegen. Deutschland und Polen haben ebenso ihren Unwillen gezeigt wie Frankreich. Sie werden uns unterstützen, wenn wir sie darum bitten.«

»Was haben Sie vor?«

»Ich muss meine Angestellten, meine Familie und unser Land schützen. Bis auf den Vorfall ist es friedlich in den Niederlanden. Unser Vertrag mit der Zentrale in Amsterdam lässt keinen Spielraum für Feindseligkeiten.«

Van Rojden lebte nahezu in Frieden mit den Engeln. Sie hatten sich miteinander arrangiert und galten als Vorzeigegebiet auf beiden Seiten. Es wäre dumm, dies durch einen Krieg zu zerstören.

»Außerdem«, fuhr van Rojden fort. »Werden wir Leute verlieren. Dazu Kapital und Ressourcen. Es muss einen Weg geben, den Krieg zu verhindern. Wenn wir uns an Satan wenden ... «

»Satan wird uns vorerst nicht helfen«, unterbrach ich ihn. »Wenn er sich einmischt, wäre Haakon nur noch der

Träger seines Titels. Unter den anderen Lords verlöre er sein Ansehen. Wir müssen es anders machen, Luuk. Geschickt, leise und unauffällig.«

»Wie? Wir können nicht einmal die anderen Lords um Unterstützung bitten, ohne das gleiche Problem zu bekommen. Lady Desdemona, bitte. Sie wissen, was auf dem Spiel steht. Helfen Sie mir.«

Ich presste die Lippen zusammen, als ich nachdachte. »Sprechen Sie mit den anderen Kanzlern, die mit einem Krieg nicht einverstanden wären. Ich werde sehen, was ich für Sie tun kann.« Damit stand ich auf. »Sie haben meine Nummer, Luuk. Machen Sie nicht so ein Gesicht. Noch ist nichts verloren«, ermunterte ich ihn und verließ mit Sadie und Roman im Schlepptau sein Büro.

Im Flur begegnete mir Inga Stralund. Mit schmalen Augen beobachtete ich, wie sie auf mich zu kam. »Ich sehe, Sie sind mit meinem Beitrag nicht einverstanden«, sagte sie und klang dabei fast reumütig. Fast.

Ich kannte Frauen ihres Schlages. Ich war selbst so eine. Wir nahmen keine Rücksicht darauf, was andere von uns hielten. Den Unterschied machten meine Weitsicht und Erfahrung. Eigenschaften, die Inga schmerzlich fehlten, obwohl sie älter war als ich.

»Allerdings nicht. Zwei Minuten vorher wollen Sie Frieden schließen und dann gehen Ihnen militärische Operationen nicht weit genug. Krieg! Was für ein Wahnsinn! Was ist in Sie gefahren?«, herrschte ich sie an, meine Kompetenzen weit überschreitend.

Sie sah mich giftig an. »Es wird Zeit, genau diesem Wahnsinn Einhalt zu gebieten. Seit Satans Hochzeit spielen die Engel verrückt, töten wahllos Dämonen, das können wir uns nicht gefallen lassen!«

»Und Sie denken, wenn wir einen Krieg führen, wird niemand sterben?«, fragte ich scharf.

»Natürlich nicht. Verluste sind unvermeidlich. Wir werden ein Exempel statuieren und unsere Überlegenheit zeigen.« Ich hätte ihr am liebsten die Augen ausgekratzt.

»Tun Sie mir den Gefallen und sagen das Michael persönlich«, schnappte ich. Die Dänin zuckte zusammen. »Wenn wir einen Krieg beginnen, laufen wir ihm ins offene Messer. Das ist eine Falle und eine schlecht getarnte dazu. Oder wollen Sie vornean marschieren und ihm die Stirn bieten?«

In ihrem Gesicht arbeitete es, als sie nachdachte, wie sie mich ausmanövrieren konnte. Das wollte sie, wurde mir klar. Von Anfang an war das ihr Plan. Falls sie besonders ehrgeizig war, hatte sie meinen Ratssitz im Auge.

Dämonen sind geduldig.

Allerdings gab es auf meine Bemerkung keine kluge Erwiderung. Das schien sie zu begreifen. »Ich bin keine Kriegerin, sondern Strategin«, erwiderte sie schnippisch.

»Das habe ich mir gedacht. Solange für Sie keine Gefahr besteht, fällt es Ihnen leicht, über die Leben tausender Soldaten zu entscheiden. Gehen Sie lieber zum Militär und überlegen, ob Sie einer leitenden Position gewachsen sind. Das wäre alles.«

Inga Stralund straffte die Schultern und ging. Mir zu widersprechen stand ihr nicht zu, sie musste sich fügen. Ich drehte mich zu meinen Assistenten um. Roman und Sadie sahen mich bewundernd an.

»Der haben Sie's gegeben. Wenn ich sie wäre, würde ich mich in einem Schrank verstecken und heulen«, raunte Roman.

»Reden wir nicht darüber«, sagte ich und hoffte, dass ich mir Haakon nicht zum Feind machte, wenn Inga ihn dem Schrank vorzog.

Am anderen Ende der Leitung herrschte Stille.

Ich schwieg noch einige Sekunden, bevor mir der Geduldsfaden riss. »Sergej, bist du noch dran?«

Der Lord Osteuropas brummte. Ich hatte ihn angerufen und um Rat gefragt. Eine schwierige Angelegenheit.

»Du bist in einer beschissenen Situation«, sagte er.

»Danke, ich weiß. Übrigens nicht nur ich, sondern wir alle. Haakon macht keine halben Sachen. Er wird auch deine Mithilfe fordern. Wie denkst du darüber?«

»Kommt darauf an.«

Innerlich fluchte ich. Aus Sergej Kasjanow eine Konversation herauszuwürgen, war beinahe unmöglich. Doch er war der Älteste von uns und hatte lange die Höllische Armee befehligt. Er konnte die Situation besser einschätzen als ich.

»Und worauf kommt es an?«

»Einen Krieg will niemand. Und deine Argumente sind gut und richtig.«

»Danke. Aber?«

»In einer Sache hat Haakon recht: wenn das so weitergeht, ist der Krieg unvermeidlich. Dass Satan die Konferenz genehmigt hat, ist ein Zeichen, dass er zumindest bereit ist, sich diesen Vorschlag anzuhören. Das hat er bis vor kurzem noch kategorisch abgelehnt.« Er atmete tief ein. »Ich muss gestehen, dass es mir auch in den Fingern juckt, die Engel zur Räson zu bringen. Ich habe heute sieben Leute verloren, Desdemona. Gute Leute, die ich in Moskau brauchte. Und dabei wird es nicht bleiben.«

»Ich weiß und dein Verlust tut mir leid.«

»Spar dir das. Wir haben keine Zeit für Selbstmitleid.«

Und für Höflichkeit anscheinend auch nicht mehr.

»Du möchtest also mit Haakon gegen Raphael und Michael marschieren?«

»Natürlich nicht. Es dürfte für Haakon schwer werden, im Rat eine Mehrheit dafür zu bekommen. Richard und

Ali werden ihre Beteiligung so lang wie möglich hinauszögern. Von dir ganz zu schweigen.«

Punkt für ihn.

»Was ist mit Yani?«

»Yani hat selbst schwer zu kämpfen in letzter Zeit. Noch vor ein paar Monaten hätte ich gesagt, dass sie es niemals unterstützen würde, aber jetzt ... Wir alle sind es leid, stillzuhalten.«

»Ja, du hast recht.« Ich sank auf das Sofa und starrte auf meine Pumps. Wenigstens eine schöne Sache. »Aber wenn wir nicht klug vorgehen, ist es von vornherein zum Scheitern verurteilt, egal, was wir tun.«

»Es gibt immer verschiedene Strategien«, erinnerte er mich. »Aber nein, der Krieg ist nicht die beste.«

»Was schlägst du vor?«, fragte ich. Wenn Sergej mir nicht half, schwanden meine Chancen, den Krieg zu verhindern, beträchtlich.

Mein Kollege seufzte, ein Geräusch, das ich noch nie von ihm gehört hatte. »Ich sehe, was ich tun kann. Ich melde mich morgen Abend bei dir«, versprach er und legte auf.

Grummelnd legte ich das Handy auf den Tisch. Ich war im Hotel und unglücklich mit meinen Optionen. Das Gespräch war nicht so verlaufen, wie ich es gehofft hatte.

Ich überlegte, Satan anzurufen. Und Santini. Eventuell Richard. Aber das alles würde mir auch nicht weiterhelfen. Ich wusste, wie die Antworten ausfallen würden. Mit Sergej hatte ich mir schon den richtigen herausgesucht. Er würde alles weitere in die Hand nehmen.

Tatenlos herumsitzen wollte ich aber auch nicht.

Ich rief Roman und Sadie zu mir. Gemeinsam führten wir eine ernsthafte Beleuchtung und Abwägung unserer Möglichkeiten durch. Das dauerte bis nach Mitternacht, als die beiden sich erschöpft auf drei, vier Stunden Schlaf zurückzogen. Ich brauchte keinen Schlaf. Die Stunden der letzten Tage reichten, doch ich wusste nicht, was ich mit mir anfangen sollte. Aufs Arbeiten hatte ich keine Lust, alles Grübeln brachte mich nicht voran, sondern machte mich unsicherer.

Ich musste hier raus.

Das Hotelzimmer war beengt, es nahm mir den Atem.

Mit Glück fand ich in der Stadt Zerstreuung. Es war noch nicht so spät, dass alle Bars geschlossen waren.

Ich öffnete meine Koffer und besah die Sachen, die Sadie mitgebracht hatte. Sie kannte meinen Geschmack am besten. Schließlich zog ich ein grünes Cocktailkleid und einen weißen Kaschmirmantel an, dann verließ ich das Hotel.

Ziellos ging ich durch die Straßen und suchte nach einem Ort, an dem ich meine Sorgen vergessen konnte.

Wenigstens für kurze Zeit.

Mein Blick blieb an einem Jazzclub hängen, der sich in die Ecke einer kleinen Straße drängte und schwach beleuchtet war. Ich hätte ihn beinahe übersehen.

Warum nicht?, dachte ich und lenkte meine Schritte dorthin. Ich hatte eine Schwäche für die melancholische Musik. Drinnen war es düster und die Luft stickig. Es waren kaum Gäste anwesend. Ich setzte mich an einen kleinen Tisch in der Nähe der Bühne und bestellte Rotwein. Alkohol hatte auf Dämonen zwar wenig Wirkung, doch den Geschmack guten Weins mochte ich.

Von Betrunkenen hatte ich für alle Zeit genug.

Ein Pianist spielte ein Solo. Er war passabel und gab einige Klassiker zum Besten. Ich beobachtete seine Finger, wie sie über die Tasten glitten.

Wie wunderbar, wenn man einem Instrument solche Töne entlocken konnte. Mir fehlte das Gefühl für Musik. Wie beim Zwischenmenschlichen fiel es mir schwer, mich an einen anderen Rhythmus als meinen eigenen anzupassen.

Seitdem ich Helene kannte, wurde es besser.

Leichter.

Aber auch sie konnte mir jetzt nicht helfen und ich war hier, um alles zu vergessen.

Der Pianist beendete sein letztes Stück und holte sich den Beifall seines Publikums. Wir waren nicht mehr viele, aber er hatte ihn sich verdient.

Ein Mitarbeiter der Bar kletterte auf die Bühne und kündigte den nächsten Musiker an. Ich hörte nur mit halbem Ohr zu, weil ich gerade übers Smartphone meine E-Mails prüfte.

Frustriert legte ich es beiseite. So kam ich nie zur Ruhe.

Ein junger Mann kam auf die Bühne, er hatte ein Saxophon in der Hand. Ich liebte dieses Instrument. Sein Klang war so melancholisch. Passend zu meiner derzeitigen Stimmung.

Sein schwarzes Haar bräuchte dringend einen Schnitt, die Strähnen fielen ihm so tief in die Stirn, dass ich sein Gesicht kaum sehen konnte. Er stellte sich so hin, dass der Scheinwerfer in seinen Nacken fiel. Er war scheu, doch um ihn ging es nicht.

Gespannt wartete ich, dass er begann.

Einen Moment stand er nur da und schien sich zu sammeln, dann setzte er das Mundstück an.

Schon die ersten Noten zogen mich in seinen Bann. Die Töne schwebten durch den Raum, sanft und doch kraftvoll. Die Melancholie der Musik floss zu mir wie Nebel.

Sein Spiel war ehrlich und leidenschaftlich, er machte sich nichts aus seinen Zuhörern. Nicht einmal sah er auf, um sich unserer Zustimmung zu versichern. Viele Stücke mussten Eigenkompositionen sein.

Ich versank in seiner Musik.

Stress und Sorgen verblassten. Sie machten Platz für die hypnotischen Melodien. Das Klagen des Saxophons erzählte mir Geschichten von dunklen, verregneten Gassen unter dem Vollmond. Von heißen Küssen, Tränen und verzweifelten Umarmungen. Von Zügen und der Angst, jemanden nie wieder zu sehen, den man von Herzen liebte. Vom Meer und von Schiffen, von Kopfsteinpflaster und von Dunst, der über den Asphalt waberte. Lichter, die über ein Gesicht streiften und die Gewissheit, das etwas zu Ende ging, das niemals enden würde.

Ich bestellte mir ein zweites Glas Wein und einen Wodka-Gimlet, doch ich schmeckte die Getränke kaum, so verlor ich mich in ihm. Er war begnadet und wusste es wahrscheinlich nicht einmal.

Ich fühlte mich elektrisiert und auf besondere Art erregt, die nichts mit meinen sonstigen Problemen zu tun hatte. Ich vergaß, warum ich hergekommen war. Wovor ich floh. Welche Sorgen ich mir machte.

Es war unwichtig. Ich wollte nur wissen, wie die Geschichte ausging, obwohl ich wusste, dass sie kein gutes Ende nehmen würde.

Gute Geschichten nahmen nie ein gutes Ende.

Er hörte auf zu spielen.

Das plötzliche Fehlen der Musik war fast physisch zu spüren und ich vermisste den Klang und den Zauber.

Die Anwesenden brauchten einen Moment, dann klatschten sie. Er hätte so viel mehr Applaus verdient. Wie aus dem Schlaf gerissen applaudierte ich mit.

Wie lange hatte er gespielt?

Wie lange hatte ich mich darin verloren?

Sein scheuer Blick glitt in die Runde und verharrte bei mir. Das war nichts Ungewöhnliches. Menschen wurden vom dämonischen Charisma angezogen und mein Äußeres tat sein Übriges.

Seine schmalen Wagen waren voller Bartstoppeln.

Ich spürte den Wunsch, mit ihm zu sprechen. Ihm zu sagen, dass sein Spiel mich beeindruckt hatte. Ich fühlte eine Verbundenheit zu ihm, die völlig widersinnig war.

Für ein Gespräch war es genug.

Ich lächelte und prostete ihm zu. Er sah es und nickte, dann verstaute er sein Instrument und kam zu mir.

»Hi«, sagte er. Seine Stimme war weich und er traute sich kaum, mir in die Augen zu sehen. Im Hintergrund kündigte der Mitarbeiter der Bar einen weiteren Act an, doch ich hörte nicht zu.

»Du hast wunderbar gespielt«, sagte ich auf Niederländisch. Er lächelte entschuldigend.

»Ich spreche kein Niederländisch«, sagte er auf Englisch. Ich wiederholte es und sein Gesicht leuchtete.

»Setzt du dich zu mir?« Er nahm Platz und bestellte sich ein Bier.

»Wie lange spielst du schon?«, fragte ich.

»Ach«, sagte er zerstreut und fuhr sich durchs Haar. Seine Augen waren blassblau wie Regen. »Ich weiß nicht. Mein Leben lang.«

»Was verschlägt dich hierher? Du kommst nicht von hier, oder?«, fragte ich, um das Gespräch am Laufen zu halten, auch wenn ich mich wie in einem Verhör fühlte. Er war scheu und konnte mir kaum in die Augen sehen.

»Nein, ich komme aus Norwegen. Jan«, sagte er, sich unterbrechend und streckte mir die Hand entgegen. Dabei warf er beinahe mein Glas um. »Das ist mein Name, Jan Aarset.« Wie süß.

»Desdemona Gaunt.« Ich ergriff seine Hand und schenkte ihm ein warmes Lächeln. »Norwegen, also«, sagte ich in die Landessprache wechselnd. Hohe Dämonen haben die Gabe, alle Sprachen der Welt zu sprechen. »Und von wo dort?«

Er war überrascht. »Du kommst aus Norwegen?«

»Aus England. Aber ich habe eine Weile dort gelebt«, erklärte ich meine Sprachkenntnis. Die Wahrheit war keine Option.

»Ich komme aus Bergen«, erzählte Jan, jetzt zutraulicher. »Zurzeit mache ich eine Reise durch Europa und verdiene mir mein Reisegeld mit Auftritten in Clubs.« Er nahm einen Schluck Bier. »Ich brauchte nach der Uni Zeit, um herauszufinden, wohin ich im Leben will.«

»Du bist begabt. Warum bleibst du nicht bei der Musik?«, sagte ich und seufzte innerlich. *Nach der Uni*, das bedeutete, dass er nicht einmal dreißig Jahre alt war.

Er war ein Kind, wenn auch ein interessantes. Und ein Mensch. Das durfte ich nicht vergessen.

»Ich weiß nicht, ob ich davon leben kann. Es geht gerade eben. Ich habe auch ein paar Nächte im Auto geschlafen.« Mir lief es kalt den Rücken runter. Jede Form von Camping war ein Albtraum für mich.

Der junge Musiker beugte sich interessiert vor. »Und dein Name ist Desdemona?«

»Ja.« Er zog die Augenbrauen hoch.

»Ein ungewöhnlicher Name. Viel seltener als Jan.«

»Das stimmt.«

»So heißt auch die weibliche Hauptrolle in ›Othello‹, oder? Die von ihrem Mann erwürgt wird«, plauderte Jan ganz mitteilsam, als ginge es nicht um einen literarischen Mord. »Bist du nach ihr benannt?«

»Fast.« Ich nippte an meinem Wein.

Das Ende der Tragödie Othellos und Desdemonas war so passend für mein menschliches Leben, dass ich William beinahe als Dämon besucht hätte. Alle Menschen, die Mona Turner gekannt hatten, gingen davon aus, dass ich das Opfer eines Verbrechens geworden war. Unsere Nachbarn hörten das fürchterliche Geschrei und berichteten den Gendarmen davon, als sie Nachforschungen zu Charles' Tod anstellten. Meine Leiche wurde natürlich nie gefunden. Ich bin mir sicher, dass es auch niemanden interessierte.

Das Strahlen in Jans hellen Augen holte mich zurück, doch ich brauchte einen Moment, um mich zu sammeln. Die Erinnerungen kamen ungebeten. Die Gegenwart war viel attraktiver.

»Weswegen bist du hier in Den Haag?« Sein Blick glitt über mein Cocktailkleid und meinen Kaschmirmantel, die so deutlich Designermode schrien, als wären die Preisschilder sichtbar. »Du siehst nicht aus, als müsstest du im Auto schlafen.«

Ich wünschte mir, ich hätte mich weniger aufgetakelt. »Ich bin beruflich hier wegen einer Konferenz.«

»Hältst du Reden für Unternehmen?«

»Nein, ich bin nur beratend hier.« Und froh, wenn ich nicht vor vielen Leuten sprechen musste. Im Gegensatz zu Jan scheute ich das Publikum. Ansprachen waren etwas für Leute, die das konnten. Für mich war es Stress. Ich agierte besser in Verhandlungen oder aus dem Hintergrund. Ich dachte schon wieder über die Arbeit nach.

Jan machte große Augen. »Oh, wow ...«

Zeit, das Thema zu wechseln.

»Deine wievielte Station ist Den Haag?«, fragte ich, um das Gespräch wieder in Gang zu bringen.

»Die zehnte. Ich bin von Bergen aus nach Oslo, Karlstadt, Stockholm, Göteborg, Kopenhagen, Kiel, Bremen, Amsterdam und gestern war ich hier. Übermorgen will ich nach Brüssel fahren. Mein Ziel ist Gibraltar, dort werde ich entscheiden, wohin es geht.«

»Das klingt wirklich toll. Warum machst du das nicht beruflich?« Es wäre eine Verschwendung, wenn er aufhören würde. Er musste gehört werden.

»Meine Eltern sind nicht davon begeistert, dass ich Musiker sein möchte. Ich habe Musik studiert und könnte als Lehrer arbeiten, aber ich weiß nicht, ob mich das glücklich macht. Waren deine Eltern mit deiner Berufswahl einverstanden?«

»Meine Eltern sind gestorben, bevor ich mich entscheiden konnte«, sagte ich. Genaugenommen hatte mein Vater mich mit sechzehn für ein paar läppische Kröten an Charles verkauft. Meine Mutter hatte sich weder für mich noch für meine Geschwister interessiert. Sie waren ohnehin allesamt tot. Ich wusste nicht einmal, ob es Nachkommen meiner erbärmlichen Familie gab.

Jan schwieg betroffen. Unter Dämonen wurde man nie nach seiner Herkunft gefragt, es sei denn, man war ein geborener Dämon. Wie Rhea, an die ich mich erinnerte, ohne es zu wollen.

»Das ist lange her.« Und ich wollte das Thema nicht unnötig vertiefen.

Wir sprachen über die Städte, die er besuchen wollte. Die meisten kannte ich bereits und konnte ihm ein paar Ratschläge geben. Auf seine Nachfragen reagierte ich ausweichend, dass ich in meiner Jugend viel gereist sei. Wenn man die ersten zweihundert Jahre meiner Existenz als Jugend bezeichnete, kam das hin.

Und ehe ich mich versah, schloss der Jazzclub und es dämmerte. Wir lachten über die genervte Bitte des Barmanns, zu gehen. Dass wir die letzten im Club gewesen waren, hatte keiner von uns bemerkt.

Jetzt standen wir unschlüssig auf der Straße voreinander. Seine Gegenwart tat mir gut, aber ich wusste nicht, was ich sagen sollte. Was ich sagen durfte.

»Ich werde in mein Motel gehen«, murmelte Jan. Anscheinend wusste er nicht, wie er mich verabschieden sollte. Oder er wollte auch nicht, dass wir uns trennten.

Ich entschied, dass es an mir hing und drückte ihm einen Kuss auf die Wange. Als ich zurückweichen wollte, fasste er mich am Oberarm. »Darf ich?«

Er küsste mich auf den Mund und drückte sich der Länge nach an mich. Durch den Mantel fühlte ich seine Körperwärme, seine Hand fuhr durch mein Haar und hielt mich gefangen. Ich schlang die Arme um seine Taille und genoss den Moment.

So sehr.

Ich atmete seinen Duft ein und verlor mich ein zweites Mal in dieser Nacht an ihn. So leicht hatte ich mich schon ewig nicht mehr gefühlt.

Mein Herz flatterte wie ein kleiner Vogel und meine Haut brannte unter seinen Berührungen. Gänsehaut überzog meinen Körper und ich verstand mich selbst nicht mehr. Was machte er mit mir?

Nach einer kleinen, süßen Ewigkeit ließ er mich los. Meine Lippen waren heiß und geschwollen von seinem Kuss. Ich wollte mehr davon. Meine Körpertemperatur stieg. Wenn ich nicht aufpasste, entwich mir ein Rauchwölkchen.

»Darf ich dich wiedersehen?«

Oh ja ...

»Wolltest du nicht morgen nach Brüssel fahren?«, flüsterte ich in sein Ohr.

Er sog den Duft meiner Haare ein und seufzte. »Ich könnte meine Abreise verschieben.«

»Ich weiß nicht, wie lange ich bleibe. Ich muss mich nach meinem Kollegen richten«, murmelte ich und suchte in meiner Handtasche nach einer Visitenkarte.

Ich hatte keine dabei.

Leise fluchend zückte ich mein Smartphone.

»Gib mir deine Nummer, ich melde mich bei dir, sobald ich Zeit habe.« Er sah enttäuscht aus. »Wir stecken in einer Krise,« erklärte ich. »Das hat oberste Priorität. Ich melde mich. Versprochen.«

Er nickte geschlagen und nannte mir seine Nummer.

Ich küsste ihn ein weiteres Mal, winkte ein Taxi heran und fuhr ins Hotel. Auf dem Weg versuchte ich zu verstehen, was passiert war.

5

Ich starrte aus dem Taxifenster hinaus in den Sonnen-
aufgang. Was für eine Nacht. Niemals hätte ich mit diesem Verlauf gerechnet.

Mit den Fingerspitzen betastete ich meine Lippen und
meinte, den Kuss noch immer zu spüren.

Über mein Smartphone suchte ich Jazzmusik, doch sie
konnte seiner nicht das Wasser reichen.

Ich gestattete mir, mich in diesen Gefühlen zu ergehen,
bis ich das Hotel erreichte. Nur so lange konnte ich es
mir noch leisten, außer Dienst zu sein.

In meiner Suite setzte ich mich an meine Mails und
fand eine Einladung zur Fortsetzung der Konferenz um
neun Uhr vor. Anscheinend waren sie gestern zu keinem
Ergebnis gekommen.

Das war mir recht. Je länger es dauerte, desto besser.

Ich bereitete mich auf das Meeting sorgfältig vor. Notfalls würde ich eingreifen müssen, wie auch immer das
aussah. Mein Handlungsspielraum war denkbar klein. Es
waren weder meine Leute noch mein Territorium. Und
ich durfte Haakon nicht in den Rücken fallen.

Verdammt.

So sehr ich schwierige Aufgaben mochte, so hasste ich
es, in einem Dilemma zu sein. Anscheinend musste ich
mich auf van Rojden verlassen. Der nervöse Niederlän-
der hatte entschlossen gewirkt, doch ich traute ihm nicht
zu, sich vor Haakon stark zu machen. Dieser rief mich
um halb sieben an und teilte mir mit, dass der Termin um
eine halbe Stunde vorverlegt worden war.

Er wollte keine Zeit verlieren.

Nervös kontrollierte ich meinen Posteingang in der Hoffnung, dass Sergej sich meldete. Nichts.

Der Tag war noch lang und ich wusste nicht, was er schon erreicht hatte. Dennoch: Eine Nachricht von ihm hätte mir Zuversicht geschenkt.

Roman und Sadie bearbeiteten die übrigen E-Mails, sodass ich mich auf meinen Plan konzentrieren konnte. Van Rojden würde meine Schlüsselfigur werden, ich musste eben nehmen, was ich kriegen konnte.

Jan verbannte ich aus meinen Gedanken. Weder sein Kuss noch seine blauen Augen durften mich ablenken.

»Wir hören sonst nie Musik«, sagte Roman erstaunt, als ich geistesabwesend Jazz anstellte.

»Das beruhigt mich. Die Konferenz wird sicher wieder anstrengend«, rechtfertigte ich mich.

»Hoffentlich nur anstrengend«, meinte er. »Nach Inga Stralunds Auftritt gestern rechne ich heute mit allem, sogar mit einer Arena für Einzelkämpfe.«

»Lieber nicht.« Ich stellte die Musik leiser und schalt mich eine Närrin. Während der Arbeit spielten persönlichen Gefühle keine Rolle. Egal, wie sehr sie sich in den Vordergrund drängen wollten.

Und sie taten es mit aller Macht.

Um acht fuhren wir zur Zentrale. Ich wollte noch ein Wort mit meiner Schlüsselfigur wechseln. Seine Assistentin Fleur sprang eilig auf, als wir das Büro betraten.

»Lady Desdemona.« Sie knickste artig.

»Hallo Fleur. Ist er da?«, erkundigte ich mich freundlich. Sie nickte und holte ihn. Er kam sofort zu mir.

»Ich hatte gehofft, Sie vor der Versammlung zu sehen. Bitte kommen Sie doch herein.« Ich deutete meinen Assistenten, bei Fleur zu bleiben und trat ein. Drei neugierige Augenpaare richteten sich auf mich.

Er hatte Nägel mit Köpfen gemacht.

»Ich sehe, Sie haben sich bereits kurzgeschlossen.«

Kriemhild von Auenstein erhob sich. Mit ihren hellroten Haaren und Sommersprossen wirkte sie wie eine Klosterschülerin. Die Deutsche war knapp fünfhundert Jahre alt, aber bei ihrer Umwandlung erst sechzehn gewesen. »Danke, dass Sie sich Zeit für uns nehmen«, sagte sie mit glockenheller Stimme.

Anaïs de Fontainebleau war ihr optisches Gegenteil: ihr schwarzer Pagenschnitt und ein enggeschnittenes Kostüm schrien Pariser Karrierefrau.

Daneben saß Szymon Cszymowski aus Polen. Der korpulente Mann mit schütterem blonden Haar und wachen hellen Augen reichte mir die Hand. »Ohne Ihre Hilfe hätten wir keine Chance, Lord Haakon umzustimmen. Wir fürchten um das Wohl unserer Mitarbeiter und Familien«, sagte er angespannt.

»Das verstehe ich, Szymon.« Ich nahm Platz. Van Rojden wirkte nervös und schaute andauernd zur Tür.

»Warum so aufgeregt, Luuk?«, fragte Anaïs. »Hast Du Angst, erwischt zu werden?«

»Nicht doch!«, stritt er eine Spur zu heftig ab. »Ich will nur sichergehen, dass wir rechtzeitig zur Besprechung kommen.«

»Denken Sie, dass andere Kanzler Ihre Bedenken teilen und sich uns anschließen, wüssten sie von unserem Treffen?«, fragte ich.

»Sicher haben einige über Nacht nachgedacht«, sagte Anaïs. »Ingas Rede war gut, sie ist rhetorisch stark, doch wir anderen sind nicht in unseren Positionen, weil wir einfältig sind. In Ruhe darüber nachgedacht, kamen sicher bei manchem Zweifel, ob ein blutiger Krieg das Mittel der Wahl ist.« »Gestern Abend hatten wir im allgemeinen Trubel wenig Möglichkeiten, mit jemandem zu sprechen«, sagte Kriemhild. »Die Konferenz zerstreute sich schnell und die Delegationen zogen sich zu Beratungen zurück.«

»Wir werden heute noch ein paar Gespräche führen können«, warf Anaïs ein.

»Haben Sie jemand konkretes im Sinn?«

»Madame de Ville aus der Schweiz und ich sind gut befreundet. Ich habe ihr gestern bereits ins Gewissen geredet.« Und ich konnte mir vorstellen, dass die resolute Französin Erfolg hatte.

»Nea Vourinen aus Finnland war gestern verhalten, aber ich habe sie leider vor unserem Treffen nicht mehr sprechen können«, erwiderte Kriemhild.

»Versuchen Sie, mit beiden zu sprechen und mit jedem anderen, von dem Sie glauben, dass er auf Ihrer Seite ist. Sie sind die einzigen, die eingreifen können. Der Rat und ich können und werden das nicht tun. Sie müssen für sich selbst eintreten.«

Alles andere käme einem Verrat gleich. Ich wagte mich mit diesen Treffen auf sehr dünnes Eis. Wäre die Lage andersherum, könnte ich demjenigen nie mehr vertrauen und müsste mit Satan darüber sprechen.

Ich durfte mich nicht angreifbar machen.

Ich musste loyal sein.

Sogar Haakons Interessen musste ich im Sinne des Rats schützen. Wir waren eine unerschütterliche Einheit, egal, wie wir zueinanderstanden.

»Luuk, haben Sie Kontakt zum Himmelsbüro in Amsterdam aufgenommen?«, fragte ich. Das war deutlich unverfänglicher.

»Ich habe gestern Abend mit Joseph gesprochen«, entgegnete er geschäftig. Joseph Licht war der Zuständige für die Beneluxländer. Wie alle Engel ein arroganter Scheißkerl. Ich habe ihn nur einmal gesehen, doch ich brauche keinen Engel kennenzulernen, um seinen Charakter zu kennen. Ich hatte genug getroffen und vernichtet, um sie über einen Kamm scheren zu können.

Van Rojden und Licht allerdings pflegten ein beinahe freundschaftliches Verhältnis und zogen den Argwohn beider Seiten auf sich. Nun, es war zweckdienlich.

»Er schwört, dass er mit dem Anschlag nichts zu tun hat. Es war eine Schwadron von Himmelsboten unter Raphaels Befehl. Die Büros der Niederlande funktionieren seit achtzig Jahren ohne Feindseligkeiten.« Van Rojden rieb sich die Augen. »Ich habe Joseph gesagt, dass es schwierig wird, den Frieden aufrecht zu erhalten, wenn er nicht protestiert. Er sieht die Dinge wie ich.«

»Wenigstens etwas. Das bedeutet, dass auch auf Seiten des Himmels nicht allerorts der Krieg favorisiert wird.«

Die Kanzler nickten. Van Rojden sah auf seine Armbanduhr. Die Konferenz begann in zehn Minuten, also trennten wir uns. Ich hatte noch eine Möglichkeit, bevor es losging. Ich musste sie nutzen.

Also ging ich zu Haakon. Eventuell konnte ich etwas retten. Er war in seinem Büro und sah wenig erfreut aus, mich zu sehen: »Ich wusste doch, dass du noch einmal herkommst, Desdemona. Spar dir deine Ansprachen. Du hast gesehen, wie sie auf meine Rede reagiert haben. Du hast Ingas Beitrag gehört. Wenn du nicht so borniert wärest, würdest du mir gratulieren. Aber damit kann ich leben, ich kenne dich ja nicht anders. Damit ist eine Diskussion hinfällig«, sagte er statt einer Begrüßung.

»Halt die Luft an!«, fuhr ich ihn an. »Du hattest Glück, dass Inga dich unterstützt. Ich weiß nicht, was sie dazu getrieben hat, denn fünf Minuten vorher hat sie mich noch gefragt, wie wir den Frieden wahren können. Sie ist nicht sehr straight, wenn du mich fragst. An deiner Stelle würde ich es mir gut überlegen, ob ich mich auf sie verlasse. Und was deine Kanzler angeht, frag sie lieber heute noch mal. Sicher haben einige ihre Meinung geändert.«

»Unsinn«, sagte er unwirsch. »Sie stehen hinter mir. Und auf deine Eifersucht kann ich gut verzichten. Ich habe gleich gesehen, dass du Inga am liebsten die Augen ausgekratzt hättest.« Er baute sich vor mir auf. Sein Atem strich über mein Gesicht. »Du bist nicht die einzige Frau, die sich in den Vordergrund spielen kann. Und jetzt überlegen wir uns noch einmal, wie oft du alles dafür getan hast, um zu bekommen was du willst.«

Ich biss mir auf die Lippen, hinter denen sich Rauch sammelte. Meine Körpertemperatur explodierte beinahe und meine Fingernägel waren lange Krallen. Ich musste nicht hinuntersehen, um zu wissen, dass meine Hände bis zum Ellenbogen pechschwarz waren.

Er überragte mich wie ein Turm. »Und jetzt kommst du hierher und willst Zwietracht säen. Oder weißt du wieder Dinge, die du mir nicht verrätst, damit du einen Vorteil daraus ziehst? Das ist doch deine Spezialität.«

»Brenn im Fegefeuer!«, zischte ich und machte auf dem Absatz kehrt, bevor ich meine Krallen in seinem Fleisch versenkte. Meine Schritte knallten wie Gewehrschüsse auf dem Marmorboden.

Ich musste hier raus.

Weg von Haakon. Er war Gift für mich.

Ich konnte nicht. Nicht ohne Satans Erlaubnis. Ich hatte keine Wahl, also flüchtete ich in eine kleine Kammer unweit des Konferenzsaales. Ich zog die Tür hinter mir zu, um mich in der tröstenden Dunkelheit des lichtlosen Raumes zu sammeln.

Der Druck auf meinem Brustkorb war unerträglich. Ich fühlte mich wie ein Teekessel, aus dem die Luft nicht entweichen konnte. Seine Worte hatten mich tief getroffen. Wenn wir aufeinandertrafen, hielt er sich nie zurück.

Er warf mir alle Gemeinheiten einfach so an den Kopf.
Es gab keine Scheu bei ihm. Der Stachel saß zu tief.
Es war klar gewesen, dass er wieder damit anfing.
So klar.

৽৹৻

Die Fahrt nach Kairo war angenehm. Haakon und ich verbrachten endlose Stunden der Müßigkeit zusammen in seiner Kabine und schliefen miteinander. Unsere Beziehung war unkompliziert und körperlich. Ich genoss es, dass ich mich in seiner Gegenwart gehen zu lassen.
Von meiner Beförderung sagte ich ihm nichts.
Es ging ihn nichts an.
Fragte ich ihn nach der Konferenz, sprach er nur hochmütig von geheimen Ratsangelegenheiten und ließ mich spüren, dass ich ihm nicht das Wasser reichte.
Deswegen schwieg ich. Er hatte irritiert auf meinen Rang reagiert, ein weiterer Schock konnte ihn ruhig wohlgeplant treffen, damit er erkannte, dass ich ihm ebenbürtig war.
Gleichzeitig hatte ich das Gefühl, dass er mich nicht gehen lassen wollte. Er machte Andeutungen über unsere Zusammenarbeit in Zukunft und ließ dabei durchblicken, dass er gedachte, unsere Beziehung fortzusetzen.
Ich wusste nicht, was ich darauf erwidern sollte.
Heute besprachen wir Themen, die im Rat diskutiert werden würden und zu denen er meine Meinung hören wollte. Danach riss er mir das Kleid herunter und nahm mich gefährlich nah am Fenster der Kabine, ein Nervenkitzel, weil jemand vorbeikommen und uns sehen könnte.

»Ich werde mit Satan sprechen, dass wir weiterhin eng zusammenarbeiten«, raunte er mir ins Ohr und ließ seine Hände über meine Brüste gleiten. Ich schwieg und gab mich seinen Stößen hin. Dazu gab es nichts zu sagen.

Später standen wir an Deck und bewunderten Kairo vom Nil aus. Wie viele Städte schlief die Hauptstadt Ägyptens nie und funkelte wie ein Edelstein.

Er legte seine Hand auf meine und deutete in die Nacht. »Wunderschön, nicht wahr? Eines der schönsten Länder meines Herrschaftsgebiets. Du kannst mir dabei helfen es zu leiten, Desdemona. Mit Satans Einverständnis kannst du die Kanzlerschaft für eines meiner Länder übernehmen und wir könnten uns oft *sehen*. Ich habe ihm berichtet, wie gut du mir zugearbeitet hast.«

Zugearbeitet war eine freche Untertreibung dafür, dass ich den Löwenanteil der Arbeit verrichtet hatte. Satan wusste es und nur das zählte. Ich presste die Lippen zusammen. Der Moment war gekommen. Das würde unangenehm werden, egal, wie ich es ihm beibrachte.

»Ich fürchte, daraus wird nichts«, sagte ich kühl, um ihm nicht zu zeigen, wie schwer es mir fiel. Überrascht ließ er seine Hand fallen und wich einen Schritt zurück.

»Was soll das heißen?«

»Dass ich dir bei der Regierung deiner Länder nicht helfen kann. Ich werde morgen in den Rat erhoben.«

Einen Moment war Haakon sprachlos, dann lachte er. »Ein guter Witz! Als ob Satan...«

»Entschuldige mal!«, fuhr ich ihn an. »Was denkst du, warum ich auf dem Weg nach Kairo bin?«

»Ich habe bei Satan beantragt, dass du mir unterstellt wirst. Damit wir zusammen sind. *Deswegen* hast du die Einladung erhalten: weil du bisher für ihn gearbeitet hast. Du wirst bald eine wichtige Rolle *unter* mir einnehmen. Erhebung in den Rat! Das ist absurd!«

Heiße Wut kochte in mir hoch. Wie konnte er nur? Ich ballte die Hände zur Faust. Trotz allem schätzte er mich so gering. Als sei ich ihm nicht ebenbürtig, sondern nur ein Spielzeug, mit dem er nach Belieben verfahren konnte. Ich sollte von ihm abhängig sein, ihm unterstellt. Ihn wahrscheinlich bewundernd anhimmeln, wann immer wir uns sahen und mich nach seiner Aufmerksamkeit verzehren, die er mir dann gönnerhaft schenkte.

Ein schönes und fleißiges Dekorationsobjekt.

Er kannte mich kein Bisschen.

Diese Erkenntnis war schmerzhaft und in diesem Moment hasste ich ihn. Ich wollte ihm wehtun.

»Hör sofort auf zu lachen.«

Er verstummte und sah mich wütend an. »Wie wagst du es, mit mir zu sprechen, Weib?«

»Nimm dich zusammen und denk nach. Ich bin hier, weil Satan mich in den Rat erheben wird. Das hat er mir versprochen und meine letzte Aufgabe war es, dich in Kopenhagen zu unterstützen. Er weiß, welchen Beitrag ich geleistet habe und dass ich dir keinesfalls nur *zugearbeitet* habe. Er ist überaus zufrieden mit meiner Arbeit und hat mir bestätigt, dass ich erhoben werde. Ich übernehme das Gebiet von Charles de Montclair und egal, ob du mich auslachst, morgen wird es geschehen.«

Er war wie erstarrt, dann verzerrte sich seine freundlich-herablassende Miene zu einer wütenden Grimasse.

»Du hast mich angelogen, du hinterhältiges Miststück!«, brüllte er. Die anderen Dämonen an Bord zogen die Köpfe ein und verließen eiligst unseren Dunstkreis. »Was soll das, hm? Hast du mich ausspioniert? Hast du ihm hinter meinem Rücken Bericht erstattet?«

»Satan hat mich geschickt, um dir zu helfen. Ich habe lediglich seinen Auftrag ausgeführt«, sagte ich kalt, obwohl ich innerlich vor Wut und Enttäuschung kochte.

»Also hast du mich benutzt, um in den Rat zu kommen.« Haakons Gesicht wurde rot und ich begriff, dass er mehr geplant hatte, als mich zur Kanzlerin zu machen.

Warum sollte er so emotional reagieren, es sei denn…

…er war in mich verliebt.

Mein Herzschlag beschleunigte sich. So sollte dieses Gespräch nicht ablaufen. Doch ich wollte für ihn nicht auf meinen Ratssitz verzichten, das wäre dumm nach all der Arbeit. Doch damit hatte ich nicht gerechnet. Ich musste versuchen, es ihm zu erklären. Vielleicht fanden wir einen Weg, um beide zu bekommen, was wir wollten. »Ich habe es nicht darauf angelegt. Es hat sich so entwickelt. Haakon...« Ich machte einen Schritt auf ihn zu.

»Fass mich nicht an! Mit einer solchen...« Er rang nach Worten. »Du gehörst nicht in den Rat. Man erarbeitet sich eine solche Position und nicht durch Betrug und Lügen. Hast du unser Verhältnis als Teil deiner Arbeit verstanden? Gehst du so vor, wenn du Aufgaben erhältst? Hast du Satan so davon überzeugt, wie *fähig* du bist? Als seine Mätresse?«

Ich wich zurück, als hätte er mir einen Schlag verpasst. »Du bist ein elendes Schwein«, presste ich zwischen zusammengebissenen Zähnen hervor. Mühsam kämpfte ich die aufsteigenden Tränen weg. »Es war nie meine Absicht, dich auszunutzen. Und da mir der Ratssitz sicher war, habe ich mir nichts zuschulden kommen lassen. Untersteh dich, so über mich zu sprechen. Dass du so über mich denkst, bestätigt nur meinen ersten Eindruck: du bist ein arroganter Chauvinist, der in Frauen nur Lustobjekte sieht. Wenn ich es nicht verdient habe, im Rat zu sein, dann du genauso wenig.«

Kurz dachte ich, er würde mich schlagen. Stattdessen drehte er mir den Rücken zu. »Ich will dich nicht mehr sehen«, sagte er mit tödlicher Kälte. »Verschwinde.«

»Das wird sich nicht vermeiden lassen«, zischte ich.

»Ich werde deine Beförderung verhindern. Jemand wie du kann uns nur schaden. Geh endlich!«

Sein Schrei fuhr durch meine Brust wie ein Blitz. Ich rannte in meine Kabine, die ich seit unserer Abfahrt kaum betreten hatte, und warf mich auf mein Bett.

Einen Moment lang fühlte ich nichts, doch dann traf mich der Schmerz mit voller Wucht. Ich bekam keine Luft und die Tränen flossen sturzbachartig.

Meine Finger verkrampften sich im Laken und ich krümmte mich zusammen. Meine Gefühle schlugen wie Sturmwellen über mir zusammen, so stark, dass die Wut nicht einmal die Oberhand gewann.

Als ich zu Atem kam, war er ein abgehacktes Schluchzen. In meinem Herzen war etwas gestorben, so zart, dass ich seine Existenz kaum wahrhaben wollte. Haakon hatte es mit seinen Worten vernichtet und mir genommen.

Es hatte mir gehört, dieses Gefühl, von dem ich dachte, es sei mir niemals wieder vergönnt: Ein Hauch von Liebe und Hoffnung auf eine Partnerschaft.

Es war fort.

Ich fühlte einen solchen Kummer, dass ich die Kabine nicht mehr verließ, bis wir den Hafen erreichten. Ich wartete lange, um sicherzugehen, dass er mir nicht begegnete. Bis dahin kühlte mein Inneres von lodernder Glut zu eisiger Kälte herab. Ich vernichtete sorgfältig jedes zärtliche Gefühl, das ich für ihn empfand.

Und tatsächlich: Als ich ihn auf der Konferenz sah, empfand ich nichts für ihn als kalten Hass und Abscheu.

Unwiderruflich.

❦

Als ich mich gesammelt hatte, verließ ich die Kammer und betrat den Konferenzraum. Die meisten waren da, ebenso Roman und Sadie.

Haakon betrat kurz nach mir den Raum, einen verbitterten Zug um den Mund. Er sah mich nicht an. Bei ihm waren die gleichen Erinnerungen hochgekommen.

Ich setzte mich und hörte mir seine Einführungsrede an, doch es drang wenig zu mir durch. Die Gefühle, die die Erinnerung wachgerufen hatte, überdeckten alles andere.

Endlich kam Haakon zu seinem Lieblingsthema: »Wir werden heute unsere Taktik besprechen, um möglichst viel Schaden bei den Vergeltungsschlägen anzurichten. Das Überraschungsmoment ist auf unserer Seite, die Engel rechnen nicht mit einem Gegenschlag und...« Er verstummte irritiert, als jemand die Hand hob. »Ja?«

Ich drehte mich um. Es war van Rojden, dem der Schweiß auf der Stirn stand, doch jetzt erhob er sich. »Lord Haakon, ich bitte um Ihr Gehör.« Er räusperte sich. »Ich möchte meine Sicht der Dinge darlegen.«

Haakon runzelte die Stirn, trat aber beiseite und bot van Rojden den Platz am Rednerpult an. Der niederländische Kanzler trat sichtlich nervös an das Mikrofon.

»Ingas Rede hat mich daran erinnert, dass es in vielen Ländern schwieriger ist, mit den Engeln zu kooperieren, als hier. Ich verstehe eure Wut, vor allem, wenn Personen zu Schaden kamen, die euch nahestehen. Ich habe zwei Töchter in der höllischen Armee. Als Vater will ich sie mit allen Mitteln schützen. Als Kanzler eines Landes, in dem die Zusammenarbeit funktioniert, kann ich den Plan, einen Krieg zu beginnen, nicht unterstützen. Ich kann nicht verantworten, dass Dämonen, die mir unterstellt sind, verletzt oder getötet werden. Ich habe einen friedlichen Weg gefunden und bin mir sicher, dass das in den meisten Ländern möglich ist. Mylord, ich plädiere dafür, dass wir abstimmen.«

Haakon stand wie vom Donner gerührt neben seinem Kanzler. Gemurmel erhob sich im Raum, dann begannen van Rojdens Mitverschwörer zu klatschen. Einige andere fielen mit ein.

Sein Blick glitt zu mir, dann zu Inga, die ein entsetztes Gesicht machte. Doch er konnte nicht einfach van Rojden aus dem Saal schicken, nicht jetzt, da er Befürworter gefunden hatte. »Wir machen eine halbe Stunde Pause und wägen dann die unterschiedlichen Möglichkeiten gegeneinander ab«, sagte er gepresst.

Van Rojden verneigte sich und verließ das Pult. Die übrigen Kanzler standen auf, ich hörte hitzige Diskussionen. Als ich mich umwandte, war Haakon verschwunden.

Ich sollte ihm folgen und schlimmeres verhindern. Nutzte er die Zeit, um nachzudenken, kam er wahrscheinlich zu dem Schluss, dass es am einfachsten war, die Kanzler um van Rojden zu ersetzen.

»Wartet hier«, wies ich Roman und Sadie an und verließ den Saal. Zu Haakons Büro war es nicht weit. Als ich herankam, sah ich, dass die Tür offenstand, und ich hörte ihn mit jemandem sprechen.

»Das war so nicht geplant. Warum stellen sie sich gegen uns? Davon hast du nichts gesagt«, grollte er.

»Ich kann nicht für meine Kollegen sprechen, ich sage nur, was Satan mir geraten hat.«

Inga.

Wut kochte in mir hoch. Behauptete sie etwa, dass Satan sie angewiesen hatte, den Krieg zu beginnen?

Diese Frau war unglaublich dreist. Ich wollte ihr die Augen auskratzen. Sofort!

»Das hilft mir nicht, wenn die Kanzler sich trotzdem mehrheitlich dagegen aussprechen. Du hast van Rojden gehört. Jeder, der eine Familie hat, wird jetzt in sich gehen und entscheiden, dass das Risiko zu groß ist.«

»Dann befiehl es ihnen doch einfach.«

»Das entscheide ich«, grollte er.

Inga war zu weit gegangen. Erneut.

»Bitte, so meinte ich das nicht«, sagte sie schnell. Ich stellte mir vor, dass sie vertraulich an ihn herantrat. »Wir haben Satan auf unserer Seite, Sie können gegen den Widerstand der Kanzler handeln. Sie fällen die Entscheidungen, nicht Luuk van Rojden.« Es passte zu ihr, dass sie ihn mit Schmeicheleien überzeugen wollte.

Ich hörte Schritte und stellte mich wartend in den Flur. Inga kam heraus. »Lady Desdemona«, sagte sie kühl. »Möchten Sie zu Lord Haakon?«

»Nein, zu Ihnen.« Die Wut war beinahe übermächtig. »Wie können Sie es wagen, Haakon derart dreist anzulügen? Ich habe mit Satan gesprochen, er befürwortet den Krieg nicht. Und sicher hat er Ihnen nicht den Auftrag gegeben, ihn dem Himmelsreich zu erklären!«

Sie sah mich herablassend an. »Ich muss meine Gespräche mit Satan nicht mit Ihnen diskutieren.«

»Das sollten Sie, denn wenn ich auf den Plan trete, fliegen Sie auf und das wird schlecht für Sie ausgehen.«

»Sie können mir drohen, wie Sie wollen, ich lüge nicht!«, beharrte Inga beinahe trotzig. »Offenbar sind Sie nicht wichtig genug, als dass Satan mit Ihnen spricht.« Sie lächelte boshaft.

Ich atmete aus. Ich würde mich nicht von ihr aus der Reserve locken lassen. »Das ist das Stichwort: Alles, was Sie tun, dient nur dazu, sich wichtig zu machen. Bemitleidenswert. Aber es wird nicht lange dauern, bis das alle bemerkt haben.« Ich wandte mich zum Gehen.

Da veränderte sich die Luft und mein Nacken prickelte. Sollte sie etwa...

Ungläubig drehte ich mich um und sah, wie sie eine Energiekugel auf mich abfeuerte.

In letzter Sekunde sprang ich beiseite und ging in die Knie, da schoss sie eine weitere auf mich. Abermals wich ich ihr aus und verlor auf meinen Absätzen beinahe das Gleichgewicht.

Sie griff mich an.

Eine von Haakons Kanzlerinnen griff *mich*, Mitglied des Rats der Lords, an!

Ich sah rot. Dieses verlogene Miststück hatte genug intrigiert. Das war ihre letzte hinterhältige Aktion.

Ich sammelte Feuer in meinen Handflächen, bereit, sie zu töten, als Haakon auf den Flur trat. Alarmiert stürmte er auf uns zu und riss Inga just in dem Moment beiseite, ich den Feuerball abschoss. Er stemmte sich dagegen und erschuf eine Wand aus Wasser, die knapp standhielt. Seine Manifestation pulsierte an seinem Hals in allen Farben des Meeres. Er sah mich fassungslos an.

»Was, zur Hölle, tust du da?«

»Sie hat mich angegriffen!«, schrie ich wütend und deutete auf Inga.

»Sie hatten es nicht anders verdient!« Sie war zu dumm, um sich als Opfer darzustellen.

Er wirbelte herum. »Du hast was?«

Jetzt bemerkte sie ihren Fehler und machte sich klein. »Lord Haakon, ich...«

»Kein Wort mehr!« Er packte sie am Arm und schleuderte sie in Richtung seines Büros. »Bleib da, bis ich dich fortschicke!« Er schlug die Tür zu und kam zu mir herüber. »Bist du unverletzt?«

»Glücklicherweise«, sagte ich. »Sie hat mich von hinten angegriffen. Du glaubst doch nicht, dass Satan sie angerufen hat, oder? Ihre Reaktion ist der Beweis, dass sie alles erfunden hat!«

Haakon kniff die Lippen zusammen. »Sie sagte, er habe sie angerufen und...«

»Das werde ich überprüfen«, zischte ich. »Diese... diese...« Mir fehlten die Worte.

»Beruhige dich«, unterbrach er mich. »Was auch immer mit Satan geschehen ist, oder nicht, spielt keine Rolle. Sie hat dich angegriffen. Als Kanzlerin ist sie untragbar.«

»Und was hast du vor, nachdem du sie gefeuert hast? Wir müssen zurück in die Besprechung.«

»Ich werde sie nicht feuern«, grollte er. »Schlimmer für jemanden wie sie ist eine Degradierung. Bis die einen Fuß auf die Erde bekommt, ist die Hölle zugefroren.«

Überrascht sah ich ihn an. »Ich muss sagen, du machst Fortschritte. Ich kann mich an Zeiten erinnern, als du solche Überlegungen nicht einmal ansatzweise in Erwägung gezogen hast.«

Er warf mir einen süffisanten Blick zu. »Wir müssen alle mit der Zeit gehen, meine Liebe. Und ich habe viel gelernt in den letzten zweihundert Jahren. Unter anderem, wie man mit hinterhältigen Frauen verfährt.«

Es kostete mich einige Kraft, um nicht zu explodieren. Mein Adrenalinspiegel war vom Kampf viel zu hoch.

Stattdessen redete ich mir ein, dass er nicht mich mit seiner Bemerkung meinte und ich die Klügere von uns beiden war, die sich nicht aus der Reserve locken ließ.

»Wie willst du vorgehen?«, wiederholte ich deswegen meine Frage und tat unbeeindruckt.

»Ich werde ohne meine Kanzler keinen Krieg anfangen. Bis ich zurück bin, haben die sich geeinigt, dass ihnen ein Krieg zu riskant ist. Außerdem hat Kasjanow mir abgesagt.« Er sah mich an. »Du hast mit ihm telefoniert, nicht wahr?« »Allerdings. Um den Krieg zu verhindern, hätte ich jeden angerufen.« Das konnte ich zugeben.

Er seufzte. »Anscheinend finde ich in dieser Angelegenheit keine Unterstützung.«

»Noch haben deine Kanzler nicht abgestimmt.«

»Ich bitte dich, bis wir zurückkommen, haben van Rojden und seine Unterstützer alle weichgekocht. Sie werden sich daran erinnern, wie unbequem, schmutzig und schmerzhaft Kriege sind.«

»Das vergisst niemand. Und niemand will das, wenn es eine Alternative gibt.«

»Für eine Pazifistin war dein Feuerball sehr aggressiv.«

»Ich kann es nicht leiden, wenn man mich aus dem Hinterhalt angreift.«

»Darum kümmere ich mich jetzt.«

»Tu das.« Ich trat ihm aus dem Weg. Er ging mit grossen Schritten auf sein Büro zu, in dem Inga Stralund die unangenehmste Zeit ihres Lebens bevorstand. Ich lächelte. Das hatte sie sich verdient.

Mittlerweile hatte sich mein Puls beruhigt und ich spürte nicht mehr den Drang, jemanden umzubringen. Das war knapp. Wenn Haakon nicht eingegriffen hätte, wäre Inga tot. Daran bestand kein Zweifel.

Ich wählte Satans Nummer.

»Lady Desdemona«, begrüßte mich seine Assistentin. Wenn sie ans Telefon ging, war er beschäftigt. Ausgerechnet jetzt.

»Hallo Lydia. Wann ist er erreichbar?«

»Das kann ich Ihnen leider nicht sagen, er ist in einer Besprechung mit Barachiel. Ist es dringend?«

»Nicht so dringend, dass du ihn rausholen müsstest.«

»Dann richte ich ihm aus, dass Sie angerufen haben.«

»Danke.« Ich legte auf und starrte frustriert auf das Display. Mir blieb nichts anderes übrig, als abzuwarten.

Ich ging zurück in den Versammlungssaal. Als ich eintrat, wurde es schlagartig still.

»Lady Desdemona«, sagte van Rojden. »Darf ich fragen, wie es weitergeht?«

»Lord Haakon wird es Ihnen sagen, wenn er zurückkommt«, antwortete ich. »Ich will nicht vorgreifen.« Haakons Autorität zu untermauern, indem ich an seiner statt zu seinen Kanzlern sprach, wäre ein Unding, das ich mir bei aller Unfreundlichkeit nicht leisten wollte.

Die Kanzler unterhielten sich leise. Ich sah Kriemhild von Auenstein auf den nervösen van Rojden einreden, der wieder zu mir herübersah. Er hatte Angst.

Verdenken konnte ich es ihm nicht.

Die Tür ging auf und Haakon kam herein.

Allein.

Ohne zu zögern trat er ans Pult: »Ich nehme an, Sie haben die beiden Möglichkeiten, die Inga und Luuk aufgezeigt haben, ausreichend diskutiert. Wir stimmen ab. Keine Enthaltungen.«

Er nickte Tuva zu. »Du zählst.«

Ich hoffte, dass sie dazu in der Lage war.

Jetzt wurde es ernst. Ich wusste, dass die anderen nach van Rojdens Rede den Kontakt gesucht und versucht hatten, möglichst viele zu überzeugen.

Gleich zeigte sich, ob sie erfolgreich waren.

Ich sah hinüber zu Kriemhild und Anaïs, denen die Anspannung in die Gesichter geschrieben stand.

»Wer ist dafür, den Engeln die Stirn zu bieten und eine bewaffnete Konfrontation anzustreben?«

Einige Hände gingen hoch.

Mein Atem stockte. Das könnte die Mehrheit sein.

Tuva zählte. »Vierundzwanzig.«

»Wer ist für die Wiederaufnahme der Verhandlungen mit den Himmelsbüros?« Er gab sich keine Mühe, seine Einstellung zu kaschieren. Erneut ging eine Vielzahl von Händen in die Höhe.

Tuva hatte sichtlich Probleme. »Vierundzwanzig«, sagte sie schließlich. »Unentschieden.«

Mein Lid zuckte. Als wären wir beim Tennis.

»Ich zähle sechsundzwanzig«, rief Anaïs. Tuva errötete und zählte ein weiteres Mal nach.

»Sechsundzwanzig.«

Unruhe breitete sich im Saal aus.

»Ruhe!«, rief Haakon. Er machte ein angewidertes Gesicht. »Die Entscheidung ist gefallen. Nehmen Sie Kontakt zu den ortsansässigen Himmelsbüros auf und machen Sie den Engeln juristisch Feuer unter den Ärschen.«

Feiner hätte es niemand formulieren können.

Ich atmete tief ein.

Das war gerade noch einmal gutgegangen

6

Nach der Konferenz bat Haakon mich um eine Unterredung. Mich irritierte, wie gefasst und ruhig er war. Ich fragte mich, was er damit bezweckte. Wir fassten kurz die Ergebnisse zusammen und Sadie schrieb ein Memo, das wir Satan zuschickten.

Der Marschplan stand nun fest und ich hoffte, dass er meinen Auftrag damit als erledigt ansah. Haakon musste nun auf die ersten Ergebnisse der Verhandlungen warten, es gab für mich keinen Grund, weiter an seiner Seite zu verweilen.

Ich wüsste nicht, wie ich ihm helfen könnte und in meinen eigenen Gebieten gab es Arbeit genug. Doch ich hatte ihn noch immer nicht erreichen können und eine Ahnung sagte mir, dass er mich so schnell nicht zurückrufen würde.

Mich quälte die Frage, ob Inga wirklich gelogen hatte. Seit der Besprechung in Hamburg war meine Welt ins Wanken geraten und derjenige, der meine Welt war, war für mich nicht erreichbar.

Ich fühlte mich schlecht deswegen und spürte unwillkommene Zweifel in mir. Ich wollte das nicht, aber ich wusste nicht, wie ich es ändern konnte.

Haakon wollte noch mit einigen Kanzlern reden, bevor sie abreisten, doch mein Job war für heute getan. Am nächsten Tag flogen wir zurück nach Oslo.

Ich auch, denn bis ich Satans Freigabe hatte, würde ich nicht gehen. Ich könnte arbeiten. Oder... ich erinnerte mich an Jan. Ich hatte ihm versprochen, mich zu melden.

Mein Herz flatterte bei dieser Idee. Er könnte mich auf andere Gedanken bringen. Ich könnte für ein paar Stunden vergessen, welchen Job ich hatte und dass sonst jede meiner Bewegungen überwacht wurde.

Ich könnte mich für eine kurze Zeit wieder so frei fühlen wie er. Sein Gesicht verfolgte mich und wenn ich die Augen schloss, blickte ich in seine blaue Iris.

Ich hatte ihm versprochen, mich zu melden und ich verdiente diese Pause. Auch ich hatte etwas Glück verdient und sei es noch so vergänglich.

Einmal alle zweihundert Jahre konnte ich mir etwas Egoismus gönnen. Ein kleines Etwas, das mir gehörte.

Ich lächelte über mich selbst und schüttelte den Kopf.

Es war dumm, mich mit einem Sterblichen einzulassen. Sowas zog Konsequenzen nach sich. Nicht für mich, doch Jan konnte davon geschädigt werden. Wer sich mit Dämonen oder Engeln einließ, kam nicht mehr von ihnen los. Das Gefühl in der Nähe eines Übersinnlichen war zu gut, um es missen zu wollen.

Ich würde Jan nur heute sehen. Es bestand keine Gefahr für ihn. Ich würde ihm nicht wehtun.

Dafür konnte ich keine Garantie übernehmen, doch bevor ich wusste, was ich tat, drückte ich auf „anrufen" und hörte das Freizeichen. Er hob nach dem dritten Klingeln ab. »Hallo?«

»Jan, hier ist Desdemona«, sagte ich weich und färbte meine Stimme mit Lächeln und einem Hauch Verführung. Dabei musste ich mir eingestehen, dass meine Absichten alles andere als ehrenwert waren.

»Desdemona ...« Mein Name klang wie Musik aus seinem Mund. »Schön, dich zu hören. Ich sehe deine Nummer nicht.« »Tut mir leid, nächstes Mal denke ich dran«, log ich. Natürlich durfte er meine Nummer nicht haben. Sie war verschlüsselt und für den internen Gebrauch.

»Können wir uns treffen?«, fragte er.

»Deswegen rufe ich an. Wie versprochen.«

»Und wo?« Er verlor keine Zeit. Das war mir recht.

Ich überlegte. Ihn zu mir ins Hotel zu holen wäre Unsinn. Er würde sich unwohl fühlen, wenn er meine Suite sah. Ein schickes Restaurant schied ebenfalls aus. Außerdem waren hier einige Dämonen, denen ich lieber nicht begegnen wollte.

»Wo bist du? Ich komme zu dir.«

»Ich bin am Strand, am Zwarte Pad.«

»Ich bin in einer Viertelstunde bei dir.«

Zwei Minuten später war ich umgezogen und stieg in den Fahrstuhl. Auf dem Hotelparkplatz stand ein Mietwagen für mich. Ich hatte um ein unauffälliges Modell gebeten, um Jan nicht zu irritieren.

Die genannte Straße erreichte in zehn Minuten. Er erwartete mich auf dem Parkplatz. Neben ihm stand ein zerbeulter Volvo, der bis unters Dach vollgestopft war. Es war offensichtlich, dass er in seinem Auto lebte.

Der Musiker war so süß wie letzte Nacht. Schüchtern sah er mich durch seine schwarzen Ponyfransen an, da fasste er sich ein Herz, kam zu mir und ehe ich mich versah, küsste er mich.

Ich schmolz dahin. So etwas hatte ich noch nie mit einem Menschen erlebt. Jan ... er unterschied sich so sehr von normalen Menschen.

Meine Gedanken wirbelten durcheinander, Ideen und Pläne, wie ich ihn dazu brachte, Satan seine Seele zu geben. Ein Dämon zu werden. Mein zu sein.

Erschrocken ließ ich ihn los und wich einen Schritt zurück. Das war zu viel. Ich musste mich zügeln. Dem Ganzen nicht zu viel Bedeutung beimessen.

Jan sah mich irritiert an, mit diesem abrupten Ende hatte er nicht gerechnet.

»Wow«, sagte ich lächelnd und mit weichen Knien. »Du verlierst keine Zeit.«

Er lächelte geschmeichelt. »Ich konnte es kaum erwarten, dich noch einmal zu küssen.«

Viel zu viel.

Ich musste versuchen, das Gespräch in eine unverfänglichere Richtung zu lenken, bevor ich den Kopf verlor.

Er küsste so gut. Wie es sich wohl anfühlte, wenn seine Hände über meinen nackten Körper strichen?

Ich verstand meine eigenen Gedanken nicht. Das Verlangen, das stärker wurde. Ich kannte ihn doch gar nicht. Es gab keine Zukunft für uns.

Ich hatte noch viel Arbeit zu erledigen.

Und doch...

Ich hatte mich so auf dieses Treffen gefreut.

»Was hast du für uns geplant?«, fragte ich und sah mich um. Es war mittags, viele Menschen waren unterwegs, Familien mit Kindern. Ich würde nicht in aller Öffentlichkeit über ihn herfallen.

»Möchtest du am Strand spazieren gehen?«, fragte er und reichte mir die Hand. Ich ergriff sie. Ein Strandspaziergang war unverfänglich genug. Ich machte einen Schritt und sank in den Sand ein.

Jan schlug sich mit der Hand an die Stirn. »Wie blöd von mir.« Er grinste reuig. »Wenn du nicht so verdammt schick wärest, würde ich dich huckepack nehmen.«

»Wir könnten an der Straße entlanggehen und von der Promenade ans Wasser«, schlug ich vor. Auf keinen Fall ließ ich mich tragen. Wir drehten um und gingen zur Promenade. Dabei starrte ich auf meine Füße.

Ich trug meine Lieblingsstilettos, Riemchensandalen mit Spitzenbesatz und einer roten Sohle, für die Sand ein Desaster war. Wie hatte ich das vergessen können? Das wäre mir sonst niemals passiert.

Jan brachte mich völlig durcheinander und weckte eine Sehnsucht in mir, die ich nicht kannte. Fühlte es sich so an, wenn man sich Hals über Kopf verliebte?

Unmöglich. So war ich einfach nicht. Meine Vernunft stand immer vor meinem Herzen. Fast immer.

Mit ihm fühlte sich alles anders und neu an.

Und ich konnte einfach nicht widerstehen.

Jan lief gelöst neben mir, seine Hand in meiner. Er schloss die Augen, als eine Brise kam und seine Haare zerzauste. Sein Blick war in die Ferne gerichtet und sein Gesicht entspannt. Er trug einen Frieden in sich, den ich niemals empfinden würde. In diesem Moment beneidete ich, eine der mächtigsten Dämoninnen des Höllenreiches, diesen jungen Menschen, der durch sein Leben stolperte.

Ohne Druck. Ohne die Gefahr, umgebracht zu werden.

Wenn ich ein Mensch wäre, könnte ich sein wie er?

Woher kommen diese Gedanken?

Sie machten mir Angst und verunsicherten mich. Seit meiner Verwandlung hatte ich nie an meinem neuen Leben gezweifelt. Bis heute.

Ich sah ihn aus dem Augenwinkel an. Er bemerkte es und strahlte. Schnell richtete ich den Blick wieder zu Boden. Ihn zu treffen war eine dumme Idee.

»Desdemona?« Ich sah erneut auf und fand mich in seinen Armen wieder. Er zog mich an sich, seine Lippen senkten sich auf meine.

Ich vergaß meine Zweifel und meine Angst.

Für kurze Zeit.

Bei einer Strandbar holten wir uns Kaffee und Küchlein zum Mitnehmen und setzten uns auf eine Bank an der Promenade. Nach meinem Frühstück gestern Morgen war das die erste Nahrung, die ich zu mir nahm. Der Kuchen schmeckte gut und ich genoss die Sonnenstrahlen.

»Wie lange bleibst du?«, fragte er nach einer Weile.

»Nur heute. Morgen fliege ich zurück nach Oslo«, sagte ich und war überrascht, dass ich wehmütig klang. Ich hätte gern mehr Zeit mit Jan verbracht.

Er lächelte traurig. »Also ist das unser letzter Tag zusammen, schöne Frau?«

»Leider ja.«

»Sicher nimmst du es mir nicht übel, wenn ich darauf bestehe, dass wir ihn bis zuletzt auskosten.« Sprachlos sah ich ihn an. So nonchalant hatte seit Jahrzehnten niemand mit mir gesprochen – abgesehen von Helene.

»Wenn du darauf bestehst, habe ich nichts einzuwenden.« Ich fragte mich, warum ich so locker war. Vielleicht tat er mir einfach gut. Vielleicht musste ich mich öfter von meinem strengen Dämonen-Ich losmachen. Helene könnte recht haben, als sie meinte, ich solle mich ein wenig entspannen und für Möglichkeiten öffnen.

Dabei hatte sie sicher nie menschliche Saxophonisten im Sinn, aber sie würde sich freuen.

»Wir verstehen uns.« Jan trank zufrieden einen Schluck Kaffee aus seinem Pappbecher.

Ich lachte. Echt und ungezwungen. Wenn ich mit ihm zusammen war, spürte ich weder Stress noch Druck.

Wir verbrachten den ganzen Tag in der Stadt. Immer wieder stahl er sich Küsse, indem er mich in stille Ecken zog und mich leidenschaftlich in seine Arme und an seine Lippen zog. Abends, als er das erneut getan hatte, flüsterte er an meinem Mund: »Mein Motel ist hier ganz in der Nähe... willst du...«

»Ja!« Ich hatte mich in dem unwiderstehlichen Musiker verloren. Jetzt musste ich mir alles holen, was er mir anbot. Koste es, was es wolle. Ich hielt ein Taxi an und er nannte seine Adresse. Alles andere war nebensächlich.

Nur Jan neben mir zählte, der die Finger nicht von mir ließ. All meine Zurückhaltung und Unnahbarkeit waren wie weggewischt, übrig blieb eine von Verlangen und Leidenschaft getriebene Frau. Ich gab dem Taxifahrer viel zu viel Trinkgeld und rannte mit Jan in sein Zimmer im zweiten Stock.

Wir schafften es kaum, die Tür hinter uns zu schließen, weil wir damit beschäftigt waren, uns gegenseitig die Kleider vom Leib zu reißen.

Er nahm sich die Zeit, den tiefen Rückenausschnitt meines Kleides zu bewundern und meine nackte Haut mit wilden Küssen zu bedecken. Dabei ließ er die Hand in den Ausschnitt und hinunter zu meinem Po wandern. Die andere strich über meinen Hals unter den Wasserfallausschnitt zu meinen Brüsten. Ich dachte, er würde wenigstens einen Teil meiner Erregung befriedigen, doch er zog die Hand weg, streifte die Träger von meinen Schultern und schob das Kleid hinunter bis zu meiner Hüfte.

»Dachte ich's mir doch.« Seine Stimme war belegt.

»Was?« Ich fuhr mit dem Daumen über seine Lippen.

»Dass du ohne Kleid sogar noch schöner bist.« Er küsste mich erneut. Ich riss versehentlich einen seiner Hemdknöpfe ab und ließ die Fingerspitzen über seine weiche Haut unter dem Stoff laufen.

Mit der Zunge fuhr er an meinem Hals zu meinem Schlüsselbein und versenkte dort seine Zähne. Ich stöhnte auf, als sein Mund zärtlich knabbernd zu meinen Brüsten wanderte. Unerwartet gaben meine Beine unter mir nach, er hielt mich fest.

Er lachte und hob mich hoch und legte mich aufs Bett. Seine Hände wanderten unter dem Saum meines Kleides hoch zu meinem Slip und zogen ihn hinunter. Er warf ihn zu Boden. Jan strich über meinen Spann, der unter dem Spitzenbesatz meiner Stilettos verborgen war.

»Macht es dir etwas aus, sie anzubehalten?«, fragte er rau und küsste meinen Knöchel.

»Überhaupt nicht«, keuchte ich.

Er küsste meine Wade, verharrte eine köstliche Zeit in der Kniekehle und ließ seine Lippen an der Innenseite meines Oberschenkels hinaufwandern. Dabei schob er meinen Rock Stück für Stück nach oben. Meine Hände vergruben sich in seinem Haar als er schließlich oben angekommen war. Ich hatte fast vergessen, wie gut es sich anfühlen konnte, mit einem Mann zusammen zu sein.

Jans Zunge trieb mich an den Rand und in meinen Ohren rauschte es, bis sich der Druck zu einer Explosion entlud. Ich schrie auf und wölbte mich ihm entgegen, flehte ihn an, nicht aufzuhören. Er hörte nicht auf, ehe mich eine zweite und eine dritte Welle erfasst hatten.

Schweißgebadet lag ich auf dem Bett und rang nach Atem. Ich musste mich revanchieren. Jetzt.

Ich mobilisierte meine Dämonenkräfte und riss ihm die Jeans runter. Jan konnte kaum irritiert dreinschauen, als ich schon über ihm kniete und mich mit ihm vereinigte.

»Desdemona...«, keuchte er, doch ich legte ihm den Finger auf die Lippen.

»Shhht...«, machte ich. »Ich bin dran.« Und setzte ihn all meiner weiblichen Leidenschaft aus. Ich bewegte mein Becken und stimulierte alle seine Sinne mit meinen psychokinetischen Fähigkeiten. Er konnte mir nicht entkommen.

Jan hielt es nicht lange aus. Sein Körper zuckte krampfartig unter mir, doch hielt ich ihn zurück, fesselte ihn an mich und machte immer weiter. Als ich bereit war, ließ ich die Sperre in seinem Kopf los und trieb uns zu einem so gewaltigen Höhepunkt, dass ich einen Moment um unser beider Bewusstsein bangte.

Schwer atmend legte ich meinen Kopf auf seine Brust, um meinen außer Rand und Band geratenen Herzschlag unter Kontrolle zu bringen. Seine Hände krallten sich an meine Hüfte, die ich nun vorsichtig löste.

»Wow...«, murmelte er. Seine Augen klappten zu und ich fürchtete, er sei ohnmächtig geworden.

»Jan?«, fragte ich vorsichtig. »Alles in Ordnung?«

»Das war der Wahnsinn«, murmelte er mit geschlossenen Augen. »Ich dachte, ich komme viel eher, aber es ging nicht und wurde noch besser... Wow.« Er zog mich sanft zu sich heran. Zärtlich küsste er meinen Mund. »Das habe ich noch nie erlebt. Ich...« Er schlief mitten im Satz ein.

Ich beobachtete sein friedliches Gesicht, während seine Lebensenergie durch meine Adern strömte und meine Energiereserven bis zum Maximum auffüllte.

Ich war verrückt, mich mit einem Menschen einzulassen. Doch heute war der beste Tag seit mindestens zweihundert Jahren gewesen und ich weigerte mich, ihn zu bereuen.

Ich saß auf dem kleinen schäbigen Stuhl in dem kleinen schäbigen Motel und beobachtete Jan beim Schlafen. Meine Unterwäsche hatte ich angezogen und mein Kleid gerichtet. Der Internetempfang war ganz in Ordnung, weswegen ich einiges an Arbeit geschafft hatte.

Eigentlich hätte ich gehen können.

Eigentlich hätte ich gehen *müssen*.

Auf menschlicher und ethischer Seite war es unvertretbar, dass ich länger Zeit mit Jan verbrachte. Er lag in einem komatösen Schlaf, mir ging es blendend.

Dämonen entziehen Menschen beim Sex Energie und wandeln sie in Lebenskraft um. Für den Menschen ist das wie der beste Drogentrip seines Lebens. Deswegen verhalten sich viele hinterher, als hätten sie Entzugserscheinungen. Ich hoffte, dass ich Jan das nicht antat.

Durch meine Beeinflussung war er so gebeutelt, dass er eine Weile schlafen würde.

Ich sah auf meine Armbanduhr: drei Uhr morgens. Seit sechs Stunden saß ich hier fest. Ich war voller Tatendrang und in der besten Verfassung, mich um wichtige Dinge zu kümmern und Entscheidungen zu treffen.

Stattdessen hing ich in diesem Motel fest und konnte mich nicht durchringen, zu verschwinden. Das wollte ich dem selig schlafenden Jan nicht antun. Er würde es nicht verstehen und ich wüsste nicht, ob unser Zusammensein ihn geschädigt hatte.

Ich ertappte mich bei dem erneuten Gedanken, ihn zu überzeugen, mit Satan den Seelenhandel abzuschließen. Ich könnte ihn mit nach London nehmen, eventuell war er ja ein Energiesammler und könnte mit seiner Musik…

›Tief durchatmen!‹, ermahnte ich mich energisch. Ich hatte kein Recht, ihn so zu beeinflussen. Seine Seele gab man nicht leichtfertig her und das war eine Entscheidung, die er nicht aus den falschen Gründen treffen sollte.

Schon gar nicht nach einer einzigen Nacht, deren Folgen niemand absehen konnte.

Ich verstand mich selbst nicht.

Ich war nicht in ihn verliebt.

Auf gar keinen Fall.

Er war nur ein inspirierender Mann, der mir einen schönen Tag und guten Sex bereitet hatte. Das hieß lange nicht, dass wir zusammen sein konnten. Oder dass er meine wahre Natur akzeptierte und sich sogar dazu entschloss, dasselbe zu tun.

Ich war *nicht* verliebt. *Nicht* doppelt unterstrichen.

Den Seelenhandel kann nur Satan mit einem Menschen abschließen, der seine Seele aus freien Stücken anbietet.

Ich könnte versuchen, ihn zu überreden, ihn beeinflussen, doch im Gespräch mit Satan funktioniert keine Manipulation. Das war eine Regel, die er zusammen mit Gott aufgestellt hat und an der es nichts zu rütteln gibt.

Gedankenverloren betrachtete ich Jans Gesicht. Er sah friedlich aus, unschuldig. Ich durfte nicht vergessen, dass er erst achtundzwanzig war. Sein Leben lag vor ihm.

Er war in keiner Notsituation wie ich damals. Es trieb ihn nichts. Es gab keinen vernünftigen Grund, ihm seine Zukunft zu nehmen, nur, weil ich ihn für mich wollte.

Unsere Verbindung durfte nicht enden wie meine Beziehung zu Haakon. Um meiner selbst Willen konnte ich nicht riskieren, dass mich noch einmal ein Mann wegstieß, weil er meine Beweggründe nicht kannte und mich für eine Betrügerin hielt.

Ich musste es sauber zu Ende bringen und Jan sein sterbliches Leben gönnen, ob es mir passte oder nicht.

Langsam ging ich zum Bett hinüber, strich mit den Fingerspitzen über seine Wange und stimulierte ihn, aufzuwachen. Knurrend öffnete er seine Augen.

»Desdemona, hey.« Er nahm lächelnd meine Hand. »Hast du gar nicht geschlafen?« Ich schüttelte den Kopf und streichelte seine Schläfe. Sein Haar war eine Katastrophe, ich zwang es mit meinen Fingern in geordnete Bahnen.

»Mein Kopf kribbelt komisch«, meinte Jan und zog mich heran. Überrascht ließ ich ihn gewähren.

Sollte er etwa...

Die Frage erübrigte sich, als seine Hand unter meinen Rock glitt. »Ich habe davon geträumt«, flüsterte er. »Und wo du doch hier bist... setze ich ihn gleich in die Tat um.« Er zog mir das Kleid über den Kopf. »Noch schöner«, flüsterte er heiser. Das signalisierte mir auch sein nackter Körper. Er zog mich ganz aus und nahm die

Spange aus meinem Haar, sodass es über meinen Rücken fiel. »Warum riecht Frauenhaar so verdammt toll?« Er wickelte sich eine Haarsträhne um die Finger.

Ich zog ihn näher heran und konzentrierte mich auf ihn. Auf seine empfindsame Haut, die immer feuchter wurde, je länger ich mich um ihn kümmerte.

Jan rang nach Atem, Schweiß brach ihm aus. Seine Finger krallten sich in mein Haar. Er zuckte unter meiner Berührung. »Oh Gott ...«.

»Ja?«, gurrte ich und blies Haarsträhnen zur Seite.

»Leg dich hin, ich halt es nicht aus«, bat er. Gehorsam legte ich mich einladend auf das Bett und zeigte ihm, was er sich gleich nehmen durfte.

Seine Augen wurden größer, behutsam legte er meine Schenkel um seine Hüfte und schob sich in mich.

Ich staunte, wie schnell er sich erholte und voll einsatzfähig war. Seine kraftvollen Stöße bewiesen, dass er all seine Energie zurückgewonnen hatte.

Er küsste mich und drang mit seiner Zunge tief in meinen Mund ein, dabei erhöhte er das Tempo. Ich wölbte mich ihm entgegen, drückte mit den Fersen gegen seine Oberschenkel und ihn so tief es ging in mich, bis wir aufschrien und er über mir zusammenbrach.

Er küsste mein Schlüsselbein. »Am liebsten möchte ich dich bei mir behalten«, flüsterte er in mein Ohr.

Der Drang, ihm alles zu erzählen und ihn zu bitten, mit mir zu kommen, wurde übermächtig und ich biss mir auf die Zunge, um nichts zu sagen.

Ich konnte es nicht tun. Stattdessen zog ich ihn an mich und vergrub mein Gesicht in seiner Schulter. »Morgen reise ich nach Oslo«, erinnerte ich ihn und schalt mich eine Närrin, weil es mir leidtat, ihn zu verlassen.

»Oslo...« Ein schwaches Lächeln kräuselte seine Lippen. »Ich könnte dich dort besuchen.«

»Das wäre schön, aber gib deine Reisepläne nicht auf«, rang ich mir ab. Die Versuchung, ihn wieder zu treffen und unsere Beziehung auszubauen wurde übermächtig. Ich musste dagegen ankämpfen, zuzustimmen. Er wusste schon zu viel.

»Ich überlege es mir.« Er küsste mich und schlief ein. Ich blieb wach und grübelte, bis ich zu der bitteren Gewissheit kam, dass ich kein Recht hatte, ihn für mich zu beanspruchen.

Ich musste ihn verlassen.

Er sollte seinen Weg gehen und ich meinen. Je länger er in meiner Nähe blieb, desto schlimmer wurde es für uns beide. Mein Herz schmerzte bei dieser Erkenntnis und ich kämpfte gegen einen Kloß in meiner Kehle.

»Desdemona, Sie …« Sadie starrte mich mit offenem Mund an. »Sie sehen ... phantastisch aus.«

Ich warf einen Blick in den Spiegel. Die Haare trug ich zum Chignon, dazu ein graues Seidenwickelkleid und schwarze Lackbooties. Nichts Außergewöhnliches.

Sadie fiel etwas Anderes auf: Absorbierte ich menschliche Energie unverfälscht, strahlte ich geradezu. Da ich mich sonst nie mit Menschen einließ, sah sie mich so zum ersten Mal.

»Danke,« sagte ich kurz und hoffte, dass das Thema damit erledigt war.

Haakon kam vorbei. Ihm fiel die Veränderung sofort auf. Er blieb stehen und gaffte mich an.

»Was hast du getan? Achso, du hattest Lust auf einen Schluck unverfälschter Energie.« Ein Lächeln stahl sich auf sein Gesicht. Ich biss mir auf die Lippe. Gerade er musste herumtönen. Vermutlich hatte er bereits mit achtzig Prozent aller hübschen Frauen in Oslo geschlafen und ihnen Energie abgezogen.

Das interessierte mich nicht. Was Haakon trieb, ging mich genauso wenig an, wie meine Bekanntschaften ihn.

»Kümmere dich um deine Angelegenheiten.«

Er zeigte mir sein Haifischlächeln. »Wir haben ja den Rückflug nach Oslo.«

Ich bedachte ihn mit einem Blick, bei dem niedrigere Dämonen zusammengeklappt wären wie Taschenmesser und packte meine Sachen zusammen.

Bis zum Abflug wurde ich ständig angegafft. Von Roman, von Sadie, von Haakons Assistenten, vom Chauffeur. Haakon grinste jedes Mal und ich setzte schließlich eine Sonnenbrille auf und tat so, als bemerke ich es nicht.

Der Flug nach Oslo verlief ereignislos. Der Raum war zu klein für vertrauliche Gespräche und ich stürzte mich in meine Arbeit. Wir erreichten das Osloer Büro am frühen Nachmittag und Haakon bat mich noch einmal zu einer Besprechung.

Als ich ihm gegenübersaß, machte ich mich auf eine erneute Konfrontation gefasst. Wahrscheinlich hatte er den ganzen Flug über darüber nachgedacht, wie er meinen Energiekick gegen mich verwenden konnte.

Er schien etwas sagen zu wollen, schwieg aber und wirkte ratlos, wie er beginnen sollte. Das Warten wurde mir zu lang.

»Was ist? Warum sollte ich herkommen?«, fragte ich gereizt. Er krauste die Nase und wurde wieder er selbst. Interessiert glitt sein Blick über mich. Ich konnte mir denken, was als nächstes kam.

»Wer hätte gedacht, dass jemand so diszipliniertes wie du sich dazu hinreißen lässt, einem Menschen direkt Energie zu stehlen. Wie hast du's gemacht? Emotionen? Sex?«, fragte er.

»Ich werde nicht mit dir darüber reden. Es ist nicht erwähnenswert«, sagte ich kühl.

Er benahm sich merkwürdig. »Wie fühlst du dich?«

»Phantastisch, vielen Dank.«

»Hm.« Er rieb sich das Kinn mit den blonden Bartstoppeln. In den letzten Tagen war er nicht zu einer Rasur gekommen. Ich wollte gar nicht wissen, worüber er sich den Kopf zerbrach. Wahrscheinlich malte er sich aus, wie ich mir die menschliche Energie beschafft hatte.

Ich wollte ihm die letzte Nacht nicht auseinandersetzen. Und niemals, *niemals* würde ich darüber sprechen, wie elend ich mich heute Morgen gefühlt hatte, als ich Jan mit dem vagen Versprechen verließ, dass wir in Kontakt bleiben würden.

Mein Herz schmerzte, wenn ich an ihn dachte, daran änderte auch das Hochgefühl seiner Energie nichts. Den ganzen Flug über hatte ich es verdrängt, doch Haakon schaffte es, alles wieder aufzuwühlen.

Haakons Kiefer arbeitete, er fuhr mit der linken Hand pausenlos über die Armlehne seines Sessels.

»Desdemona«, setzte er an. Sein Unwohlsein war deutlich zu sehen. »Danke.« Er presste das Wort so schnell heraus, dass ich es fast nicht verstanden hätte.

»Wie bitte?«

Er atmete tief ein. »Danke«, wiederholte er, dieses Mal lauter. Ich traute meinen Ohren nicht.

Haakon Welhaven bedankte *sich bei mir?*

Er schnaubte. »Ich weiß, dass du nicht gern hier bist. Mir ginge es nicht anders, aber du gibst trotzdem dein Bestes. Also vielen Dank.«

Ich sah aus dem Fenster um festzustellen, ob die Welt unterging. Was war in ihn gefahren?

»Ich... weiß nicht, was ich sagen soll«, meinte ich.

»Was hat dich zu diesem Sinneswandel bewogen?«

»Dein Verhalten bei der Konferenz. Du hättest die Möglichkeit gehabt, deine Ablehnung zu nutzen, um dich einzumischen. Ich kenne deine Haltung und ich weiß, dass meiner Kanzler dich bewundern. Du hättest sie nutzen können, um gegen mich vorzugehen.«

»Haakon...«, sagte ich unbehaglich.

»Die Sache mit Inga tut mir leid. Du hättest darauf bestehen können, dass ich sie feuere, auch das hast du nicht getan. Du hättest ihr Verhalten vor den anderen anprangern und gegen mich verwenden können.«

»Ein paar deiner Kanzler haben mich um Hilfe gebeten«, unterbrach ich ihn. Sein Lächeln verschwand.

»Wie bitte?«

»Sie hatten Angst um ihre Familien und waren mit Ingas Vorschlag nicht einverstanden. Sie wollten, dass ich für sie Stellung beziehe.«

»Hast du etwas unternommen?«

»Nein.«

»Hast du sie überredet, gegen mich zu stimmen?«

»Natürlich nicht. Ich habe ihnen gesagt, dass sie den Krieg ablehnen können, dir aber unterstellt sind und in letzter Instanz deinen Befehlen folgen müssen. Und dass ich nicht eingreife. Also ergriffen sie die Initiative.«

Seine Augen wurden schmal. »Van Rojden.«

Ich nickte. »Sie brauchten Zeit, um den Mut aufzubringen, in die Diskussion zu gehen. Sei froh, dass sie ehrlich zu dir waren.«

»Sie sind hinter meinem Rücken vorgegangen. Wenn sie etwas stört, sollen sie es direkt mit mir besprechen.«

Ich bewegte mich auf dünnem Eis.

»Man braucht Mut, um seinem Vorgesetzten zu sagen, dass man seinen Vorschlag ablehnt. Wichtig ist, dass es offen geklärt wurde. Weiter ist nichts geschehen.«

Er schwieg und schien verschiedene Gedanken zu verfolgen. Ich sah ihm an, dass er mit dem Thema nicht einfach abschließen konnte.

Niemand wusste besser als ich, wie nachtragend er war. Doch vor mir würde er sich nicht die Blöße geben, über das fehlende Vertrauen seiner Kanzler zu sprechen.

»Gut, okay.« Er sah mich an. »Dank dir ist anscheinend die Entscheidung getroffen, die die tatsächliche Mehrheit favorisiert. Gut, dass du da warst.«

Ich schnaubte. »Auf den Kampf mit Inga hätte ich verzichten können. Diese Lügnerin.«

»Sie hat mir glaubhaft versichert, dass Satan sich bei ihr gemeldet hat«, erwiderte er. »Ich hatte keinen Grund, zu zweifeln. Ihr Angriff ist allerdings nicht zu entschuldigen.« Er verschränkte die Arme vor der Brust. »Die Loyalität jedes Dämons hat Satan zu gelten und uns, seinen Stellvertretern.«

»Danke. Wenn du nicht eingegriffen hättest...«

»Wäre Inga tot.« Haakon hob die Braue. »Ich habe eher sie als dich gerettet.«

»Wenn du meinst. Hast du mit ihm gesprochen?«

»Habe ich. Und ja, er hat mit ihr telefoniert. Allerdings ist mir nicht klar, was er ihr gesagt hat.«

Wenn er wollte, redete Satan ewig, ohne etwas preiszugeben. Mein schlechtes Gefühl verstärkte sich.

Was wurde hier gespielt?

Doch Haakon konnte mir keine Antwort auf meine Fragen geben und sich mit ihm den Kopf zu zerbrechen war sinnlos.

Wenn ich eine Antwort wollte, musste ich versuchen, sie von Satan zu bekommen. Ein aussichtsloses Unterfangen, wenn er das anders sah.

»Es ist zwar anders abgelaufen, als ich mir vorgestellt habe, aber ich muss zugeben, dass unsere Zusammenarbeit nach wie vor tadellos funktioniert.«

»Was für eine wundervolle Erkenntnis.« Ich fühlte mich unbehaglich. Er verhielt sich merkwürdig. Freundlich. Das machte mich nervös. Er stand auf und trat an mich heran. Er ragte über mir auf wie ein Turm.

Mein Unbehagen verstärkte sich. Ich hasste es, wenn man sich über mich beugte. Diese Art von Dominanz trieb mich in die Enge und alle meine Sinne schrien danach, mich aus dieser Situation zu befreien.

Haakon beugte sich zu mir herunter. Sein Gesicht war meinem viel zu nah. Auch das hasste ich.

»Verstehst du mich denn nicht?«

»Dich habe ich nie verstanden«, fauchte ich. »Bei deinen plötzlichen Sinneswandeln ist das unmöglich. Wer soll da mitkommen? Ich bin auf Satans Befehl hier, nicht, weil ich die Zusammenarbeit mit dir genieße. Ich halte nichts davon, wie die Konferenz in Den Haag abgelaufen ist und ich bin mir sicher, dass hier etwas nicht stimmt.« Ich verstummte.

Haakons blaue Augen verengten sich. Ihm gefiel nicht, in welche Richtung sich das Gespräch bewegte. Ich sah ihm an, wie er seine Taktik änderte. Seine Mundwinkel zogen sich herab. Jetzt wurde es unangenehm.

»Das liegt vielleicht an deinem Energiekick«, stichelte er. »Manche Dämonen vertragen es nicht, sich die Energie direkt zu holen. Das High ist zu groß.«

»Ich bin durchaus Herrin meiner Sinne.«

»Das war nicht als Vorwurf gemeint.« Er log mir ins Gesicht. Meine Fingernägel fuhren aus und ich verbarg sie schnell hinter meinem Rücken. Er sollte nicht sehen, dass er mich so weit hatte.

»Was meinst du damit, dass etwas nicht stimmt?«

»Nichts.«

»Das klang eben anders.«

Ich mied seinen Blick, doch der Themenwechsel half mir, ruhig zu werden. »Es ist nichts.«

Er ging zur Tür. »Weißt du, wenn du ehrlich zu mir wärst und dich nicht für etwas Besseres hieltest, wären die Dinge anders zwischen uns verlaufen. Doch leider hast du dich in den letzten zweihundert Jahren kaum verändert.«

Ich wirbelte mit voll ausgefahrenen Krallen und pechschwarzen Armen herum, Rauch kräuselte sich aus meinem Mund und ich war bereit, ihn anzugreifen, ich war gerade gut im Training.

Doch Haakon hatte den Raum verlassen.

Satan begrüßte uns direkt am Nil. Haakon machte eine Verbeugung, ich einen eleganten Knicks, um meine Ehrerbietung zu zeigen. Mich ignorierte er eisern, als hätte er mich wirklich vergessen. Bei seinem Anblick schmerzte alles, mein Kopf, meine Brust, meine Eingeweide, aber sprechen würde ich niemals mit ihm.

Ich war im Begriff, eine der mächtigsten Frauen der Hölle zu werden, deswegen gefährdete ich meinen Aufstieg nicht mit Geplänkel oder zog ihn ins Lächerliche. Alle sollten nur meine Disziplin sehen.

Satan bemerkte unsere Feindseligkeit sofort. Sein Blick war wissend, als er zur Begrüßung nickte.

»Wir können beginnen. Die anderen Lords sind eingetroffen«, informierte er uns auf dem Weg zur Treppe.

Wir stiegen in den zweiten Stock hinauf und ich warf einen Blick hinaus auf den Nil. Ich hätte mir für meine Erhebung eine Stadt wie Paris gewünscht, doch in Frankreich herrschte Krieg.

Wieder einmal.

Der Konferenzsaal befand sich im zweiten Stock. Ein langer Tisch stand in seiner Mitte, umgeben von neun Stühlen. Die sechs Dämonen verneigten sich vor Satan.

Es war eine weitere Frau anwesend, eine Asiatin mit verschlossenem Gesichtsausdruck über ihrem farbenprächtigen Gewand. Ich spürte, dass Yani Akutagawa mich nicht hier haben wollte.

Sollte sie sich mit Haakon zusammentun.

Satan deutete ihnen, Platz zu nehmen und ging mit mir zur Stirnseite des Tisches. Die Lords sahen uns erwartungsvoll an.

»Dies ist Desdemona Gaunt.« Mein Herz schlug wie wild, doch ich verzog keine Miene.

Haakon sah mich mit unverhohlenem Hass an, seine Hände krallten sich an die Kante des Tisches.

»Sie unterstand mir seit ihrer Verwandlung direkt. Sie vollbrachte große Leistungen und erwies sich als geschickte Strategin und Händlerin. Zuletzt schickte ich sie nach Kopenhagen, um Haakon zu unterstützen. Sie machte ihre Sache großartig und da ich ihre Intelligenz und ihre Versiertheit schätze, erhebe ich sie heute in den Rat.« Die anwesenden Hohen Dämonen wurden unruhig. Sie hatten keinen Einfluss auf meine Erhebung, das entschied Satan allein, jedoch schenkte er jedem Gehör.

Der Mann zu unserer Linken erhob sich. Er war fast so groß wie Haakon, doch schlanker und mit dunklem Teint. Sein Kopf war kahlgeschoren und schwarze Augen glitten über mein Gesicht. Seine Brauen brannten ebenso wie seine Pupillen. Ein Feuerdämon wie ich: Sergej Kasjanow, Lord des Kaukasus.

Vor einigen Jahren war ich mit Satan nach Moskau gereist, um ihn bei einer wichtigen Verhandlung zu unterstützen. Ich wusste, dass er meine Arbeit schätzte.

»Ich kenne Sie bereits, Desdemona. Bei unserer Zusammenarbeit überzeugten Sie mich von sich. Sie sind jung, jünger als jeder andere von uns, als wir in den Rat erhoben wurden. Doch unser Herr macht keine Fehler und Ihre Arbeit spricht für Sie. Willkommen im Rat.«

Haakon presste die Kiefer so fest zusammen, dass sein Gesicht ganz weiß war. Er erkannte, dass meiner Beförderung nichts im Weg stand.

Neben Kasjanow saß Grünbünden, ein stiller und unauffälliger Mann. Als Kasjanow geendet war, erhob er sich. »Ich schließe mich Sergejs Ausführungen an. Hat Satan Vertrauen in Sie, sind Sie im Rat willkommen.«

Tito aus Südamerika und Alasan aus Afrika schlossen sich ihren Vorrednern an. Es war offensichtlich, dass sie nicht übermäßig über meinen Eintritt erfreut waren, sich aber Satans Willen beugten.

Yani war an der Reihe. Umständlich erhob sie sich in ihrem Kimono und warf mir einen Blick ohne jede Wärme zu. Ich fragte mich, ob sie mich nicht mochte, weil ich eine Frau war und ihr damit den Rang ablief.

»Hundertneunzig Jahre sind eine kurze Zeit für einen Dämon«, sagte sie leise. »Manche von uns hatten erst später die Ehre, aufzusteigen. Trauen Sie sich zu, ein vollwertiges Mitglied des Rats zu werden? Denken Sie, dass Sie uns ebenbürtig sind?«

Ich erkannte die Falle. Einen Mann konnte Yani vielleicht täuschen, doch sie hatte sich verrechnet. Erwartete sie von mir, dass ich meine Selbstsicherheit zur Schau stellte und die Lords brüskierte? Sie unterschätzte mich.

»Lady Yani, niemals maßte ich mir an, mich mit Euch zu messen. Was ich zum Rat beitrage, sind mein Wille und meine Loyalität. Ich hoffe, dass ich baldmöglichst für Euch eine gleichwertige Partnerin sein kann.« Ich machte einen Knicks und lächelte.

Yani wirkte wider Willen beeindruckt.

Ali Abd El Wahabid lächelte spöttisch. »Sie sind klug, was uns zugutekommen wird. Verhandeln Sie mit Engeln so geschickt, wie Sie Lady Yani eben antworteten, sehe ich Sie als vollwertiges Mitglied an.«

Meine Wangen verfärbten sich ob des unerwarteten Lobes. Vor Abd El Wahabid spürte ich den meisten Respekt. Nach Satan war er der Mächtigste der Hölle. Seine Worte machten mich stolz.

Nun war Haakon an der Reihe. Er blickte mich an und ich sah die kalte Resignation in seinen Augen. Und den Hass. Er winkte ab und sah zur Seite. Sprachlose Stille breitete sich im Raum aus, die Blicke der anderen gingen ungläubig zwischen uns hin und her.

»Haakon«, sagte Satan.

»Ich habe nichts zu sagen«, grollte er.

»Deine Entscheidung.« Satan blickte zu Lydia, die mit einem Kästchen zu uns herüberkam. Darin befand sich ein Band. Es sah aus wie aus biegsamen Glas, hauchzart und funkelte in der Beleuchtung des Konferenzsaales. Dieses Band erhob mich in den Rat der Lords und vergrößerte meine Macht auf das Maximum.

Mein Herr nahm es heraus und stellte sich hinter mich. »Anders als das Band, das dich zum Hohen Dämon gemacht hat, wird dieses nicht um dein Herz gelegt, sondern um dein Rückgrat. Es vergrößert deine Macht, deine Schnelligkeit und erinnert dich an die Loyalität die du mir schuldest.« Er strich mit der Hand über meinen Rücken. Heiße Schauder liefen über meinen Körper, weil sich die Berührung anfühlte wie eine Liebkosung. Ich schloss die Augen und verlor mich in diesem Gefühl.

Er öffnete meinen Rücken und schob das Band hinein. Dieses Mal war der Schmerz erträglich und schnell vorüber. Dafür bekam ich ein so unmittelbares Machtgefühl, als zerspränge mein Körper vor Kraft und Stärke. Ich veränderte wie ich mich und wurde unbesiegbar.

Niemand außer vielleicht einem Erzengel könnte mir gefährlich werden. Ich lächelte triumphal und öffnete die Augen.

Die anderen Lords sahen mich überwiegend freundlich an, nur Haakons Miene war mörderisch.

In seinen Augen lag das Versprechen, es mir so schwer wie möglich zu machen.

7

Ich stand lange am Fenster des Büros und kämpfte mit den Erinnerungen und der Wut. Hitze stieg in mir auf und wallte durch meinen ganzen Körper.

Es war unerträglich.

Hier bleiben zu müssen, anstatt an Satans Seite zu sein. Dass ich mich auf Jan eingelassen hatte und jetzt, da seine Energie in meinen Adern pulsierte, die ganze Zeit darüber nachdachte, wie wir uns wiedersehen konnten.

Haakons Verhalten, als habe er beschlossen... ich schüttelte den Kopf. Wenn überhaupt, war das eine Falle, um mich auflaufen zu lassen.

Eins war sicher: diese Frechheiten ließ ich mir nicht länger gefallen. Und er erfuhr als erstes davon.

Ich sandte eine Welle übersinnlicher Energie durch das Gebäude und suchte nach Haakons Aura. Er war leicht zu finden, der stärkste anwesende Dämon, dessen Energie wie ein Stern strahlte.

Ich verließ das Büro und marschierte den Flur hinunter bis zu dem Konferenzraum, in dem er sich aufhielt. Bei ihm waren seine Assistenten und Mads Sundström, die erschrocken aufsahen, als ich hereinplatzte.

»Ich muss mit dir sprechen«, sagte ich ohne Umschweife. Er presste die Lippen zusammen und folgte mir durch die offene Tür zurück in sein Büro.

»So lange brauchst du sonst nie für eine Antwort.«

»Hör zu, es reicht mir!«, zischte ich. »Deine dauernden Feindseligkeiten, deine Arroganz, wie du mich behandelst, ich dulde das nicht länger. Entweder akzeptierst du mich als Partnerin, oder wir können Satan gemeinsam anrufen und ihm mitteilen, dass unsere Zusammenarbeit gescheitert ist.«

Er funkelte mich an. Das wäre die schlechteste Lösung für uns beide. Satan hasste es, wenn man sich seinen Anweisungen widersetzte und wir taten gut daran, unser Bestes zu geben. Das wollte ich ja, doch der Holzkopf vor mir machte es beinahe unmöglich.

»Du machst es mir nicht leicht«, sagte Haakon. Schwer ließ er sich in seinen Sessel fallen. »Ich versuche, die Dinge zwischen uns zum Guten zu wenden, doch du...«

»Wenn du mir einen Tipp gegeben hättest, worauf du hinauswillst, hätte ich anders reagiert. Ich war noch nie gut im Hellsehen«, sagte ich und setzte mich zu ihm.

Er griff nach meiner Hand. Ich starrte auf unsere verflochtenen Finger. Seine Wärme überflutete mich und seine dämonische Aura schlug Funken in meiner.

»Was tust du da?«, flüsterte ich.

»Seit über zweihundert Jahren hassen wir einander. Seitdem du in den Rat erhoben wurdest, haben wir uns nichts mehr zu sagen, außer Beschimpfungen und sarkastischer Spitzen. Ich konnte dir lange Zeit nicht verzeihen, dass du damals nicht ehrlich zu mir warst. Trotzdem: diese Zusammenarbeit hat mir gezeigt, dass wir ein perfektes Team sind und nie etwas anderes waren.«

»Haakon ...« Unbehaglich versuchte ich, ihm meine Hand zu entziehen.

»Warte kurz«, bat er mich und hielt sie fest.

»Wir können nicht von vorn anfangen, falls du das meinst. Wir haben zu lange... wir können nicht... «, stammelte ich. »Wir sind beide im Rat und...« Er küsste mich auf den Mund. Völlig aus der Fassung gebracht, stemmte ich die Hände gegen seine Schultern. Wie konnte er es wagen? Er war völlig verrückt geworden!

»Was zur Hölle... «, fauchte ich. »So gehst du mit mir nicht um! Verdammt ... wir hassen uns!«

»Und warum? Wir konnten uns nie mit Gleichgültigkeit begegnen. Wir sind für einander geschaffen.«

Ich erwiderte nichts, sondern versuchte mein Gefühlschaos unter Kontrolle zu bekommen. Meine Hände verkrampften sich am Saum meines Blazers.

Jans Gesicht tauchte vor meinem geistigen Auge auf und Erinnerungen an letzte Nacht. Sie vermischten sich mit Erinnerungen an Haakon und unsere Liebschaft. An die Zeit, die wir uns leidenschaftlich hassten.

Ein unwillkommenes Gefühl der Überforderung breitete sich bei mir aus. Er seufzte.

»Du brauchst nichts zu sagen. Denk bitte darüber nach. Wir haben Zeit, deine Entscheidung drängt nicht.«

Ich nickte. Ich war nicht so dumm, mich an die Hoffnung, mit Jan zusammen zu sein, zu klammern. Aber der Beziehung mit Haakon eine zweite Chance zu geben, hätte ich niemals in Betracht gezogen. Er behielt mich im Blick, lauerte darauf, dass ich antwortete oder doch gleich eine Entscheidung fällte.

Das würde nicht passieren, ich war völlig verwirrt.

Glücklicherweise klingelte in diesem Moment sein Telefon und ich verließ schnell das Büro.

Die Frage war allerdings, für wie lange ich ihm aus dem Weg gehen konnte.

Nach dem Gespräch verließ ich den höllischen Stützpunkt. Sadie, Roman und ich fuhren zu unserem Hotel. Ich wollte von meiner Suite aus arbeiten und gab meinen erschöpften Assistenten den restlichen Tag frei, damit sie morgen fit waren. Die übrigen Mails und Anrufe erledigte ich in Ruhe allein.

Ich war durcheinander und spürte dringenden Redebedarf. Das kannte ich von mir nicht, doch das Bedürfnis, mich jemanden mitzuteilen, war übermächtig. Außerdem brauchte ich dringend Abstand von Haakon.

Wenn das so weiterging, wurde ich menschlicher als ich es als Mensch je gewesen war. Schnell wählte ich Helenes Nummer und war erleichtert, als sie nach dem zweiten Klingeln abnahm. Es war drei Uhr nachmittags und sie arbeitete sicherlich, aber mein Gemütszustand ließ keinen Aufschub zu.

»Ist alles in Ordnung?« Sie klang besorgt.

»Ja. Das heißt, nein.« Ich spürte, wie ihre Besorgnis wuchs. »Es geht mir gut«, sagte ich deswegen schnell.

»Okay... « Sie wartete, als ich nach den richtigen Worten suchte. »Was ist passiert? Irgendwas ist doch los.«

Wo sollte ich nur anfangen, fragte ich mich, da brachen die Worte aus mir heraus, als hätten sie darauf gewartet, endlich ausgesprochen zu werden.

Ich erzählte es ihr. Alles.

Von Haakon, warum wir uns hassten, von Jan und was zwischen uns geschehen war. Die ganze Zeit über schwieg Helene und ich glaube, zeitweilig vergaß sie sogar zu atmen. Ich holte tief Luft. Die ganze Sache verlangte mir mehr Energie ab, als ich vermutet hatte. Dennoch war ich erleichtert, als wäre ich ein schweres Gewicht losgeworden. Als ich endete, herrschte Stille am anderen Ende der Leitung.

»Helene?«

»Scheiße! Mann, Desi, das ist ja der Hammer!«

»Wie bitte?«

»Na, vor einer Woche war gar keinen Mann in Sicht und jetzt sogar zwei! Ich meine, Haakon ist menschlich, äh, dämonisch gesehen ein schwieriger Fall, aber Jan... wow. Du kannst es dir aussuchen, Desi! Damenwahl!«

Ich traute meinen Ohren nicht. Ich hätte ahnen müssen, dass sie es mal wieder anders sah. Ganz anders. Als wäre meine Lage etwas Gutes. »Beides hat keine Zukunft!«

»Quatsch! Du weißt selbst, dass solche Verbindungen funktionieren. Sieh mich an! Warum nicht bei dir? Du hast auch das Recht, glücklich zu sein.«

Daran hatte ich einen Moment zu knabbern.

Allerdings waren die Fälle nicht vergleichbar. Satan hatte eine Partnerin gesucht, um das kosmische Gleichgewicht wieder ins Lot zu bringen. Dass Helene ihn glücklich machte, war das Sahnehäubchen.

Außerdem gab es zwingende Gründe, die mich vorsichtig sein ließen: Zum einen kannte ich Jan kaum und nur, weil wir einen Tag und eine Nacht miteinander verbracht hatten, hieß das nicht, dass wir ein ganzes (unsterbliches) Leben zusammen sein könnten.

Er kannte weder mich, noch meine wahre Natur. Niemand wusste, wie er auf die Wahrheit reagierte. Um das behutsam in Gange zu bringen und anzuleiten, fehlten mir Zeit und auch Mut.

Was Haakon anbelangte, war die Situation noch komplizierter. Zwar gab es keine Geheimnisse, was Charakter und Stellung anging, aber letzteres war ein Problem.

Die anderen Lords würden sensibel auf diese Verbindung reagieren, denn wir waren für wichtige Gebiete verantwortlich und eine Verbindung bevorteilte uns.

Unsere Interessen lagen zu dicht beieinander, eine Beziehung würde Misstrauen bei den anderen wecken. Im schlimmsten Fall müsste einer von uns von seinem Ratssitz zurücktreten, sicher nicht ich. Auch Haakon ginge diesen Schritt niemals freiwillig.

Helene tat diesen Einwand schnaubend ab. »Wo ein Wille, da ein Weg. Im Zweifel wird mir etwas einfallen. Vielleicht sorge ich dafür, dass ihr Lords in Zweierteams arbeitet, oder so.« Das war typisch Helene: in ihrer naiven Menschenphantasie räumte sie Probleme so aus dem Weg, damit alle bekamen, was sie wollten.

Ich zweifelte daran, dass sich meine Kollegen zu Pärchen zusammenkommandieren ließen. Wir waren stolz auf unsere Unabhängigkeit.

»Dass Haakon dich liebt, ist der Oberkracher. Alle denken, dass ihr euch hasst, und nachdem, was zwischen euch passiert ist, verstehe ich dich. Was für ein arroganter Fatzke.« Sie schnaubte. »Aber er hat sich entschuldigt und liebt dich... das ist doch so schön ...«

Ich rollte mit den Augen als sie ein paar glückliche Seufzer ausstieß. War das ihr einziges Anliegen?

Sie wollte nur mein bestes, aber manchmal kam sie mir altmodischer vor als ich, die ich im sechzehnten Jahrhundert geboren war. Ein Mann war doch nicht der Faktor, der eine Frau glücklich machte. Ich kam gut ohne aus.

»Du legst sein Gestammel zu großzügig aus.«

»Ich finde nicht, dass es da was misszuverstehen gibt.«

»Ich schon«, widersprach ich.

»Denk einfach darüber nach. Im Vergleich zu Sven...«

»Jan«, berichtigte ich prompt.

»Whatever«, sagte sie unbeirrt. »Beide Männer haben ihre Vorzüge. Mit Jan könntest du ganz von vorne anfangen, vor Haakon müsstest du dich nicht verstellen. Überleg dir, für wen du dich entscheidest. Wer ist besser im Bett?« Helene war der indiskreteste Mensch der Welt.

»Wie kannst du sowas fragen?«

»Ach komm schon! Ich bin deine beste Freundin, mir kannst du's sagen. Wenn du etwas über Damian und mich wissen willst, erzähle ich es dir auch.«

Niemals.

»Beide haben ihre Vorzüge, aber darum geht es nicht«, sagte ich, um weiteren Nachfragen vorzubeugen und, um alles in der Welt, wollte ich keine Details von Helenes und Satans Liebesleben wissen.

»Das ist die halbe Miete.«

»Und wenn die andere Hälfte zum Beispiel ein unerträglich arroganter chauvinistischer Dämon ist?«

Langsam bereute ich es, sie angerufen zu haben.

Fast.

»Desi, es hat bereits einmal mit euch geklappt. Außerdem kann es nicht wieder daran scheitern, dass er irgendwas nicht weiß.« Sie gab nicht auf. Nicht einmal, wenn es um Haakon ging. Ich war beinahe gerührt, dass sie sich für ihn einsetzte.

Trotzdem.

»Für dreieinhalb Wochen. Danach war über zweihundert Jahre Krieg zwischen uns«, berichtigte ich sie. »Außerdem hat er mir nicht seine Liebe erklärt, sondern mich geküsst und dazu gedrängt, mich mit ihm einzulassen. Von Liebe war nie die Rede. Es würde in einer Katastrophe enden. Und will ich nicht mit ihm zusammen sein, hörst du?«

Sie seufzte. »Ich verstehe dich ja. Es gibt keine Garantie. Und wenn es nicht klappt, seid ihr beide verletzt. Ich hätte auch Angst.«

»Ich habe keine Angst!«, sagte ich und merkte, dass ich sehr wohl Angst hatte. Frustriert wechselte ich das Telefon auf die andere Seite. »Es bleibt mir nichts übrig, als abzuwarten. Jan werde ich nie wiedersehen, weil er ein Mensch ist und ich nicht einmal weiß, wo er steckt. Und vielleicht bekomme ich ja einen Geistesblitz, wie ich Haakon abwimmle.«

»Schlaf doch vorher noch mal mit ihm. Wo er doch gut ist und du sonst nicht oft Sex hast«, schlug Helene vor. Sie machte sich über mich lustig. Beinahe hätte ich gelacht. Sie sorgte dafür, dass alles nicht mehr so verzwickt wirkte, sondern… lustig. Sie war sah stets einen Ausweg.

»Ich überlege es mir und melde mich. Mach's gut!« Sie machte Kussgeräusche und legte auf.

Nicht klüger bestellte ich mir einen Kaffee beim Roomservice. Natürlich hatte Helene keine Lösung, aber darüber zu reden half mir.

Was sollte ich machen?

Ich könnte Jan anrufen und eine lose Beziehung mit ihm führen, so oft wir es schafften, einander zu sehen. Spätestens wenn ihm auffiel, dass ich nicht alterte, musste ich es beenden.

Oder ich schlug mir den Musiker aus dem Kopf, gab Haakon eine Chance und wartete ab, welche Konsequenzen sich daraus ergaben. Ich würde mich professionell verhalten, sodass sich keiner der anderen Lords benachteiligt fühlte. Dennoch, eine weitere Trennung könnte ich nur schwer verkraften und dieses Risiko bestand einfach.

Der Ausweg aus dieser Misere war, mich zurückzuziehen und mit keinem der beiden einzulassen. Und im schlimmsten Fall ewig an einem unmöglichen Wunsch festhielt.

৯৯০৫৬

Die Nachricht, dass Satan auf der Suche nach einer Partnerin war, traf mich wie ein Schlag. Ich wusste, dass es eine logische Reaktion auf das aus den Fugen geratene Gleichgewicht zwischen Himmel und Hölle war. Er brauchte dringend jemanden an seiner Seite, der die Verbindung zwischen Gott und Michael aufwog.

Trotzdem war es ein Schock für mich, als er uns in einer Ratssitzung mitteilte, dass die Brautschau begann.

Als ich Anfang des siebzehnten Jahrhunderts in seine Dienste trat, war er mit Iridessa, einer katalanischen Prinzessin, verheiratet. Sie wurde dreißig Jahre später in Rom von einer Engelseskorte aufgegriffen und von der Inquisition als Hexe verbrannt.

Ich kannte sie nur flüchtig, sie hielt lieber Hof, statt ihren Ehemann in Verhandlungen zu unterstützen. In den einhundertvierzig Jahren ihrer Ehe fungierte die stolze Spanierin zwar als Aushängeschild der Hölle, eine Regentin war sie nicht. Dennoch reichte es aus, um die Balance so zu stabilisieren, sodass er keinen Boden verlor.

Ich wusste, dass die Ehe der beiden deswegen problematisch gewesen war. Bereits in meiner Anfangszeit hatte ich eng mit Satan zusammengearbeitet. Dabei gab es Situationen, in denen sich mein Herr, der sonst ausgeglichen war, so über seine Frau ärgerte, dass er ein scharfes Wort nicht unterdrücken konnte.

Nach ihrem gewaltsamen Tod 1633 gab er lange Rachegelüsten nach und fügte den Engeln einige empfindliche Verluste zu. Solange, bis Gabriel sich genötigt sah, einen Friedensvertrag zu schließen, der ausdrücklich untersagte, dass sich der Himmel an menschlichen Schutzbefohlenen der Hölle verging und umgekehrt.

Danach mussten wir jahrhundertelang kämpfen, bis Satan an diesem Märzmorgen in der Ratsversammlung seine Verkündung machte.

Er stand im Konferenzraum und beobachtete uns lauernd, wartete auf unsere Reaktionen.

Die anderen Lords hatten Iridessa ebenfalls gekannt. Sergej war sogar von Hel, Satans erster Königin, rekrutiert worden. Ihm waren alle drei Ehefrauen der letzten zweieinhalbtausend Jahre begegnet. Ali beglückwünschte

Satan. Zweifellos erwartete er, dass sich die neue König-in, wie die letzte, aus allen Ratsgeschäften heraushielt. Jeder von uns rang zu einem freundlichen Satz durch und versicherte unseren Herrn seiner Unterstützung, sollte er sie benötigen.

Yani machte ein so saures Gesicht, dass ihr traditionelles Make-up beinahe bröckelte. Dies war einer jener Momente, in denen ich emotional komplett an ihrer Seite war. Mir war übel.

Jahrzehntelang hatte ich eng an Satans Seite gearbeitet, er bezog mich in alle Entscheidungen mit ein und ich wusste, dass er mich am meisten schätzte. Es war ein unausgesprochenes Abkommen zwischen uns, dass ich seine rechte Hand war. Niemand brachte bessere Arbeitsergebnisse und obwohl er mich niemals offen bevorzugen konnte, war ich an diese Situation gewöhnt und hatte mir damit geschmeichelt, dass ich inoffiziell die Nummer zwei der Hölle war. Sergej und Ali waren mächtiger, aber das störte mich nicht. Dennoch: bevorzugte Satan mich offen, kam das einem Affront gleich und die daraus resultierende Unruhe konnte er sich nicht leisten.

Er handelte niemals vorschnell. Seit Iridessas Tod waren fast vierhundert Jahre vergangen, das Gleichgewicht war empfindlich gestört. Er musste handeln, um dagegenzuhalten. Trotzdem tat es weh.

Ich war an der Reihe. »Sicher wird die richtige Frau dabei sein.« Aus dem Augenwinkel sah ich Haakons hämische Miene. Er dachte, er hätte mich durchschaut.

Diese Genugtuung gönnte ich ihm nicht, deswegen setzte ich ein strahlendes Lächeln auf. »Wenn ich dich unterstützen kann, stehe ich zur Verfügung.«

Satan nickte und wandte sich dem Tagesgeschäft zu. Ich blieb mit meinen inneren Kämpfen allein.

Seit Tagen hatte ich nichts von ihm gehört. Die Brautschau beanspruchte ihn vollkommen und er hatte keine Zeit, sich um mehr als Notfälle zu kümmern. Ich zog mich zurück und versuchte, mich mit der Situation zu arrangieren, was mir, zu meinem Entsetzen, schwerfiel.

Es war eine Mischung aus verschiedenen unguten Gefühlen. Die Eifersucht wog am stärksten. Ich verachtete mich für diese menschliche Regung. Ich war mir sicher gewesen, dass ich meine Ziele durch harte Arbeit erreichte, eher früher als später.

Doch an dieser Situation änderte sich nichts, egal, wie hart ich arbeitete. Seine Gefährtin würde ich nie sein.

Ich saß auf dem Sofa in meinem Londoner Büro und betrachtete die Skyline, ohne sie wahrzunehmen. Zum ersten Mal verließ mich der Mut.

Ich belächelte mich wegen der Dummheit. Er hatte mir niemals Hoffnungen gemacht. Kein Zeichen, dass er mich auf diese Weise für sich haben wollte. Und trotzdem hörte ich niemals auf, mich mit meinem Herz daran zu klammern, dass es eines Tages so werden könnte.

Vielleicht wurde ich endlich klug.

Mein Telefon klingelte. Ich nahm das Gespräch an, ohne auf das Display zu sehen. »Desdemona«, hörte ich denjenigen, den ich am wenigsten und gleichzeitig am dringendsten hören wollte. Satan.

»Komm morgen nach Deutschland. Ich brauche dich hier. Du musst etwas für mich überprüfen.«

»Natürlich.« Mit der freien Hand schrieb eine Mail an Sadie, dass sie alle Termine für morgen absagte. »Was soll ich für dich tun?«

Er schien nach den richtigen Worten zu suchen. Das kannte ich nicht von ihm, doch in den letzten Wochen vor der Auswahl war nicht er selbst gewesen. Zu viel hing für uns alle davon ab.

»Ich habe meine Entscheidung gefällt«, informierte er mich nüchtern. In mir zerbrach etwas und die Splitter bohrten sich so messerscharf in meine Lunge, dass ich keine Luft bekam. »Du musst sie prüfen, bevor ich sie auswähle. Die Situation ist schwieriger als gedacht.«

»Warum?« Ich klang gepresst.

»María hat bei der Auswahl einen Fehler gemacht. Zwei Profile wurden vertauscht.« Er lachte leise. »Ausgerechnet diejenige, die nicht dabei gewesen wäre, ist es nun geworden. Du wirst sie lieben. Sie wird alles auf den Kopf stellen.« Er hielt inne, was ich nutzte, um mich zu sammeln. Ich atmete einmal tief und bildete mir ein, dass der Schmerz in meiner Brust mit jedem Atemzug abnahm.

»Tatsache ist, dass Helene eine *Weiße* ist. Sie weiß nichts davon, es ist nur deswegen herausgekommen, weil Stan ihre Haut berührt und ihn die Himmelsenergie abgestoßen hat. María hat ihre Aura überprüft und den Verdacht bestätigt.« Mit sachlichen Informationen konnte ich umgehen. Probleme zu lösen war meine Spezialität. Ich konnte mir einreden, dass es nicht um Satans zukünftige Königin ging.

Ich lief geschäftig in meinem Büro hin und her. Das gab mir das Gefühl, ich selbst zu sein. »Willst du mit Uriel verhandeln und den Status lösen?«, fragte ich und suchte im Geiste nach einem ähnlichen Fall.

Es gab keinen.

Es würde viel Arbeit werden, den störrischen Bürokraten zu überzeugen, uns eine *Weiße* abzutreten. Ich musste alle Streitpunkte der letzten Monate aufsummieren und sehen, wie gut unsere Verhandlungsposition war, wenn wir alle Druckmittel ausspielten.

»Ich bereite die Verhandlung schnellstmöglich vor.«

»Nicht nötig.«

»Nicht?«, echote ich verdattert.

»Nein, ich brauche dich hier, um mit Helene zu sprechen. Es gab Schwierigkeiten zwischen uns. Deswegen musst du herkommen.«

In mir sträubte sich alles gegen diese Bitte. Ich wollte diese Frau nicht kennenlernen. Niemals.

Ich wollte die Begegnung so weit wie möglich herauszögern, am besten bis zur Unendlichkeit.

Er sollte jemand anderen bitten. Dafür hatte er vier Assistenten, von denen eine die Misere verantwortete.

»Helene ist anders als andere Frauen. Sie ist emotional und ehrlich, frech und furchtbar streitsüchtig. Wenn wir uns sehen, fliegen die Fetzen.« Er klang amüsiert, ich war schockstarr. Niemand streitet mit ihm. Sein Wort war Gesetz und wurde niemals in Frage gestellt. Was bildete diese Frau sich ein... ich stoppte mich.

»Was soll ich herausfinden?«, fragte ich und schaffte es, ruhig und gefasst zu klingen.

Fast.

»Ich habe ihr meine Identität noch nicht verraten. Wenn ich es tue, wird sie in ihrer Entscheidung beeinflusst fällen. Ich möchte, dass du ihr sagst, wer wir sind. Derweil werde ich mich mit Uriel treffen und verhandeln. Ich vertraue auf dein Urteil. Wenn sie vor dir besteht, wird es vor allen anderen leicht sein. Ich verlasse mich auf dich.«

Innerlich taub versprach ich und wies Sadie an, den Flug nach Hamburg zu buchen. Dann sank ich auf mein Sofa und fühlte mich krank.

Die Ereignisse überschlugen sich. Helene wollte Satan nach einem Streit verlassen, doch ihre Zeichnung als *Weiße* machte ihr einen Strich durch die Rechnung. Zeitgleich griffen Engel das Haus an, in dem das Auswahlverfahren stattfand. Ungeplant hatten wir mehr zu tun als vermutet und ich wurde immer wütender auf sie. Satan hatte ihr gesagt, dass seine Wahl auf sie gefallen war, dennoch blieb meine Aufgabe bestehen.

Lieber hätte ich draußen gegen die Engel gekämpft, doch ich stand vor ihrer Tür. Ich trat ohne zu klopfen ein.

Da war sie. Sie starrte mich aus großen Augen an. Ich schenkte ihr ein professionelles Lächeln.

»Setzen Sie sich, wir müssen uns unterhalten.«

Ich sah ihr die Verwirrung an und beschloss, sie zappeln zu lassen. Satans Auftrag lautete, sie zu prüfen.

»Helene, wir haben ein Problem.«

Sie wurde bleich. »So?«

»Ja. Es geht um Sie.« Ich ließ sie keine Sekunde aus den Augen, um aus ihr schlau zu werden. Sie bemühte sich um Fassung und ich sah ein, dass mir die Zeit davonlief. Die Gefechte draußen wurden immer heftiger.

»Lieben Sie S… Damian?« Damian Blackthorne war der Name, unter dem Satan derzeit in der Menschenwelt auftrat und sich Helene vorgestellt hatte.

»Warum?«

»Sie müssen eine Entscheidung fällen. Beziehungsweise müssen wir für Sie etwas in die Wege leiten und die Bedingung dafür ist, dass Sie Damian lieben.«

»Warum bespreche ich das nicht mit ihm? Und warum… « Ich unterbrach sie und wiederholte, dass sie sich entscheiden musste. Dass er ihretwegen verhandelte. Sie wurde wütend.

»Warum reden Sie nicht einfach Klartext mit mir?«

Also sagte ich es ihr. Alles.

Ich quetschte ihr Einverständnis aus ihr heraus und gab ihm Bescheid. Anschließend sank ich vor ihr auf die Knie und schwor ihr meine Treue. Ich konnte es nicht mehr verhindern. Satan hatte sie auserwählt. Meine Gefühle änderten nichts daran.

Dies war die größte Aufgabe meines Lebens. Jetzt würde ich ihm meine Treue beweisen.

Helene wusste nichts von meinen Gefühlen, aber ich schämte mich, weil ich mich herabgewürdigt hatte. Sie stand vor mir und bat mich, ihre Freundin zu sein. Ich versprach und vergrub meine Wünsche noch tiefer in mir. So tief, dass sie niemals mehr spürbar wurden.

Es war auf viele Arten unmöglich.

Der Rest des Tages verlief ruhig. Mit Giles, Eve und Antoine telefonierte ich mehrmals, doch in meinem Gebiet ging alles seinen geregelten Gang, sogar in Australien. Eve hatte einen Termin mit Isai, dem leitenden Himmelsengel, ausgemacht, um die Gebietsansprüche neu zu verhandeln. So weit so gut.

Nachdem ich alles erledigt hatte, gönnte ich mir eine heiße Dusche. Möglicherweise gelang es mir so, die verwirrenden Gedanken zu verbannen. Endlich diese emotionale Achterbahnfahrt hinter mir lassen und mich um die wichtigen Dinge kümmern.

Fürs erste würde ich mich herrichten und hoffen, dass mir dabei etwas einfiel. Aus meinem Koffer zog ich ein Kleid in einem atemberaubenden Goldton. Verliebt betrachtete ich den V-förmigen Rückenausschnitt und wie schön es meine Taille zur Geltung brachte. Ich steckte meine Haare hoch und schminkte mich.

Danach ging es mir besser, ich fühlte mich wie ich selbst. Auf meinem Handy war eine Nachricht von Jan.

Ich hatte ihm eine Nummer gegeben, die zu mir umgeleitet wurde. *‚Hi, wie geht es dir? Können wir telefonieren? Ich muss dir was Wichtiges erzählen. Du wirst dich freuen :) J.'*

Mein Herz machte einen kleinen Hüpfer. Was konnte es sein? Brach er etwa seine Reise ab?

Es klopfte an meiner Tür und Sadie kam herein.

»Wir müssen ins Hauptquartier fahren«, sagte sie atemlos. »Tolles Kleid. Das werden Sie brauchen.«

»Was ist los?« Ich schlüpfte in rote Lackpumps und lief mit ihr zum Aufzug. Mein Telefon schob ich in meine Handtasche, ich würde Jan später antworten müssen.

»Ich bin aus Lord Haakons Büro angerufen worden, es ist ziemlich eilig…« Die Türen des Aufzugs gingen im Erdgeschoss auf. Roman stand vor uns.

»Lady Desdemona... wow…«, machte er und sah mir hinterher, als ich an ihm vorbeieilte.

»Willst du hier stehenbleiben und glotzen?«, rief Sadie über ihre Schulter. Blütenblätter wirbelten durch die Luft. Roman holte uns ein, sein Windzug zerrte an meinen Haaren. Wir sprangen in die wartende Limousine und der Fahrer gab Gas.

»Bitte noch einmal von vorn. Was ist passiert?«

»Eine Gruppe Engel ist im Hauptquartier aufgetaucht«, berichtete Sadie. Mein Herz klopfte wild.

War Haakon verletzt?

Wehe, dieser Tölpel wagte es, sich umbringen zu lassen, bevor ich wusste, was ich ihm sagen wollte!

»Sie wollen nicht angreifen, sondern verhandeln. Einer von ihnen ist Jesaja«, erklärte Sadie schnell, als sie sah, dass ich es mit der Angst zu tun bekam. Diese Information beruhigte mich nur bedingt. Ich holte tief Luft. Jesaja war ein Niederer Erzengel und Gabriels rechte Hand am Himmlischen Gerichtshof.

Ein fast so ausgefuchster Mistkerl wie sein Vorgesetzter. Ich hasste diesen arroganten Spinner.

»Was will er?«, fragte ich grollend.

»Das wissen wir nicht. Mads Hauger rief mich an. Sie sollen sofort zur Zentrale kommen«, berichtete Roman.

Ich nickte düster.

Welchen Hintergrund Jesajas Auftritt bei Haakon auch hatte, gut war er keinesfalls.

8

Wir erreichten die Zentrale und liefen zum Aufzug. Im obersten Stock stürmte ich in den Konferenzsaal. Haakon, Mads Sundström und vier Engel unterschiedlichen Ranges sahen auf.

Der Erzengel mit weißblondem Haar lächelte spöttisch. »Desdemona, wie schön, dass du es einrichten konntest.« Er betrachtete mich mit seinen engelsgrauen Augen. »Nach wie vor die Schönste der Hölle, wie ich sehe.«

»Danke. Als ließe ich mir eine Gelegenheit entgehen, dir das arrogante Lächeln aus dem Gesicht zu verhandeln, Jesaja.« Ich lächelte charmant.

Der Gesichtsausdruck des Engels zuckte. »Du warst schon immer frecher als gut für dich ist.«

»Und du bist überheblich.« Ich setzte mich den Engeln gegenüber. »Was ist so dringend, dass du dir hier ohne Termin auftauchst?«

Jesaja nickte dem Himmelsengel neben sich zu. Dieser legte eine Mappe auf den Tisch und schlug sie mit wichtiger Geste auf. »Fang an, Sem«, sagte Jesaja, als er sich wiederholt räusperte.

»Wir, die Gemeinschaft des Himmels und Vertreter aller Gläubigen auf Erden ... «, setzte Sem an.

»Muss jede Rede mit diesem Geschwätz anfangen?« Ich rollte mit den Augen. »Ich habe schon keine Lust mehr, mir den Rest anzuhören.«

»Tu es lieber, damit du hinterher nicht behaupten kannst, wir hätten euch nicht gewarnt«, zischte Jesaja. »Bitte.« Ich machte eine Geste in Sems Richtung. Der räusperte sich erneut und fuhr fort: »Wir verlangen den Abzug aller Dämonen aus Mailand, Prag und Madrid sowie deren Anerkennung als Gebiete des Himmels.«

»Was soll das heißen?«, fuhr Haakon ihn an.

»Das, was mein Schreiber dir vorliest.« Jesajas Mundwinkel verzogen sich. »Dass du sofort deine Leute aus den drei Städten abziehst und sie offiziell...«

»Das haben wir verstanden«, unterbrach ich ihn. »Aber warum sollten wir das tun?«

»Ihr erinnert euch an die Angriffe auf eure Zentralen in der letzten Zeit?« Jesaja machte eine genüssliche Pause.

Ich überlegte, wie viel Kraft es mich kosten würde, ihn zu pulverisieren. Nur zum Spaß. Ich könnte Haakon um Unterstützung bitten und den Energieverlust halbieren.

»Worauf willst du hinaus?« Haakon legte die Hände flach auf den Tisch. Wahrscheinlich unterdrückte er gerade dieselben Mordgelüste wie ich.

»Weigert ihr euch, werden wir das gleiche in weiteren Städten machen wie in Amsterdam, Moskau...«

»Was soll das?«, unterbrach ich ihn.

»Eure Untätigkeit zeigt nur eure Handlungsunfähigkeit. Warum sie also nicht nutzen? Dass ich euch eine Frist einräume, ist ausgesprochen großzügig von mir. Ich könnte auch einfach weitermachen. Mehr Dämonen töten, mehr Höllenzentren vernichten. Ihr habt nichts, was ihr uns entgegensetzen könnt.« Jesajas Augen glitzerten triumphal. Wäre er kein Engel, hätte ich schwören können, dass ihm gerade einer abging.

Haakon warf mir einen Blick zu, der *das habe ich dir doch gleich gesagt* bedeutete. Mein Mund wurde trocken. Genau das hatte nicht passieren sollen. Genau das hatte ich befürchtet, jedes Mal, wenn Satan uns zum Abwarten angehalten hatte. Dass Haakon recht behielt, machte alles nur noch schlimmer. Aber was sollte ich tun? Ohne Satans Erlaubnis waren mir die Hände gebunden.

Haakons Mund war nur ein schmaler Strich in seinem kantigen Gesicht. Jetzt wäre der Moment für ihn, um seinen Masterplan in die Tat umzusetzen. Die Nadelstiche durchzuführen, die er schon geplant hatte. Jetzt könnte er tun, was er am besten konnte: drohen.

Doch er schwieg und sah immer wieder zu mir herüber.

Was wollte er von mir? Je länger wir hier schweigend saßen, desto sicherer würde Jesaja sich seiner Sache werden. Mir blieb nichts Anderes übrig: Ich musste übernehmen und das tun, was ich gut konnte: bluffen.

Ich lehnte mich auf meinem Stuhl zurück und strich mein Haar zurück. »Ach Jesaja«, sagte ich zungenschnalzend und schüttelte den Kopf. »Es ist zu traurig.«

»Dass ihr eure Stützpunkte verliert? Ich bin froh, dass du es sportlich nimmst«, entgegnete Jesaja feixend.

»Du missverstehst mich. Traurig ist, dass ihr nie klug werdet und schlecht recherchiert. Sonst wüsstest du, warum *bisher* nichts geschehen ist, nicht wahr, Haakon?« Ich sah zu ihm herüber. Er schaltete ausnahmsweise erfreulich schnell und lehnte sich betont entspannt zurück.

»Allerdings. Aber es ist doch bemerkenswert, wie blind man fürs Offensichtliche sein kann. Sie haben es wirklich übersehen und kommen jetzt hierher, um uns zu erpressen.« Er schüttelte mit gespieltem Unglauben den Kopf.

Jesaja warf einen angespannten Blick auf die anderen Engel, die blass geworden waren. Anscheinend war das das Rechercheteam, dem wir gerade auf den Schlips getreten waren.

»Umso besser, findest du nicht?«, fragte ich. »Während Jesaja seine Allmachtsphantasien auslebt, hast du alle Zeit der Welt, um deinen Plan in die Tat umzusetzen.

Nicht einmal die riesige Konferenz in Den Haag ist ihm aufgefallen, stell dir das vor.«

»Mag ja sein, aber mit einer solchen Ignoranz habe ich nicht gerechnet. Nicht nach all den Jahrhunderten, die wir uns schon kennen. Ich bin ein bisschen enttäuscht.« Haakon verzog den Mund.

»Dann wird die Wirkung deiner Maßnahmen umso überraschender sein. Vielleicht bekommst du dann den verdienten Respekt. Ich bin mir sicher, ihm wird hinterher nichts Anderes übrigbleiben«, entgegnete ich.

»Ihr blufft!«, stieß Jesaja hervor. »Wir hätten es gemerkt, wenn ihr einen Angriff plantet. So leicht lassen wir uns nicht aufs Glatteis führen.«

»Keine Spur, Jesaja.« Ich schlug die Beine übereinander und strich mein Kleid glatt. Haakons Augen folgten jeder Bewegung und auch Jesaja war nur ein Mann.

Engel durften kein Liebesleben haben, aber manchmal, so mein Eindruck, blitzte bei dem einen oder anderen dieses Bedürfnis auf. Eine perfekte Gelegenheit, es auf die Spitze zu treiben.

»Bleibst du bei deiner Forderung? Trotz der Gefahr, in die du dich manövrierst?« Ich sah ihm tief in die Augen. »Noch hätten wir die Möglichkeit, uns gütlich zu einigen. Das biete ich dir an, weil ich heute meinen großzügigen Tag habe. Ausnahmsweise. Weil du doch hier bist.« Ich strich mir über den Nacken und schloss dabei schaudernd die Augen. Ein Hitzewölkchen entwich meinen Lippen.

»Es bleibt dabei.« Der Erzengel kam zu sich.

»Wie lautet die Frist?« Ich ließ ihn nicht vom Haken.

»Sofort.«

»Jesaja, bitte.« Ich richtete meinen Träger und spürte Haakons Blicke fast körperlich. »Du weißt, dass das unmöglich ist. Also, wie lange haben wir Zeit, den Vatikan in die Luft zu jagen?«

»Das wagst du nicht, Desdemona«, zischte er und ballte seine Hände zu Fäusten.

»Komm schon, du willst drei Städte von uns, wir werden nur eine eliminieren.«

»Ihr seid chancenlos. Der Vatikan ist uneinnehmbar, selbst, wenn der gesamte Rat der Lords sich zusammenschließt.« Eine Ader auf Jesajas Stirn pochte.

»Ich frage mich, ob er es darauf ankommen lässt«, sagte Haakon wie zu sich selbst. Seine Augen glitzerten. Ich warf einen Blick auf die Engel. Die Zermürbungstaktik funktionierte so einwandfrei wie damals in Stockholm. Zwar hatte Haakon nicht mein Verhandlungsgeschick, aber im Angst machen war er einsame Spitze.

Unsere Gesprächspartner lehnten sich in ihren Stühlen zurück. Nackte Angst verzerrte ihre krampfhaft ausdruckslosen Gesichter. Jesaja stand auf und warf uns einen giftigen Blick zu. »Es bleibt dabei: räumt sofort Mailand, Prag und Madrid oder wir werden die Niederlassungen eliminieren.« Er verließ hoheitsvoll den Raum, seine Entourage rannte hinter ihm her. Schweigend warteten wir auf das Klingeln des Aufzuges.

»Verflucht«, murmelte Sundström.

Haakon verschränkte die Arme vor der Brust. »Ich könnte jetzt sagen: ich hab's dir gleich gesagt«, grollte er.

»Ich könnte sagen, dass ich weitsichtiger bin als du und recht hatte.« Ich schwieg und ordnete meine Gedanken. »Du willst also den Vatikan angreifen. Das ist etwas anderes, als dem Himmelsreich den Krieg zu erklären.«

»Wir sollten uns überlegen, wie wir aus der Sache herauskommen«, sagte ich.

»Herauskommen? Das ist wohl leider nicht möglich. Du hast Jesaja gerade de facto den Krieg erklärt«, sagte Haakon liebenswürdig.

»Und wenn Sie eine Unterredung mit Gabriel verlangen?«, fragte Sundström in die auftretende Stille.

»Was soll das bringen?«, entgegnete Haakon und hielt mich mit seinem Blick fest. Mein Unwohlsein wuchs.

»Jesaja schien unkooperativ. Seine Forderung läuft allen Vereinbarungen zuwider. Und sie fristlos durchsetzen zu wollen, klingt für mich nicht durchdacht, also nicht nach Gabriel«, führte der Kanzler aus. Ich nickte. Der oberste Jurist war bekannt für seine Subtilität. Die Räumung dreier Städte anzuordnen passte nicht zu ihm.

»Handelt Jesaja ohne Gabriels Zustimmung, kommt das einem Verrat gleich«, sagte Haakon.

»Bis vor kurzem hätte ich so etwas ausgeschlossen, aber jetzt bin ich mir nicht mehr sicher«, entgegnete ich.

»Gut.« Haakon holte sein Smartphone hervor. »Ich kümmere mich darum, dass dein Bluff echt aussieht. Im schlimmsten Fall bereiten sie gerade weitere Angriffe vor und werden noch unverschämter.«

»Was hättest du getan?«, fragte ich.

»Am liebsten hätte ich ihn aus dem Fenster geworfen.«

»Das hätte uns weitergebracht«, erwiderte ich trocken. Haakon knurrte und wählte.

Ich drückte die Kurzwahltaste meines Telefons, um den folgerichtigen Anruf zu machen. Dabei schloss ich die Augen. Hatte ihn enttäuscht? Das wurde sicher kein angenehmes Gespräch, wenn dem so war.

Satan hob nach dem ersten Klingeln ab. »Desdemona.«

Ich berichtete von dem Treffen, er hörte angespannt zu und atmete am Ende tief durch. »Sundström hat recht: das klingt nicht nach Gabriel.«

»Dann muss es auf Michaels Befehl geschehen sein.«

»Das halte ich für möglich. Michael ist nicht er selbst.«

»Ich weiß. Helene …« »Helene muss auf jeden Fall geschützt werden. Ich werde sie nicht zum Gegenstand von

Verhandlungen machen.« Sein Tonfall war scharf und ich zuckte zurück.

»Natürlich nicht«, beeilte ich mich zu sagen. »Du weißt, wie sehr sie mir am Herzen liegt.«

»Ja. Zieht die Truppen zusammen, wie ihr es geplant habt. Es muss echt aussehen. Haakon soll einen Termin mit Gabriel vereinbaren. Wenn ihr meine Anwesenheit braucht, meldet euch, ich werde sofort da sein.«

»Danke«, sagte ich und legte auf. Das war besser gelaufen, als ich gehofft hatte. Er war auf meiner Seite. Zum Glück. Haakon hatte derweil mit Conti, seinem italienischen Kanzler, gesprochen und ihn vorbereitet.

»Begeistert war er nicht. Die Macht der Hölle ist in Italien schwach und nun dort Maßnahmen vorzubereiten, die auch noch echt aussehen... Was hast du erreicht?« Ich berichtete ihm von meinem Gespräch mit Satan.

Mit finsterer Miene nickte er. »Ich rufe Santini an und lasse ihn alles Weitere in die Wege leiten.« Er hielt mir die Tür auf. »Lass uns in mein Büro gehen. Wir werden uns einen guten Plan zurechtlegen müssen, wenn wir Gabriel und Jesaja kleinkriegen wollen.«

Ich nickte und folgte ihm.

Wir saßen die ganze Nacht am Konferenztisch und beratschlagten uns. Um Mitternacht hielten wir eine Videokonferenz mit Richard, Sergej und den Kanzlern Tschechiens, Italiens und Spaniens ab, informierten sie über die jüngsten Ereignisse und arbeiteten Pläne aus. Mittlerweile waren die Glassboards an den Wänden vollgeschrieben, doch zufrieden war ich mit den Ergebnissen nicht. Außerdem baute sich Jans Energie in meinem Körper ab und hinterließ ein fades Gefühl.

Die vier Assistenten waren völlig ausgelaugt, doch sie hielten sich tapfer, um uns nicht zu enttäuschen.

Ich überflog erneut die Konzepte und verzog unzufrieden das Gesicht. Giacomo Conti schlug vor, einen Soldatenring um die bedrohten Städte zu legen und die dort angesiedelten Himmelsquartiere systematisch zu vernichten. Doch für solche Einsätze hatten wir nicht genug Soldaten. Diese Maßnahme war außerdem auffällig und wir mussten eine Einmischung der Menschen vermeiden.

Sergej stimmte zu, dass ich das wahrscheinlich einzige Druckmittel, das uns zur Verfügung stand, genutzt hatte.

Richard zeigte sich überrascht über meine Attacke. Ihm wäre das nie passiert, er hätte bürokratisch reagiert und sie mit ihren eigenen Waffen geschlagen. Dafür war es zu spät. Er bot dennoch an, nach Oslo zu kommen.

Mittlerweile war ich geneigt, dieses Angebot anzunehmen, denn von Haakon war seit Stunden kein Vorschlag mehr gekommen.

Neben mir drohte Sadie wegzunicken.

»Geht und schlaft eine Stunde. Danach treffen wir uns hier«, sagte ich. In diesem Stadium nützten sie mir nichts. Haakon gab seinen beiden ebenfalls ein Zeichen und die vier verließen mit hängenden Schultern das Büro.

Seine Miene war finster und ich ahnte Böses. Dunkel vor sich hinbrütend starrte er mich an.

Mir riss der Geduldsfaden. Die Ungewissheit und die Warterei machten mich aggressiv. »Was ist?«

»Es ist alles deine Schuld.«

»Wie bitte?« Ich hätte es ahnen müssen.

»Ohne deinen Auftritt hätte ich nicht dieses verdammte Problem. Wenn wir beim Plan geblieben wären...«

»Dann würdest du deinen Leuten den Befehl zum Räumen der Städte geben!«

»Schwachsinn!«, polterte er. Seine Kiefermuskulatur arbeitete und seine Hände umklammerten die Tischplatte.

»Deine Einmischung ist inakzeptabel! Über meine eigenen Herrschaftsgebiete verhandle ich, ist das klar?«

»Und wie toll du verhandelt hast! Fast hätte Jesaja sich ergeben.« Ich schnaubte.

»Wie redest du mit mir?«, donnerte er und sprang auf. »Du dummes Weib machst alles nur schlimmer!«

»Spinnst du?« Meine Stimme überschlug sich. »Ohne mich hättest du dem Erzengel nichts entgegenzusetzen. Gar nichts, Haakon! Und warum? Weil du kein Verhandlungstalent hast! Sogar deine dusselige Assistentin ist schlagfertiger als du!«

Er machte einen wütenden Schritt auf mich zu. Ich stand ebenfalls auf, doch sogar auf meinen hohen Pumps war ich einen halben Kopf kleiner als er. Das störte mich herzlich wenig. Ich bekam ihn mit Blicken klein.

»Was bist du nur für eine unsägliche...« Er griff nach mir und wollte mich an sich ziehen. Weiß die Hölle, aus welcher Anwandlung heraus er das tat. Er müsste wissen, dass ich solche Aktionen hasste.

Ich wand mich aus seinem Griff. »Lass das!«

Er ließ die Hände sinken. »Aber... ich dachte...«

»Was dachtest du? Dass du mich mit Beleidigungen gefügig machen kannst?« Als er schwieg, machte ich eine wegwerfende Handbewegung.

»Vergiss es«, sagte ich gefasster, als ich war. Ich hätte ihn ausweiden können. »Ich habe dir bereits gestern Morgen gesagt, was ich von deiner Idee halte. Dein Verhalten eben ändert nichts daran.«

Er sah aus, als wüsste er nicht, ob er wütend oder resigniert sein sollte. Schließlich setzte er sich und legte die Hände auf den Tisch. Sein Gesicht war eine starre Maske und er schien mit sich zu ringen.

Ich atmete tief ein. Ein Streit brachte uns nichts. Wir mussten uns zusammenreißen und eine Lösung finden.

Um sieben Uhr morgens kamen die Assistenten zurück und brachten Kaffee und Frühstück. Unsere Überlegungen drehten sich im Kreis und um die Mittagszeit machte sich ein giftiges Gefühl in meiner Magengegend breit.

»Vielleicht sollten wir Richard doch bitten, herzukommen«, meinte ich. Er schüttelte den Kopf.

»Schlechte Idee.«

»Warum? Er könnte uns in einigen Punkten helfen. Er hat viel Erfahrung. Zusammen mit Santini können wir einen Plan schmieden.«

»Mag sein, aber zwei Lords sind ein attraktives Ziel. Wir sollten es den Engeln nicht so schmackhaft machen, uns anzugreifen und einen dritten Lord und den obersten General herrufen«, brummte er. Ich nickte. Wir mussten uns mit den beiden per Videokonferenz begnügen.

Ich schob meine Mappe beiseite. »Was schlägst du als nächstes vor?«

»Wenn wir alle Jäger in den Städten sammeln, entblößt das meine anderen Länder. Die mir zugesagten Leute von Steve und Yani könnte ich allerdings abrufen.«

»Und was erreichst du damit?«

»Abschreckung.«

»Wenn sie sich durch Gebäude voller Dämonen nicht abschrecken lassen, werden sie dreitausend Jäger nicht beeindrucken«, hielt ich dagegen. Haakons Mund wurde schmal. Meine Zurückweisung war zu frisch.

Das Telefon klingelte. Es war Grzygorz Krámský aus Prag, der nervös nach Neuigkeiten fragte. Seine Jäger machten erhöhte Engelsaktivitäten in der Nähe des Hauptquartiers aus und er fürchtete einen Angriff.

Diese Nachricht reichte, um unseren Streit fürs erste in den Hintergrund zu drängen.

Nach einer zweiten Telefonkonferenz mit den Kanzlern, Richard, Sergej und Santini, diktierte ich Tuva eine

E-Mail an Jesaja und ließ Gabriel ins cc setzen. Sollte der Oberste Jurist ruhig mitbekommen, was sein Angestellter hinter seinem Rücken trieb.

In der in Haakons Namen verfassten Mail verlangte ich einen Verhandlungstermin und einen Waffenstillstand bis zu diesem Datum. Und eine umgehende Antwort.

Haakon stand derweil mit finsterer Miene hinter Tuva und sah über ihre andere Schulter.

»Was zur Hölle soll das bringen?«, fragte er grollend. »Denkst du, dann läuft es anders als gestern?«

»Das bringt uns Zeit«, entgegnete ich ruhig. »Das, was wir am dringendsten brauchen, um neue Verhandlungen mit Gabriel aufzunehmen. Er ist der Vernünftigste und ich hoffe, dass wir so den Krieg abwenden können.«

»Der Krieg wird kommen. Daran ändern auch Verhandlungen nichts.«

Wie ich solches Geschwafel hasste! *Ruhig Blut*, beschwor ich mich, als die Wut wieder in mir hochstieg. Ein Streit kostete uns nur Zeit, die wir nicht hatten.

»Trotzdem sollten wir versuchen, uns in eine gute Ausgangssituation zu bringen. Und mit *gut* meine ich, dass wir eine Chance haben, die drei Städte zu halten.«

»Unsere Ausgangssituation könnte nicht besser oder schlechter sein«, belehrte er mich. Gut, er wollte mich also provozieren und es so austragen. Konnte er haben, denn mittlerweile war ich auf hundertachtzig.

»Roman, Sadie, macht Pause.«. Es brauchte keine Zeugen für den Streit, der ausbrach, sobald sie den Raum verließen. Haakon deutete seinen Assistenten mit einem Kopfnicken, ebenfalls zu gehen.

Kaum war die Tür hinter ihnen ins Schloss gefallen, fauchte er mich an: »Du hast keine Ahnung! Denkst du, du kannst mich bloßstellen, indem du den Schriftverkehr regelst?«

»Ich betreibe lediglich Schadensbegrenzung«, sagte ich eisig. »Was dir überhaupt nicht liegt.«

»Den Schaden hast du durch deine dumme Bemerkung in der Verhandlung verursacht!«

»Unsinn!« Ich maß ihm mit tödlichem Blick. »Ohne meine *dumme* Bemerkung würdest du gerade Prag, Mailand und Madrid mit eingekniffenem Schwanz räumen.«

»Was beweist, dass du keine Ahnung hast!«, brüllte er und schlug mit der Faust auf den Tisch.

»Rede nicht so mit mir, ich warne dich«, sagte ich mit tödlicher Ruhe.

»Du warnst mich?«, höhnte er und baute sich wie ein Fels vor mir auf. »Wovor denn, verehrte Desdemona? Dass du unter falschen Motiven eine Zusammenarbeit eingegangen bist? Dass du herumtönst, obwohl du nichts vorzuweisen hast, außer deinem Aussehen?«

»Jetzt gehst du zu weit!«, schrie ich. »Ich höre mir dieses Geschwätz nicht länger an! Nur weil du ein Mann bist, berechtigt dich das nicht, dich so aufzuführen! Ich bin deine Partnerin, verdammt!«

»Verdammt bin ich allerdings, weil ich dich falsche Schlange an meiner Seite habe!« Ein Hass, der mir fast den Atem raubte, loderte in Haakons Augen. »Du missbrauchst andere als deine Spielzeuge, das kennen wir ja schon. Aber Jesaja gegenüber hast du es zu weit getrieben. Die Verhandlung war ein Abbild deiner Berechnung und Gefühlskälte. Du benutzt mich, um vor Satan besser dazustehen. Mal wieder.«

Ich schluckte verzweifelt Tränen hinunter. »Fahr zur Hölle, Haakon. Und tu uns allen einen Gefallen und bleib dort.« Ich hastete aus dem Büro und lief so schnell, dass jeder meiner Schritte hallte wie ein Schuss. Ich drückte die Taste für den Aufzug in die Wand, doch es dauerte mir zu lange und ich nahm die Treppe.

Ich flog die Stufen hinunter und machte einen Satz über das Geländer des letzten Stockwerks. Mit einem hässlichen Knacken brach der linke Absatz meiner Lieblingspumps ab. Frustriert schrie ich auf, zog ich die Schuhe aus und versetzte der Tür zum Foyer einen solchen Stoß, dass sie aus den Angeln gerissen wurde. Im Vorbeigehen verlangte ich einen Autoschlüssel am Empfang, den mir eine erschrockene Dämonin zuwarf.

Mit finsterer Miene umrundete ich ein paar Paketboten, die mir entgegenkamen.

Barfuß brauste ich vom Parkplatz. Ein Ziel hatte ich nicht, nach ein paar Minuten nahm ich irgendeine Ausfahrt. Bäume flogen an mir vorbei, das Sonnenlicht brach sich in ihren Blättern und schuf ein Hell-Dunkel-Muster, das mich noch mehr aufregte. Am Ende der Straße stellte ich das Auto an den Rand und lief zu Fuß weiter.

Die Stille und die Bäume waren beruhigend und weil ich mich konzentrieren musste, um auf dem unebenen Boden nicht zu stolpern, kühlte meine Wut ab.

Die Bäume verschwanden und ich stand am Meer. Blicklos starrte ich auf die dunkelgrünen Wellen mit ihren Schaumkrönchen, die an den schmalen Sandstrand vor mir geworfen wurden. Die Anspannung fiel von mir ab, als ich aus dem Schutz der Bäume hinaus in den Sand trat, der an meinen nackten Füßen kitzelte.

Als ich am Ufer stand und die Ruhe des Ortes auf mich wirken ließ, klingelte mein Smartphone erneut. Ich ignorierte es, wollte niemanden sehen, niemanden hören. Nicht mit neuen Problemen konfrontiert werden. Wenn ich nicht davonlaufen konnte, wollte ich wenigstens kurz an etwas Anderes denken.

Vor mir passierte eine Fähre den Kanal, ihr Bug wirbelte und schäumend Wasser auf und ihr Fahrtwind ließ die Möwen kreischend emporsteigen.

Es war, abgesehen vom Klingeln meines Telefons, eine perfekte Idylle. Ich sank auf einen Stein und sah eine Weile blicklos auf das Wasser und die Stadt am anderen Ufer. Ich verlor das Zeitgefühl und ließ meinen Geist mit der Brandung fließen.

Ein Donnern in der Ferne riss mich aus meinen Gedanken. Es war wie eine Explosion. Erschrocken sah ich mich um, da klingelte mein Telefon erneut.

Ich grub es aus meiner Tasche.

Haakon.

»Was ist?«, herrschte ich ihn an. Das bloße Lesen seines Namens reichte aus, um mich aufzuregen.

»Wo bist du?« Er klang gehetzt.

»Das geht dich nichts an«, schnappte ich.

»Bist du in der Nähe des Hauptquartiers?«

»Nein. Was ist los?«

»Engel sind ins hergekommen. Sie haben es gesprengt.« Seine Stimme brach.

Mir fiel fast das Handy aus der Hand. »Was?«

»Gerade eben. Sie müssen darauf gesetzt haben, dass wir dort sind, sie haben zwei Bomben losgelassen, im Erdgeschoss und in der obersten Etage«, presste er hervor und ich hörte ihn schnellen Schrittes gehen.

Das durfte doch nicht wahr sein!

»Ich komme sofort. Wo bist du?«

»In den Trümmern. Scheiße, Desdemona, wir haben viele verloren. Sie sind hier. Das ganze Blut ...«

Ich legte auf, rannte zum Auto und raste los.

Grauenhafte Szenarien schossen durch meinen Kopf.

Ich dachte an Sadie und Roman. Wenn sie nun auf dem Weg nach oben gewesen waren oder auf mich gewartet hatten, als die Bomben explodierten... Von einer jähen Panikattacke erfasst, blieb mir die Luft weg. Ich krallte mich am Lenkrad fest, um nicht die Kontrolle über das Auto zu verlieren. Ihnen *durfte* nichts passiert sein!

Als ich das Hauptquartier erreichte, schlug mein Herz wie verrückt. Ich gab mir die Schuld dafür, dass meine Assistenten schutzlos zurückgeblieben waren. In meiner Wut hatte ich ihnen nicht einmal gesagt, dass ich das Haus verließ. Wenn ihnen etwas zugestoßen war, war es allein meinem Egoismus zuzuschreiben.

Auf meinem Telefon blinkten zwei Anrufe in Abwesenheit, doch ich hatte keine Zeit nachzuschauen. Wer es auch war, er musste warten.

Rauchschwaden stiegen auf und erinnerten mich an die Angriffe auf meine eigene Zentrale. Die obersten beiden Stockwerke waren völlig zerfetzt, ebenso das Erdgeschoss. Ich rannte in die Eingangshalle, wo ein Tatortteam der Jäger die Spuren sicherte und die Verletzten und Toten abtransportierte.

Roman und Sadie kamen mir entgegen. Erleichterung durchflutete mich. Beide lebten. Sadies Gesicht zierte eine hässliche Schnittwunde, schien ansonsten unverletzt, doch Roman lag auf einer Trage. Große Teile seines Gesichts und Brustkorbs waren verbrannt. Aber er atmete. Mir fiel ein Stein vom Herzen.

Sadie erblickte mich und kam schnell herüber. »Es geht Ihnen gut...«, sagte sie atemlos. »Ich hatte Angst, Sie seien verletzt worden.«

»Was ist passiert? Wo wart ihr?« Sie machte ein bekümmertes Gesicht. »Glücklicherweise nicht ganz oben. Wir waren in der Kantine, als es losging. Es war schrecklich, überall flog Glas umher und sogar zwei Etagen unter der Detonation sind Leute getötet worden. Tuva hat es nicht geschafft. Eine Glasscherbe... nein, ich möchte nicht ins Detail gehen. Es war ein grauenhafter Anblick.«

Ich schickte Sadie zu den Sanitätern und trat zu Roman. Sein linkes Auge war trüb. »Lady Desdemona…«

»Versprich mir, dass du alles tust, um gesund zu werden.« Er nickte und ich winkte einen Heiler heran. »Mein Mitarbeiter hat Priorität. Ich brauche ihn schnellstmöglich einsatzfähig.« Der Heiler machte sich sofort an die Arbeit. Ich drückte Romans Hand und hielt Ausschau nach Haakon.

Er war im hinteren Teil des Erdgeschosses und sprach sich mit dem Leiter der Jäger, einen hageren Mann mit einer riesigen Adlernase.

Ich trat heran und sah ihm ins Gesicht. Sein Anzug war schmutzig und er hatte Asche in Haaren und Gesicht, war aber unverletzt. »Wie geht es dir?«, fragte ich, als sich der Einsatzleiter einem seiner Männer zuwandte.

»Wie soll es mir gehen? Mein Hauptquartier besteht nur noch aus Trümmern und meine Assistentin ist tot.« Er sah sich in dem Chaos um und sein Gesicht zeigte maßlose Wut.

»Wie schlimm ist es?«

»Zweiundvierzig Tote, sechzig Verletzte. Es sind nicht nur Dämonen unter den Opfern. Leute, die in der Eingangshalle waren, Paketboten …« Haakon ließ den Blick über das Foyer schweifen. »Einige konnten wir nicht identifizieren. Komm«, sagte er unwirsch und ging zu den Aufzügen. Ich folgte ihm und achtete darauf, mit meinen nackten Füßen in keine Splitter zu treten. Er drückte den Rufknopf.

»Hältst du das für eine gute Idee? Die Seile könnten beschädigt sein.« Er machte ein Gesicht, als habe ich ihn zu Strafarbeit verurteilt, nickte aber und wandte sich dem Treppenhaus zu.

»Was willst du überhaupt da oben?« Ich beeilte mich, mit ihm Schritt zu halten.

»Nachsehen, was von meinem Büro übriggeblieben ist«, grollte er und stieg die ersten Stufen hinauf.

»Hast du nichts Besseres zu tun?«

Er warf mir einen gereizten Blick zu. »Unsere gesamten Unterlagen sind in meinem Büro.«

»Die Papiere sind unwichtig, es ist alles in der Cloud. Wir müssen strukturiert vorgehen. Du musst dir überlegen, wohin du dein Quartier verlegst. Du musst Satan informieren, was passiert ist«, sagte ich.

»Satan weiß, was passiert ist. Er weiß immer, was passiert«, widersprach er halsstarrig.

»Ruf ihn an. Nur so kann er dir helfen.«

»Ich brauche keine Hilfe.« Haakon öffnete die Tür zu dem Treppenhaus, in dem ich mir keine Stunde zuvor den Absatz abgebrochen hatte. Ich hastete hinter ihm die Stufen hinauf, doch der enge Saum meines Kleides behinderte mich beim Laufen. Mit einem tiefen Seufzer riss ich die Naht auf.

Als ich den obersten Stock erreichte, war ich wieder wütend. Seinetwegen betrat ich barfuß ein Trümmerfeld. Die Tür zum Treppenhaus war unbeschädigt, aber ich fürchtete mich vor dem Anblick, der sich mir dahinter bot. Haakon öffnete die Tür erst, als ich neben ihm stand.

Mein Mund wurde trocken, als ich das Ausmaß der Zerstörung sah: Das Dach fehlte teilweise und die Wände neigten sich zur Seite, sodass die Decke eingestürzt war. Es roch nach Verwüstung und Tod.

Die Poren der Wände und des Bodens steckten voll Himmelsenergie, sie prickelte auf meiner Haut und verursachte Kopfschmerzen. Ich ahnte, welche Energie in der Bombe gesteckt hatte.

Mit wildem Blick stürmte Haakon auf die Reste seines Büros zu. Vorsichtig folgte ich ihm. Verletzungen wollte ich nicht riskieren, überall lagen Splitter voller Himmelsenergie. Von seinem großen Eckbüro war nicht viel übrig. Die Detonation hatte die Eingangstür und die dazugehörige Wand in den Raum gedrückt, die Möbel waren davon zermalmt worden.

Dokumente und Holzsplitter lagen im Raum verstreut, die Fensterfront war zerstört. Ein eisiger Wind fuhr ins Gebäude und wirbelte die restlichen Papiere auf.

Der Besitzer des Büros stand vor mir und bebte vor Wut. »Sieh dir das an. Es ist nichts mehr übrig.«

»Haakon...«, sagte ich, doch mir fehlte die Kraft, um ihm Trost zu spenden. Die Härchen auf meinem Arm stellten sich auf. Hier war die Himmelsenergie am stärksten. Wahrscheinlich stand der Attentäter bei der Zündung der Bombe hier.

Meine Hand lag auf seinem Unterarm, als er sich zu mir umwandte. Schnell zog ich sie weg. Er hielt sie fest.

»Wir müssen ihnen den Krieg erklären. Schnell, bevor sie zur Abschreckung noch mehr Stützpunkte in die Luft jagen.« Seine Wut zeigte mir, dass er die anderen Stützpunkte nicht gesehen hatte. Für ihn war es das erste Mal, dass er diesen Verlust spürte.

»Das ist keine gute Idee«, sagte ich.

»Du hast Jesaja doch damit gedroht! *Du* hast das Thema aufgebracht!«, fuhr er auf. Ich versuchte, ihm meine Hand zu entziehen, doch er hielt sie eisern fest.

»Das war ein taktischer Zug. Es hatte nichts mit unseren Plänen zu tun. Kopflose Angriffe bringen uns nichts als Tote. Haakon, lass mich los«, beschwor ich ihn.

Er schüttelte den Kopf. »Du siehst es doch selbst: wir kommen nicht drum herum. Mit den drei Städten wird es nicht enden. Wenn wir ihnen nicht Einhalt gebieten, ist es zu spät.« Ich sah ungläubig zu, wie er sein Smartphone aus der Sakkotasche holte.

»Wen rufst du an?«

»Santini.« Haakon wählte und hielt den Hörer ans Ohr. »Besetzt, verdammt.«

»Ruf einen von Alis Söhnen an.« Er nickte knapp.

»Welhaven«, knurrte er, als sich jemand meldete. Er schilderte die Vorkommnisse und forderte seinen Gesprächspartner auf, schnellstmöglich nach Kopenhagen zu kommen. Das war also das nächste Ziel.

Ich kochte, weil er es nicht für nötig hielt, mich über solche Dinge zu informieren. Meine Hände wurden schwarz und meine Nägel zu Krallen.

»Sie kommen beide.«

»Wohin?«

»Nach Kopenhagen.«

»Gute Reise.«

Er runzelte die Stirn. »Du kommst mit.«

»Ich wüsste nicht, wieso.«

Sein Mund wurde schmal. »Unsere Zusammenarbeit ist noch nicht beendet.«

»In diesem Fall erwarte ich, dass du mich informierst.«

Er schien innerlich bis zehn zu zählen und setzte ein reuiges Lächeln auf. »Begleite mich nach Kopenhagen. Dort werden wir alles Weitere besprechen. Fatih und Tekin Abd El Wahabid informieren Santini und kommen so schnell wie möglich dorthin.« Er sah mir ins Gesicht. »Es ist so weit, Desdemona. Der Krieg zwischen Himmel und Hölle beginnt. Ich schwöre dir, da kommt nur eine Seite lebend raus.«

Ich befürchtete, dass Haakon recht hatte.

Noch am selben Abend brachen wir auf. Roman blieb bei den Heilern, doch Sadie begleitete uns. Mads war ebenfalls verletzt. Haakon war darüber nicht glücklich, doch er fand schnell Ersatz für die getötete Tuva. Uns begleitete eine großbrüstige Blondine, mit einem ähnlichen IQ wie ihre Vorgängerin. Überraschung.

Seit meiner Zusammenarbeit mit Haakon war ich nicht mehr in Kopenhagen gewesen, doch da Inga Stralund degradiert worden war, war Dänemark ohne Kanzler und er sah sich genötigt, vor Ort zu sein.

Die Abd El Wahabids trafen sechs Stunden nach uns ein, Santini befand sich in Südamerika auf einem wichtigen Einsatz. Alis Söhne traten uns in schwarzen Armeeuniformen und mit ernsten Gesichtern entgegen.

Beide waren zielstrebig und dienten Satan und der Armee mit all ihren Kräften. Ich respektierte ihren Eifer und ihre Zielstrebigkeit. Da sie keine Aussicht auf einen Ratssitz hatten, schlugen sie die militärische Laufbahn ein, wo sie Karriere machten.

»Lady Desdemona, Lord Haakon.« Fatih verneigte sich ehrerbietig. Sein Bruder tat es ihm gleich. Mein Kollege salutierte. Er war lange für die Hölle zur See gefahren.

»Gehen wir hinein. Wir haben einiges zu besprechen.«

»Darf ich etwas anmerken?«, fragte Tekin.

»Sicher.«

»Ich habe mich gefragt, warum Sie Kopenhagen ausgewählt haben. Da die Angriffe auf Metropolen ausgerichtet sind, begeben Sie sich in unnötige Gefahr.«

Ich biss mir auf die Unterlippe, als Haakon den Jüngeren beleidigt ansah. Niemand außer dem Sohn eines Lords oder ein Ratsmitglied würde so mit ihm sprechen.

»Dänemark hat momentan keinen Kanzler, Oberst. Ich lasse meine Länder nicht allein«, sagte er pikiert.

»Wenn Sie beim nächsten Angriff getötet werden, ist niemandem geholfen«, konterte Tekin schamlos. Haakon schien hin und her gerissen zwischen dem Wunsch, ihm eine Ohrfeige zu geben und zuzustimmen.

Fatihs Miene war unbewegt. Unmöglich zu erraten, was er über das Benehmen seines Bruders dachte. Die Augen zu Schlitzen verengt, musterte Haakon Tekin, als überlege er, wie er ihn am besten kleinkriegte. Dann entspannte sich sein Gesicht.

»Was schlagen Sie als Alternative vor?«

»Die Färöer sind ebenfalls dänisches Gebiet.« Tekins Augen blitzten schelmisch. Er hatte durchaus Humor.

Haakon dachte darüber nach. Die Färöer-Inseln lagen ab vom Schuss und waren für Privatmaschinen gut zu erreichen. Außerdem vermutete uns dort niemand.

Zum selben Schluss kam Haakon, denn er winkte Oda, seine neue Assistentin, heran: »Bestell einen Flug nach Vádar. Schnellstmöglich.« Die Blondine hob die Hand, in der sie ihr Smartphone hielt, und starrte es an, als sähe sie es zum ersten Mal.

Haakon hatte sich offensichtlich bei ihrer Beförderung nur an Äußerlichkeiten orientiert. Ich gab Sadie einen Wink und kurz darauf hatte sie Haakons Piloten in der Leitung. Er rauschte wortlos aus dem Foyer zu seiner Limousine. Oda sah ihm verwirrt nach, bevor sie auf ihren zu hohen Pumps hinterherstolperte.

»Wir haben Zeit«, sagte Sadie. »Herr Jacobsen kann wegen einer Nebelbank erst in zwei Stunden starten.«

Ich wandte mich den Brüdern zu. »Was gibt es außerdem für Neuigkeiten?«

Fatih neigte den Kopf. »Es sieht nicht gut aus, Mylady. Wir haben täglich mit Angriffen zu kämpfen. Überall wurden die Einsatztruppen verstärkt, doch das schwächt unser Heer. General Santini analysiert ununterbrochen Schauplätze und erarbeitet Strategien, um uns den Rücken freizuhalten. Dann vor einigen Tagen die Aufforderung Lord Haakons zum Krieg... Die Obersten aller Kontinente sind alarmiert. Wir haben kaum eine Chance, wenn wir das Himmelsreich unvorbereitet zu treffen versuchen.«

Da es seit Jahrzehnten nur kleinere Gefechte wie den Territorialkampf in Australien gab, waren die Heerverbände verkleinert worden. Zwar lag der Oberbefehl bei Santini, doch abgesehen davon arbeitete jeder an seinen eigenen Problemen. Ich erinnerte mich nicht, wann der letzte Kampf zwischen Heerverbänden und Engeln stattgefunden hatte. Düster sah ich aus dem Fenster auf das nächtliche Kopenhagen.

»Ein Krieg wird auf beiden Seiten Opfer fordern.«

»Damit müssen wir leider rechnen«, erwiderte Tekin. »Wie haben Sie den Angriff auf Oslo erlebt?«

»Gar nicht. Ich traf erst nach dem Anschlag ein. Heute haben gute Leute ihr Leben verloren und das Gleichgewicht ist weiter beeinträchtigt worden. Wir müssen bald zu einer Lösung kommen, um uns zu schützen.«

Die beiden nickten. Wir tauschten noch weitere Informationen aus, bis Sadies Handy klingelte. »Wir können uns den Weg machen.«

Wir verließen das Gebäude und stiegen in die bereitstehende Limousine. Vom Hauptquartier, das im Hafen der Oper gegenüberlag, bis zum Flughafen dauerte die Fahrt zwanzig Minuten.

Haakon wartete mit finsterer Miene am Gate auf uns. Oda sah, wenn möglich, noch verstörter aus. Anscheinend hatte er sie sich auf dem Weg vorgenommen. Angesichts eines solchen Verhaltens rümpfte ich die Nase. Es war typisch für ihn, sich aufzuspielen.

»Du hättest mir sagen können, dass Jacobsen erst in einer Stunde startklar ist«, murrte er in meine Richtung.

»Du bist gegangen, bevor Sadie es dir sagen konnte. Außerdem bin ich nicht deine Sekretärin. Da hast du ein wesentlich schlechteres Händchen.« Ich warf einen boshaften Blick in Odas Richtung. Haakon schwieg beharrlich.

Der Flug nach Vádar verlief ruhig. Wir nutzten die Zeit, um uns mit Fatih und Tekin zu beratschlagen. Ein ungutes Gefühl schlich sich meine Wirbelsäule hinauf bis zum Nacken, wo es ein unangenehmes Prickeln verursachte. Ich sah wiederholt auf mein Smartphone, erwartete Berichte von neuen Angriffen mit hohen Opferzahlen.
Dabei kam ich auf die Liste der verpassten Anrufe.
Jan hatte heute Nachmittag zweimal versucht, mich zu erreichen. Als ich seinen Namen las, wurden meine Hände feucht. Doch hier im Flugzeug mit ihm zu telefonieren kam nicht infrage. Haakons Miene, wenn er herausbekam, mit wem ich sprach, wollte ich mir am heutigen stressigen Tag lieber ersparen.
Dennoch hörte ich die erste Nachricht ab: *»Desdemona, hey, ich kann dich leider nicht erreichen. Ich fände es schön, wenn wir uns wiedersehen, am besten schnellstmöglich. Du gehst mir nicht aus dem Kopf.«* Er lachte verlegen. *»Okay, ruf mich bitte an, ich komme mir zwar dumm vor, aber ich denke, du freust dich, wenn ich dir erzähle, was ich mir ausgedacht habe.«*
Mein Herz klopfte und ich glaube, ich wurde rot, was Haakon nicht entging. »Gute Nachrichten?«, stichelte er. »Vielleicht von deinem Energielieferanten?«
»Das geht dich nichts an«, schoss ich und verschob das Abhören der zweiten Nachricht auf später. Stattdessen konzentrierte ich mich auf meine Begleiter, um dringendere Themen zu behandeln. Fatih und Tekin waren zumindest so taktvoll, nicht darauf zu reagieren.
Meine Gedanken wanderten zu Jan. Zu den wenigen Stunden, die uns miteinander vergönnt gewesen waren. Wie sehr ich sie genossen hatte.

Die Erinnerung befreite mich für eine Weile von den Problemen, die mich zu überwältigen drohten.

Was hatte er sich ausgedacht?

Ich fand keine Lösung, doch es entspannte mich, an die kurze Zeit zu denken, in der ich mich wie ein Mensch gefühlt hatte. Wie ein glücklicher Mensch.

Ich würde Jan anrufen und mir überlegen, wie ich ihn wiedersehen konnte, ohne uns weh zu tun. Das verdiente er. Und ich auch.

Als wir in Vádar landeten, war bereits schwärzeste Nacht. Dies war der fünfte Flug innerhalb einer Woche und ich war nicht in meiner Londoner Zentrale gewesen.

Das wurmte mich, deswegen wählte ich Giles de Beauchamps Nummer, um mir ein Update geben zu lassen. Trotz der späten Stunde war er sofort am Apparat.

»Desdemona, wie schön, Sie zu hören«, sagte er mit seinem kultivierten Oxford-Akzent.

»Giles, wie geht es Ihnen?« Nach dem Smalltalk gab er mir eine Zusammenfassung über die Gegebenheiten in meiner Heimat. Wie erwartet war alles in Ordnung, Giles und seine Leute waren umsichtig.

»In Schottland, Nähe Dundee, gab es ein paar Unruhen in den letzten Tagen, doch Steele hat alles unter Kontrolle gebracht. Mit seiner Wahl zum Leiter der Jäger hatten Sie ein gutes Gespür.«

»Danke Giles.« Ich klopfte mir gedanklich auf die Schulter. Mason Steele war ein Glücksgriff gewesen. Ich hoffte, dass ich ihn lange halten konnte, bevor er eine unvermeidlich steile Karriere machte.

»Ich bin noch einige Tage außer Landes«, informierte ich ihn. »Lord Haakon und ich sind zu Beratungen auf den Färöern. Sie haben sicher von dem Anschlag gehört.«

»Das habe ich. Sind alle unverletzt?«

»Sadie geht es gut, aber Roman ist in Behandlung. Ihn hat es schlimmer erwischt.«

»Wie bedauerlich. Ich hoffe, es geht ihm bald besser«, entgegnete mein Kanzler. »Bitte passen Sie auf sich auf. Antoine, Eve und ich können nicht auf Sie verzichten. Ich fürchte, es kommen schwere Zeiten auf uns zu.«

»Ich gebe mein Bestes. Bitte weisen Sie Steele an, keine Fremden die Gebäude betreten zu lassen.«

»Selbstverständlich. Ich habe heute die Verhandlungen mit Cornwall aufgenommen, obwohl Nathan Light als Gesprächspartner inakzeptabel ist.«

Im Stillen pflichtete ich ihm bei. Nathan Light, der zuständige Himmelsengel für Nordostengland, war ein Idiot wie er im Buche stand. Sein Verhandlungsgeschick war nicht vorhanden. Meistens beschränkte er sich bei Gesprächen darauf, Drohungen auszustoßen, weswegen wir das Zusammenkommen mit ihm mieden.

Engel waren keinesfalls eine Truppe Pazifisten, die von einem sanften Leuchten umgeben waren. Manche von ihnen bräuchten dringend eine Verhaltenstherapie.

»Machen Sie das Beste draus. Wir müssen die Engel möglichst still verhandeln. Haben wir sie in hieb- und stichfesten Verträgen, können sie uns nicht angreifen. Das scheint momentan unsere einzige Chance zu sein.«

Ich verabschiedete mich, als wir die Fähre nach Tórshavn betraten. Mich beschlich ein ungutes Gefühl, doch heute konnte ich es nicht niederkämpfen. Es blieb als dumpfes Ziehen in der Magengegend und erinnerte mich daran, dass auch in dieser kleinen Stadt am Ende der Welt nicht alles in Ordnung war und ich aufmerksam bleiben musste.

Tekin und Fatih ließen ihre Augen unaufhörlich durch die Gegend wandern. In dem heulenden Wind, über der aufgewühlten Nordsee, war es kaum möglich, sein eigenes Wort zu verstehen.

Bevor ich mir ein paar Stunden Schlaf gönnte, wollte ich Satan anrufen und updaten.

Haakon hatte recht damit, dass er stets über alles Bescheid wusste, doch mit ihm zu sprechen beruhigte mich.

Ich sah mich um und betrachtete die zerklüftete Küste der größten Insel. In einer Dreiviertelstunde war ich im Hotel, um endlich ein wenig zur Ruhe zu kommen.

Haakon trat neben mich und warf mir einen schwer zu deutenden Blick zu. Er wirkte müde und resigniert.

»Was ist?« Auf weitere Ergüsse seines Unmuts konnte ich verzichten. Ebenso darauf, dass er mir sein Herz ausschüttete. Wir waren zu lange verfeindet, um plötzlich so nah zu sein, dass wir unsere Ängste teilten.

»Was nun? Wie sollen wir von hier aus einen Krieg führen?« Ich rieb mir die Schläfen. War das sein einziger Gedanke? Der Krieg war nicht unsere einzige Option.

»Wir werden keinen Krieg führen«, sagte ich fest, doch ich war es leid. »Wir sollten uns darauf konzentrieren, wie wir mit Gabriel in Verhandlung treten und die Wogen glätten können. Jesajas Forderungen sind eindeutig von Michael gesteuert. Wenn es uns gelingt, an Gabriel heranzukommen ...«

Er drehte sich ruckartig um und griff nach meiner Hand. Sofort entzog ich sie ihm. Er machte sich zu viele Gedanken über die Vergangenheit und ich fürchtete mich vor dem Ergebnis seiner Grübeleien. Vor allem fürchtete ich mich vor meiner Reaktion und den Konsequenzen, die daraus entstünden.

Die letzten Tage wühlten mich auf und nach der Sache mit Jan traute ich meinem Urteilsvermögen nicht mehr.

Drehte ich durch? Was passierte nur mit mir?

Wo war die berechnende, eiskalte Geschäftsfrau?

»Desdemona...«, setzte er an, seine raue Stimme nahm einen schmeichelnden Tonfall an, der mir nicht gefiel.

»Lady Desdemona, Lord Haakon?«, unterbrach uns Fatih. Haakon fuhr verärgert herum, doch ich konnte meine Erleichterung kaum verbergen. »Tekin hat General Santini am Telefon. Er wird zu uns kommen. Zuvor hat er eine persönliche Angelegenheit zu klären.«

»Was kann so wichtig sein?«, fragte er schmallippig.

»Seine Ehefrau erwartet ein Kind. Sie haben es gerade erfahren.« Ich traute meinen Ohren nicht. Amelia, Santinis Ehefrau und enge Freundin Helenes, war ebenfalls ein Mensch. Eine Schwangerschaft war normalerweise unmöglich, es sei denn Helene hatte für sie bei Satan gebettelt, bis dieser es möglich machte. Das war ein Präzedenzfall. Doch mit Helene war alles anders.

Haakons Gesicht nahm einen Ausdruck an, als wüsste er nicht, wie er mit der Nachricht umgehen sollte.

»Bitte richten Sie General Santini meine herzlichsten Glückwünsche aus«, sagte ich. »Ich hoffe trotzdem, dass er bald zu uns stoßen wird.« Meine Mimik hielt ich eisern unter Kontrolle. Haakon nickte nur knapp und wandte sich dem Meer zu.

Der Oberst ging zurück in die Passagierkabine. Kaum war die Tür hinter ihm zugefallen, schnaubte Haakon und schlug mit der Faust auf die Reling.

Alles Schmeichlerische fiel von ihm ab, er war wieder wie ich ihn kannte. Ihn zu fragen, was mit ihm war, war unnötig. Er würde es mir gleich sagen.

»Deine Menschenfreundin bringt alles durcheinander.«

»Damit machst du es dir zu leicht«, zischte ich. »Und es steht dir nicht zu, Satan zu kritisieren.«

»Du weißt, dass wir weniger Probleme hätten, wenn sie Satan ihre Seele verkauft hätte. Und Frau Santini auch.«

»Helene fürchtet sich davor, ihre Seele aufzugeben. Ich weiß nicht, wie es bei dir war, aber ich hatte keine andere Wahl. Wenn keine Notsituation besteht, verstehe ich, dass die Entscheidung nicht leicht ist.«

Haakon wirkte nicht, als wollte er mir die Umstände seines zweiten Lebens erläutern.

»Trotzdem...«, setzte er an, doch da erreichte die Fähre den Anleger von Velbastaður und ich drehte ihm den Rücken zu. Ich ging zu den wartenden Brüdern hinüber. Haakon folgte mir mit umwölkter Miene.

Sadie trat zu mir. »Ich habe eine Mail von Roman erhalten Es geht ihm gut. Er fragt, ob er uns folgen darf.«

»Haben die Heiler bestätigt, dass er genesen ist?« Roman würde sich auch mit einer schwelenden Energiewunde zur Arbeit schleppen.

Sadie wiegte den Kopf. »Wenn er sein Smartphone erquengeln konnte, wird es ihm nicht schlecht gehen.«

»Schön, dass ihr euch versteht.«

Sadie zuckte mit den Schultern. »Er ist ein Kind und auf meine Hilfe angewiesen. Sonst bringt er sich dauernd in Schwierigkeiten.« Roman hatte eine große Klappe, die ihm zum Verhängnis werden könnte.

Haakon betrat die Kabine und meine Anspannung kehrte zurück. Seine bloße Anwesenheit erinnerte mich daran, in welcher Lage wir uns befanden. So gern mein menschlicher Teil diese Tatsache verdrängen wollte, wusste der dämonische rationale, dass er handeln musste. Bald.

Wir legten an. Unsere Autos rollten von der Fähre und wir stiegen ein, Sadie, Tekin und ich fuhren zusammen. Die Fahrt dauerte nicht lange, doch ich war dankbar für jede Minute ohne Haakon. Er raubte mir die Energie.

Tekin missverstand meinen erleichterten Seufzer. »Unsere besten Leute arbeiten mit Hochdruck an einer Lösung. Bitte zweifeln Sie nicht daran.«

»Das tue ich nicht, Tekin«, erwiderte ich. »Aber ich ziehe Vergleiche zwischen der aktuellen Lage und…«

»Der Zeit vor dem Auftauchen der Königin? Bitte verstehen Sie mich nicht falsch«, kam er mir zuvor, als ich protestieren wollte. »Ich gebe ihr keine Schuld an dem, was passiert. Es ist nur augenfällig, dass die Veränderung der Lage und ihr Erscheinen auf den gleichen Zeitpunkt fallen. Sie haben Michael gesehen und wissen von den Vorfällen zwischen General Santini und Raphael?«

»Dass Santini beinahe seinen Attaché Chamuel getötet hat und Raphael sich an Amelia rächen wollte?«

Tekin nickte. »Diesem Zwischenfall sind ebenfalls viele Angriffe geschuldet. Manchmal habe ich den Eindruck, dass Provokationen gezielt herbeigeführt werden. Die Wut, mit der zugeschlagen wird, passt nicht recht zu den Charakteren des Hohen Kaders. Jesajas Verhalten beweist das einmal mehr. Wüsste ich es nicht besser, würde ich denken, es gäbe eine Verschwörung.«

Ich kämpfte mit aller Macht gegen den Gedanken an, der ungebeten durch meinen Kopf schoss: wieder sah ich Rhea vor ihrem Rechner und ihr unglückliches Gesicht, als Satan sie anwies, ihren Auftrag zu erfüllen.

Doch diesen Verdacht konnte ich mit niemandem teilen. Auch nicht mit Tekin, der nicht ahnte, dass seine Schwester involviert sein könnte.

»Ein unangenehmer Gedanke. Allerdings wird sich niemand dazu bekennen wollen.«

»Nein, sicher nicht.« Tekin sah mich gedankenverloren an, doch ich schwieg. Sadies Blick wanderte unruhig von einem zum anderen.

Noch ein Grund, nicht weiterzusprechen.

Meine Gedanken nahm ich notfalls mit ins Grab.

9

Wir erreichten Tórshavn und ich war froh, mich in mein Hotelzimmer zurückzuziehen. Haakons Nähe war momentan zu viel für mich und ich entschied mich, nach einem Bad Jan anzurufen, um mich abzulenken.

Heißer Dampf stieg von der Wanne auf und verteilte sich im Bad wie Nebel. Ich warf mein Kleid und meine Schuhe auf das Bett und steckte meine Haare hoch.

Ich war gerade im Begriff, meine Unterwäsche auszuziehen, als es an der Tür klopfte. Stirnrunzelnd zog ich meinen seidenen Kimono aus dem Koffer, warf ihn über und ging zur Tür. Es musste Sadie sein, die einzige, die mich so sehen durfte. Doch im Flur stand derjenige, vor dem ich dringend Ruhe brauchte.

Ich zog meinen Morgenmantel enger zusammen. Seine Augen folgten meinen Händen mit einem Gesichtsausdruck, der mir nicht gefiel. »Was willst du, Haakon?«

»Nun …« Er betrachtete das Muster der Seide und schwieg. Dafür hatte ich keine Zeit. Ich machte einen Schritt zurück, um die Tür zu schließen, doch Haakon interpretierte das als Aufforderung, einzutreten.

Ich ließ die Tür hinter ihm zufallen. Wahrscheinlich stritten wir uns gleich wieder, es war besser, wenn das niemand mitbekam. Abweisend verschränkte ich die Arme vor der Brust »Was ist los?«

»Wir...« Er brach erneut ab. Mir riss der Geduldsfaden.

»Entweder, du redest mit mir, oder du kommst zurück, wenn du weißt, was du sagen willst.« Ich öffnete die Tür.

Er umfasste meine Oberarme. Die Berührung kam so unerwartet, dass ich mich erschrocken losriss. Er hielt mich fest. Wütend stemmte ich mich gegen ihn, doch mit bloßer Kraft kam ich nicht gegen ihn an. Meine Hände wurden schwarz, Rauch stieg aus meinem Mund auf.

»Lass mich los!«

»Desdemona...« Er streichelte meinen Oberarm. Ich wusste nicht, was mich wütender machte: dass er mich so anfasste oder dass es mir *gefiel*.

Ich versetzte ihm einen Feuerstoß, der ihn zurücktaumeln ließ. Hinter mir fiel die Tür ins Schloss.

»Aber ich... «, setzte er an.

»Verlass sofort mein Zimmer.« Ich nahm mich mit aller Macht zusammen. Ich durfte nicht ausflippen.

Die Bedrohung durch die Engel, der ständige Streit und Haakons Gefühlsachterbahn ließen meinen Kopf schwirren. Ich wusste nicht mehr, was ich fühlte.

Sein Blick erinnerte mich an unsere kurze gemeinsame Zeit, und wie gut es sich damals angefühlt hatte, mit ihm zusammen zu sein. Gleichzeitig war ich wütend auf ihn, seine Wankelmütigkeit und dass er mich seinen Emotionen ungefiltert aussetzte. Ich musste ihn loswerden, bevor ich einen Fehler machte.

Das war für uns beide besser.

»Bitte geh«, wiederholte ich und wandte den Blick ab. Ich brauchte dringend Ruhe. Er schickte sich an, an mir vorbei zu gehen, blieb aber stehen und sah mir in die Augen. »Es tut mir leid. Verzeih mir.«

Es war wie ein Kurzschluss. Alles, was zwischen uns stand, schien mit einem Mal unbedeutend. Die Streitereien, die Wortgefechte.

Wofür? Wofür waren sie gut, wenn er jetzt vor mir stand? Ohne nachzudenken griff ich nach ihm und zog ihn an mich. Er zögerte keine Sekunde, griff an meinen

Hinterkopf und zog die Klammer aus meinen Haaren. Dann senkte er seinen Mund auf meinen.

Ich schlang die Arme um seinen Nacken und presste mich an ihn. Jeder Gedanke war wie ausgelöscht. Mit seiner freien Hand zog er mir die Seide von der Schulter und nahm die andere zu Hilfe, um den Morgenmantel zu öffnen und zu Boden zu werfen.

Er hob mich hoch, als wöge ich nicht mehr als ein Kind. Ohne unsere Münder voneinander zu lösen, trug er mich hinüber zum Bett und legte mich darauf. Hastig entledigte er sich seiner Kleider.

Was du hier tust, ist Wahnsinn, schoss mir durch den Kopf. Ich war im Begriff, eine jahrhundertelange Feindschaft über Bord zu werfen.

Haakon.

Er strich über meinen Bauchnabel hinunter zu meinen Oberschenkeln. Meine Gedanken verflüchtigten sich und ich ging in meinen Empfindungen unter.

Ich hatte vergessen, wie gut wir harmonierten, so waren die Erinnerungen weniger schmerzhaft. Doch nun brach alles über mich herein, ich war mir selbst und Haakon hilflos ausgeliefert. Meine Hände glitten über seine Oberarme und zogen ihn näher zu mir heran.

Noch näher.

Mit sanfter Gewalt drückte er meine Beine auseinander und kniete vor mir auf dem Bett. Seine Augen waren dunkelblau wie Bergseen und ich sah mein eigenes Verlangen in ihnen. Seine Manifestation war indigoblau und pulsierte mit seinem schnellen Puls.

Er griff nach meinen Kniekehlen und zog mich heran, bis er in mich eindrang und dabei einen nicht enden wollenden Seufzer dabei ausstieß. Oder war ich es gewesen? Da verschwand jeder Funke eines rationalen Gedankens und ich verlor mich im perfekten Zusammenspiel unserer

Körper. Wir fanden unseren gemeinsamen Rhythmus, als wären wir nie getrennt gewesen und Haakon erinnerte mich daran, dass er mir damals Dinge beigebracht hatte, die kein anderer Mann mit mir gemacht hatte. Die ich keinen anderen Mann mit mir hätte machen lassen.

Etwas ging zu Bruch, als er mich gegen die Wand presste, doch das war mir egal. Er sollte nur nicht aufhören, bis meine Gier gestillt war.

Nach dem ersten gemeinsamen Orgasmus verbanden sich unsere Auren und ich sah Sterne. Es war fast so gut, wie das Hochgefühl von Satans Berührung.

Denk nicht an ihn, Desdemona!

Sein heißer Atem strich über meinen Nacken und seine Hände kneteten meine Brüste. Mein Unterleib zog sich wegen seiner Stöße zusammen, um mich in einen zweiten Rausch zu katapultieren.

Eine Hand glitt über meinen Bauch tiefer und gab mir den letzten Kick, der gefehlt hatte. Ich schrie auf und seine Hand legte sich auf meinem Mund.

»Nicht so laut«, raunte er und schob seinen Daumen zwischen meine Zähne. Ich wimmerte und schloss meine Lippen darum, während er weitermachte.

Wie hatte ich so lange ohne dieses Gefühl auskommen können? Als er sich von mir löste, um mich herumzudrehen, war es, als fehle ein Teil von mir.

Ich zog ihn an mich. »Hör nicht auf.«

Er fuhr mit der Zunge über meine Kehle. »Wir sind längst nicht fertig.« Mir liefen heiße Schauer den Rücken hinunter. »Du bist dran.« Ich sah ihm fest in die Augen, als ich mich an die Arbeit machte und zeigte, dass ich mich an alles erinnerte, was er mir beigebracht hatte.

Später, als wir beide nebeneinander in meinem Bett lagen, wurde mir die volle Brisanz unseres Handelns bewusst. Im dämmrigen Licht meiner Suite glänzten unsere Körper vor Schweiß, unser Geruch hing schwer in der Luft. Ich wollte den Moment nicht zerstören, dafür hatte ich den Sex zu sehr genossen, doch wir bewegten uns auf gefährlichem Terrain. Das wussten wir beide.

»Was da eben passiert ist...«

»Darf der Rest des Rats nicht erfahren«, vollendete er meinen Satz. Wenigstens darin waren wir einer Meinung.

»Niemals.«

Nicht auszudenken, was geschah, wenn die anderen Lords davon erfuhren. Bestenfalls hagelte es nur Spott, schlimmstenfalls sahen Ratsmitglieder wie Yani und Steve ernsthaft ihre Entscheidungsgewalt bedroht und wurden unangenehm. Eine Anhörung im Rat mit Abstimmung, ob wir auf unseren Posten bleiben durften, war dann nicht ausgeschlossen.

Ich wusste nicht, was sich zwischen uns tun würde. Waren wir noch verfeindet? Stand diese Sache zwischen uns oder nahmen wir sie zum Anlass, um unser Verhältnis zu verbessern? Zumindest er schien in dieser Hinsicht einen klareren Blick zu haben, seine Hand tastete nach meiner. Ich ließ ihn gewähren, obwohl ich nicht wusste, ob das eine gute Idee war.

Was konnte es noch schlimmer machen? Wir lagen nackt in meinem Bett und setzten alles aufs Spiel.

Jans Gesicht flackerte vor meinem geistigen Auge auf. *Nicht daran denken.* Das hier hatte nichts mit ihm zu tun und ich brauchte kein schlechtes Gewissen deswegen haben. Wichtiger war, dass ich mir Gedanken machte, wie es weiterging.

»Was Satan betrifft...«, er streichelte meinen Unterarm.

»Satan weiß es«, unterbrach ich ihn. Haakon warf mir diesen Blick zu, der Streit bedeutete. »Das weißt du nicht. Wenn du nichts sagst und ich auch nicht...«

»Es ist unmöglich, etwas vor ihm geheim zu halten. Und solche Gedanken darfst du gar nicht erst zulassen. Du darfst *nie* an ihm zweifeln. Unsere Loyalität ist das allerwichtigste.« Er schien widersprechen zu wollen, überlegte es sich anders und schloss seinen bereits geöffneten Mund. Stattdessen glitten seine Finger über meine erhitzte Haut. Er wollte nicht mehr reden.

Doch die Lage war verfahren genug. Einer von uns musste vernünftig sein, so sehr ich es bedauerte. Schweren Herzens setzte ich mich auf, um meine Kleidung zu suchen. Zwar genierte ich mich vor ihm nicht, doch seine Denkfähigkeit stieg proportional zu der Anzahl meiner Kleidungsstücke.

„Außerdem haben wir andere Sorgen. Wie wir hiermit umgehen, können wir später in Ruhe besprechen. Wie ist die Situation hier auf den Färöern?«

»Hier wird uns nichts passieren«, meinte er schulterzuckend. »Die Engelsaktivitäten sind nicht der Rede wert.«

»Wir müssen trotzdem darauf gefasst sein, dass sie uns entdecken und versuchen, uns zu töten. Informiere vorsorglich die Jäger.« Haakon schwieg. »Was ist?«

»Ich habe keine Jäger auf den Färöern«, sagte er. »Es gab keine Veranlassung…«

»Deine Mitarbeiter zu schützen?«, fiel ich ihm ins Wort. »Uns oder die Abd El Wahabids zu schützen?«

Unfassbar! Der bloße Gedanke, einen Stützpunkt derart unbewacht zu lassen, machte mich wütend. Ich wusste, dass Haakon in manchen Dingen nachlässig war, aber diese Ignoranz hatte ich von Inga Stralund nicht erwartet.

Ich schloss die Augen, um mich nicht der Schreckensvision hinzugeben, dass die Engel uns angriffen.

Schlimmstenfalls mit Raphaels kampferprobten Stellvertretern. Schnell stand ich auf und griff nach meinem Handy, das auf dem Tisch der Sitzecke lag.

Dabei ließ ich den Blick durch den Raum streifen. Das war ein Fall für die Firmenversicherung, wir hatten einiges zu Bruch gehen lassen. Außerdem mussten wir verhindern, dass mein verwüstetes Hotelzimmer die Klatschrunde machte.

Ich sah auf mein Display. Drei Anrufe in Abwesenheit. Das war übersichtlich für fast drei Stunden. Ich wählte eine Nummer in England.

»Lady Desdemona, was kann ich für Sie tun?«, meldete sich Mason Steele.

»Ich brauche ein Jägerteam in Tórshavn.«

»Tórshavn?«, fragte er erstaunt. »Das ist doch ...«

»Ich weiß. Doch ich halte mich hier auf und es sind keine Jäger vor Ort. Angesichts der letzten Angriffe halte ich es für besser, dies schnellstmöglich zu ändern.«

Was Steele auch darüber dachte, er sagte nichts. »Ich habe eine Truppe in Lerwick auf den Shetlands. In zwei Stunden sind sie zur Unterstützung vor Ort.«

»Danke, Steele.« Ich legte auf. In meinem Nacken spürte ich Haakons Blick. »Du brauchst dich nicht zu bedanken«, sagte ich, ohne mich umzudrehen.

Es raschelte, er zog sich an. Mein Eingreifen machte ihn, wie nicht anders zu erwarten, wütend. Das Bett knarrte, als er herausstieg und ich hörte, wie er sich sein Sakko überzog und seinen Gürtel schloss.

»Wenn man denkt, Dinge könnten sich ändern...«

»Manche Dinge ändern sich nie. Wachsamkeit und Pflichtgefühl gehören dazu«, erwiderte ich und sah stur geradeaus. Sah ich ihn an, würden wir uns streiten und alles bekäme einen schalen Beigeschmack.

»Das eine hat mit dem anderen nichts zu tun. Ich habe mich geirrt, was dich betrifft. Das ist meine Schuld.«

Seine Worte versetzten meiner Brust einen Stich und ich biss die Zähne zusammen. Jetzt war es doch so weit gekommen, dass wir uns anfeindeten. Mein Unterleib pochte seinetwegen, aber mein Herz schmerzte. Es änderte sich niemals zwischen uns. Wir fanden immer einen Weg, den Moment zu ruinieren, um das Ganze nicht zu intensiv zu machen.

»Es ist typisch von dir, mir die Schuld für dein Unvermögen zu geben. Es könnte jede Stunde einen neuen Angriff geben. Wir bieten hier vier erstklassige Ziele und du hältst es nicht für nötig, uns zu schützen.«

»Tut mir leid, dass ich mich nicht ständig sinnlos mit Personal umgebe, so wie die *Königin* es tut«, ätzte er.

»Lass Helene da raus«, schoss ich. »Sie ist wehrlos.«

»Ja, und warum? Weil sie sich nicht in einen Dämon verwandeln lassen will.« Er schaffte es in bewundernswerter Weise, alle Fakten, die ihm nicht passten, außer Acht zu lassen.

»Als Dämon wäre sie nicht sicherer. Außerdem kann niemand abschätzen, wie sich die Verwandlung wegen ihres Status' als *Weiße* auf sie auswirkt.« Die ich vom Himmelsreich getrennt hatte, was mir den ewigen Hass aller Engel garantierte.

Haakon konnte diesem Argument nichts entgegensetzen, doch ließ ich ihm Zeit zum Nachdenken, fiele ihm etwas ein – sinnvoll oder nicht.

Ich ging Tür. Diesmal verließ er widerstandslos den Raum. Ich schloss die Tür hinter ihm und lehnte mich dagegen. Mit geschlossenen Augen versuchte ich, einen klaren Kopf zu bekommen. Mit meinem Telefon in der Hand widerstand ich dem Drang, Jan anzurufen. Es war mitten in der Nacht, entweder war er gerade auf einem Gig oder schlief. Ich legte das Gerät weg.

Rastlos sah ich mich im Zimmer um und fühlte mich furchtbar beengt. Schnell zog ich mich an und suchte im Flur nach der Treppe zum Dach.

Oben angekommen wurde es besser. Die kühle Nachtluft beruhigte meine aufgewühlten Gedanken so weit, dass ich klar denken konnte.

Ich ließ meinen Blick über den Hafen auf das Meer streifen. Vor mir lag die nördliche Landzunge der Insel Nólsoy und hunderte Kilometer dahinter lagen Norwegen und die Stadt Bergen, aus der Jan kam.

Missbilligend schüttelte ich den Kopf über meine alberne Anwandlung, mich in schwierigen Zeiten an einen Menschen zu klammern. Jan brachte mich wirklich in Versuchung, eine Umwandlung herbeizuführen, aber ich durfte mir solche Gedanken nicht erlauben.

Ich wüsste nicht, was ich ihm sagen sollte. Wie ich mich erklären sollte. Ihm meinen Gefühlsaufruhr, weil ich gerade mit meinem Exgeliebten im Bett gewesen war, zu erklären, war ein schlechter Gesprächseinstieg.

Über mir zerriss ein Flugzeug den Himmel, seine Leuchten blinkten wie unnatürliche Sterne. Ich wünschte, es wären die Jäger von den Shetlands, doch mein Anruf war nicht einmal eine halbe Stunde her.

Mein Smartphone klingelte.

Mit klopfendem Herzen sah ich auf das Display.

Satan.

Ich schluckte und nahm das Gespräch an.

»Was ist los in Tórshavn?«, fragte er, ohne sich mit einer Begrüßung aufzuhalten. »Warum schickt dein Sturmtruppleiter eine Gruppe Jäger zu euch?« Er klang angespannt und leicht gereizt. Zweifellos ging ihm alles zu langsam und er fragte sich, warum wir hier unsere Zeit vertrödelten. Mit Sex.

»Ich sorge für unsere Sicherheit.«

»Haakon hat keine Jäger auf die Färöer geschickt, als ihr euch auf den Weg gemacht habt?« Obwohl er darüber Bescheid wusste, verblüffte ihn meine Bestätigung.

Ich brauchte nicht versuchen, abzuwiegeln oder zu besänftigen. Ein derart eklatanter Sicherheitsmangel war nicht zu beschönigen.

Ich hörte förmlich, wie die kleinen Rädchen in seinem Kopf rotierten. Vor meinem geistigen Auge sah ich, wie sich seine grünen Augen verengten. Zweifellos war er irritiert, eventuell sogar wütend, doch mein Herr neigte nicht zu Gefühlsausbrüchen, außer es ging um Helene.

Sie war die einzige, die sich hingebungsvoll mit ihm stritt und der er es durchgehen ließ. Außer Gott war sie das einzige Wesen, das seine wahre Natur kannte und nicht ein Fünkchen Angst vor ihm hatte. Ich respektierte ihn und vergaß niemals, dass ich ihm alles verdankte und er mich mit einer Handbewegung töten könnte.

»Denkst du, Haakon ist geeignet für seine Position?«

Die Frage traf mich unvorbereitet. Nie hätte ich damit gerechnet, dass Satan an einem seiner Lords zweifelte.

»Ich verstehe die Frage nicht.«

»Doch, das tust du.«

Ja, das tat ich.

»Ich glaube nicht, dass ich das entscheiden kann.«

»Ihr habt die letzten Tage miteinander verbracht. Du weißt, wie er arbeitet. Hältst du ihn für fähig, seine Aufgaben zu erledigen? In seinem Gebiet gab es die meisten Zwischenfälle.«

Ich sammelte mich. »Ich denke, er tut sein Bestes.«

»Versuche, deine Gefühle herauszuhalten.« Er wusste es. Und dachte, dass ich mich davon beeinflussen ließ und Haakon schützte, ohne dass er es verdiente. Das traf mich tief und ich lief vor Scham rot an.

»Satan, wie kann es Zweifel geben... du weißt doch ...«

Ich brach ab. War ich zu weit gegangen? »Alles, was ich tue, tue ich für dich. Ich könnte dich niemals anlügen.«

»Das weiß ich.«

»Und was Haakon betrifft: Er macht Fehler, aber seine Position hat er zurecht.«

»Es ehrt dich, dass du ihn in Schutz nimmst, vor allem, weil er dich bei weitem nicht so gut behandelt.«

Seine Worte trafen mein Herz wie Pfeile. Was hatte er über mich gesagt? »So?«

»Nicht nur Helene hat ein großes Herz, das ihr manchmal im Weg steht. Andere sind wesentlich kompromissloser. Und brauchen lange, um zu verzeihen.«

Mein Mund wurde trocken, als mir die Bedeutung seiner Worte klar wurde. Haakon würde mich niemals schonen. Er würde niemals für mich auf etwas verzichten. Er würde jede Chance nutzen, um sich an mir für damals zu rächen. Vielleicht sogar, mir vorzuheucheln, dass er mit mir zusammen sein wollte. Es darauf anzulegen, mit mir zu schlafen und mich dann in eine Situation bringen, aus der ich nicht mehr herauskam.

In der ich Satans Vertrauen verlor. Meine Integrität.

Meine Körpertemperatur stieg gleichzeitig mit den Tränen, die mir in die Augen schossen. Ich war so dumm.

»Jeder von euch hat Stärken und Schwächen. Halt mich auf dem Laufenden, vor allem, wenn sich etwas Neues ergibt. Sei wachsam.«

»Natürlich«, presste ich irgendwie hervor.

Die Leitung war tot und ich verwirrter als zuvor. Meine Schläfen pochten und meine Sicht war rot gerändert.

Was war bloß los mit mir?

Ich schloss meine Augen und atmete kontrolliert.

Ich durfte keine Schwäche zeigen. Ich musste Satan einmal mehr meine Loyalität beweisen. Dass er sich auf mich verlassen konnte. Ich musste mir beweisen, dass ich meine Position verdiente.

Einatmen.

Ausatmen.

Haakon würde keinen Platz mehr in meinem Leben haben. Sobald ich von hier verschwinden konnte, war es das. *Für immer.*

Ich öffnete die Augen und sah hinaus aufs Meer.

Nicht zuletzt musste ich versuchen, mich zurück in Balance zu bringen. Denn genauso bedenklich wie das kosmische Gleichgewicht, schwankte ich gerade.

Die Jäger trafen drei Stunden nach meinem Anruf in Tórshavn ein. Ein Unwettergebiet zwischen den Inseln verlängerte die eigentlich kurze Flugzeit.

Orabel MacDermot, die Leiterin der Gruppe, kam zu mir und erwartete Befehle. Sie war eine schlanke Frau mit einem strengen dunkelbraunen Zopf und wachsamen Augen. Zwar war sie einen halben Kopf kleiner als ich, hatte aber eine autoritäre Ausstrahlung. Die meisten ihrer Kollegen waren Männer, mindestens doppelt so breit wie sie und doch waren all ihre Augen auf MacDermot gerichtet, abwartend, dass sie einen Befehl gab.

»Leutnant Steele sagte uns, alle Inseln seien unbesetzt.« Ihr Gesicht war ernst. Ihre Gruppe bestand nur aus fünfzehn Mann und ich sah ihr an, wie sie sich einen Plan zurechtlegte, um uns am effektivsten zu schützen.

»Wir sind auf Sie und Ihr Team angewiesen, Jägerin MacDermot.« Sie schien die Zustände hier kommentieren zu wollen, überlegte es sich aber anders.

»Gibt es weitere Stützpunkte?«, fragte sie stattdessen.

»Nein, Tórshavn ist der einzige.«

MacDermot atmete auf. »Wir beziehen Position.« Sie neigte den Kopf und kommandierte ihre Gruppe ab.

Tekin und Fatih führten eine Einsatzbesprechung mit den Jägern durch, wofür ich dankbar war. Das Militär war nicht meine Welt. Danach zogen Haakon, die Brüder und ich uns in den Konferenzraum zurück. Er war klein und schlecht belüftet, man merkte, dass er nie benutzt wurde. Im Gebäude arbeiteten nur sechs Dämonen und sieben Menschen.

Haakon fühlte sich in dem schäbigen Zimmer sichtlich unwohl, doch die beiden Obersten sahen gelassen aus dem Fenster. Tórshavn bot keine Skyline, aber Ruhe.

»Gibt es Neuigkeiten?«, fragte ich. Ich schenkte Haakon keine Aufmerksamkeit, was er bereits bemerkt hatte. Vor den Brüdern würde er mich nicht ansprechen und ich würde ihm auch danach keine Gelegenheit dazu geben. Ich hatte ein für alle Mal genug von ihm.

»Keine Angriffe in den letzten zwölf Stunden. Anscheinend brauchen sie Zeit zum Luftholen. Dennoch ist die Lage besorgniserregend. Wir sind auf alles gefasst, auch auf einen Angriff«, erwiderte Fatih.

»Diese Feiglinge«, knurrte Haakon.

Ich lehnte mich auf dem durchgesessenen Stuhl zurück und ignorierte ihn. »Es ist nur eine Frage der Zeit, bis Jesaja und Raphael ernst machen. Was schlagen Sie vor? Ein Gegenangriff ist gefährlich und hätte wahrscheinlich nicht den gewünschten Effekt.«

»Ja, unsere Chancen stehen schlecht.« Fatih legte die Unterarme auf den zerschrammten Tisch. »Geben wir nach, zeigen wir Schwäche und provozieren damit neue Angriffe. Greifen wir Engelsstützpunkte an, riskieren wir umso heftigere Vergeltungsmaßnahmen. Die Himmlische Armee konnte sich vorbereiten und wir haben es versäumt, dasselbe zu tun. Die Unruhen seit Satans Hochzeit und die Vorkommnisse um General Santini ... das alles wurde auf die leichte Schulter genommen.«

Tekin nickte. »Alle waren zu fixiert auf Königin Helene, um sich um die Stützpunkte zu kümmern. Die Heftigkeit der Anschläge stellt alles in den Schatten. Ihre Maßnahmen in Rom sind die erste nennenswerte Reaktion, aber sie werden bald bemerken, dass es ein Bluff ist. Dem müssen wir zuvorkommen, oder wir riskieren noch mehr Anschläge. Diese Blöße dürfen wir uns nicht geben. Dennoch ist das Signal das richtige.«

Ich unterdrückte ein zynisches Lächeln. Ausgerechnet dafür bekam ich nun, nach all den Nackenschlägen, ein Lob. »Was können wir tun? Wir haben nicht ewig Zeit, bis sie uns auf die Schliche kommen.« Über die Gesichter der Brüder zog das gleiche feine Lächeln. Sie hatten einen Plan. Äußerst beruhigend.

»Wir lenken sie ab«, sagte Tekin.

Haakon blinzelte verwirrt. »Wie?«

»Indem wir Ihren Bluff so glaubwürdig wie möglich aussehen lassen, um ihre Aufmerksamkeit zu fesseln.«

»Also ist der Plan ein anderer«, fasste ich zusammen.

»So ist es, Mylady.« Fatihs schwarze Augen blitzten. »Wir nutzen die Zeit, um Gefangene zu machen.« Sprachlos starrten Haakon und ich die beiden an. Der Plan war genial und doch unmöglich.

»Ich weiß, was Sie denken und Sie hätten recht«, sagte Tekin. »Wenn wir nicht schon mit Beginn der Anschläge unsere besten Jäger auf diese Mission angesetzt und ausgebildet hätten. Wir haben Spezialtrupps, die bereits an den letzten Details für die Einsätze feilen.«

»Und wenn wir die Engel in unserer Gewalt haben...«, sagte Haakon bedächtig.

»...haben wir die Oberhand in Verhandlungen und können sie zwingen, mit den Anschlägen aufzuhören. Mit entsprechenden Sicherheiten können wir für lange Zeit den Frieden erwirken«, sagte Fatih.

Ich schüttelte den Kopf. »Das wäre traumhaft.«

»Wenn wir einen vom Kader in der Hand hätten … Raphael. Oder Michael«, sagte Haakon und seine blauen Augen funkelten. Tekin hob abwehrend die Hände.

»Wir brauchen hochrangige Dämonen, um die Missionen durchzuführen, aber an den Kader haben wir nicht gedacht. Abgesehen von Ihnen gibt es niemanden, der das bewerkstelligen kann. Sie stehen nicht zur Debatte.«

»Wer hat das entschieden? Sie?«, fragte ich.

»Wir haben den Plan mit Satan und General Santini ausgearbeitet«, erklärte Fatih. »Ohne ihre Zustimmung wäre er selbstverständlich nicht möglich.«

Ich lehnte mich zurück. Haakon sah nicht überzeugt aus. Typisch. Er hatte keinen Sinn für Verschwörungen und detaillierte Operationen. Wenn er könnte, würde er den Engeln im offenen Zweikampf mit Äxten begegnen.

Mich wurmte, dass Satan diesen Plan mir gegenüber mit keiner Silbe erwähnt hatte und ich so unwissend vor Alis Söhnen stand wie Haakon. Ich straffte mich und schluckte meine Enttäuschung hinunter.

»Wann soll die Operation beginnen?«, fragte ich meisterhaft unbeteiligt. Tekin wiegte den Kopf.

»Ursprünglich am zwanzigsten November, doch in Anbetracht der Situation werden wir den Start vorziehen.«

»Wann?«, wiederholte ich.

»Nächsten Montag. Alles ist vorbereitet. Und wir setzten alles auf eine Karte.« Fatihs Miene sprach Bände: bei dieser Operation ging es um alles oder nichts.

»Wie können wir helfen?«

»Sie dürfen sich nicht in Gefahr bringen. Die Operation ist so geplant, dass wir in jedem Fall fortfahren können – ein Alternativplan ist in der Hinterhand.«

»Und was sollen wir tun?«, fragte Haakon.

»Bleiben Sie in Sicherheit«, sagte Fatih. »Nur so können Sie helfen. Wenn die Engel bemerken, was wir vorhaben, werden sie versuchen, sich ihrerseits einen Vorteil zu verschaffen. Ein Lord in ihrer Gewalt würde ihnen in die Hände spielen.«

Haakon und mir blieb nichts Anderes übrig, als unsichtbar zu bleiben. Am liebsten wäre ich dabei gewesen. Wir Lords waren die Stärksten, abgesehen vom Hohen Kader nahmen wir es mit jedem Engel auf und wären Garanten für das Gelingen der Mission.

Mich juckte es in den Fingern, aktiv zu werden. Ich war so lange in der Bürokratie und Vertragsgeflechten gefangen und hatte fast vergessen, wozu ich fähig war und wie weit die Macht, die Satan mir verliehen hatte, reichte.

Doch ohne seinen Befehl musste ich hierbleiben und versuchen, Haakon aus dem Weg zu gehen, damit wir uns nicht die Köpfe einschlugen.

Ich war den ganzen Tag unruhig, ohne zu wissen, woran es lag. Mehrmals sah ich auf mein Smartphone und suchte nach einem Vorwand, um Jan anzurufen.

Ich war frustriert, weil ich es mir so schwermachte. Ich hatte ihm versprochen, mich zu melden. Andererseits wollte ich ihn nicht an mich binden. Irgendwann käme der Punkt, an dem ich ihm die Wahrheit sagen und ihn zu einer Entscheidung zwingen müsste.

Ich gab meinen inneren Kampf auf und wählte seine Nummer. Es klingelte lange, bis die Mailbox ansprang. Ich legte auf, ohne eine Nachricht zu hinterlassen.

Sadie und ich bearbeiteten alle Mails und Anrufe, doch gedanklich war ich woanders. Sie bemerkte es, äußerte sich jedoch nicht dazu. Glücklicherweise, denn ich wollte nicht darüber sprechen.

Um die Mittagszeit vibrierte mein Handy. Aufgeregt nahm ich den Anruf entgegen, um ernüchtert auf meinen Stuhl zu sinken. Es waren die Heiler aus Oslo, die mir mitteilten, dass Roman genesen war und sich auf den Weg zu mir machte. Zeitgleich klingelte Sadies Telefon, es war Roman, der uns das Gleiche mitteilte.

Über diese Neuigkeiten hätte ich erleichtert sein müssen, aber meine Unruhe ließ sich nicht niederkämpfen. Ein schlechtes Gefühl breitete sich in mir aus.

Warum rief Jan nicht zurück? Das kratzte an meinem Ego und ich konnte es mir nicht erklären.

Bis zum Nachmittag beherrschte ich mich, dann ließ meine Konzentrationsfähigkeit rapide nach.

Ich brauchte Klarheit, sofort.

Sadie gab ich den Rest des Tages frei, zog mich in meine Suite zurück und hörte endlich die zweite Nachricht auf der Mailbox ab: *»Desdemona, hey, ich bin's noch mal. Du hast wahrscheinlich viel zu tun, aber ich wollte dir erzählen, dass ich in Oslo bin. Ich muss dich unbedingt sehen, bitte melde dich. Vielleicht schaue ich mal bei dir auf der Arbeit vorbei, wenn du dich loseisen kannst. Oder du zeigst mir dein Büro... du weißt schon. Ruf mich bitte an.«*

Ein Glücksgefühl breitete sich in mir aus. Er war mir nach Oslo gefolgt! Er wollte mich unbedingt sehen!

Wahrscheinlich hatte er mitbekommen, was passiert war und machte sich Sorgen. Es tat mir leid, dass ich mich nicht gemeldet hatte, doch er würde es verstehen. Ich musste ihm sagen, dass ich auf den Färöern war. Und dass wir uns sehen würden.

Bald.

Ich atmete tief durch und rief Jan an.

Mein Herz klopfte, ich brannte darauf, ihn zu sprechen. Mir fiel etwas ein, wie wir zusammen sein konnten, Helene würde mir helfen und...

Es knackte in der Leitung. »Fredericksson«, meldete sich eine markante Stimme und nannte die Kennnummer der Osloer Spurensicherung.

Fassungslos starrte ich ins Leere. Warum hatte die Spurensicherung der Hölle Jans Handy?

»Hallo?«, fragte Fredericksson. Das holte mich zurück.

»Desdemona Gaunt.«

Ich hörte Fredericksson am anderen Ende schlucken.

»Lady Desdemona... ich... was kann ich für Sie tun?«

»Warum haben Sie dieses Handy?« Die Unruhe toste in mir wie ein Sturm und meine Lunge brannte wie Feuer. Eine Panikattacke.

Das war mir noch nie passiert.

»Wir haben es nach dem Anschlag bei einem der Verletzten gefunden.«

»Wie bitte?«

Mein Herz raste.

»Er befand sich in der Lobby. Der Name auf dem Ausweis lautet Jan Aarset, kennen Sie ihn?«

»Ja, allerdings. Und ich will ihn sofort sprechen.«

Fredericksson zögerte und in meinen Ohren dröhnte es.

Da stimmte etwas nicht.

Ganz und gar nicht.

War Jan schwer verletzt?

Ich musste sofort zurück nach Oslo. Ich konnte ihn heilen. Ich könnte eine Energieverbindung eingehen wie Santini und Amelia, die hatte sie gerettet, als Raphael sie schwer verletzte, und...

»Ich fürchte, dass das nicht möglich ist.«

»Warum nicht?« Eisige Kälte breitete sich in meiner Magengegend aus.

Das Dröhnen in meinen Ohren nahm zu.

Fredericksson schwieg einen Moment und sprach, als müsse er sich dazu durchringen: »Herr Aarset ist heute Morgen an seinen schweren Verletzungen gestorben.«

Mein ganzer Körper wurde taub.

Kalt.

Mein Blick war wie in einen endlosen Tunnel.

Dunkel.

Mein Herz raste, hämmerte gegen meine Rippen.

Laut.

Das Telefon entglitt meiner Hand.

Ich hörte Fredericksson, doch ich konnte nicht antworten.

Jan.

Oh bitte.

Bitte nicht.

Bitte nicht Jan.

Die Kälte breitete sich aus. Ich versank in ihr.

Tief.

Ich wollte schreien, doch ich konnte nicht.

Jan...

Das konnte nicht sein.

Das durfte nicht sein.

Das war ein Irrtum.

Meine Beine gaben nach.

Ich spürte einen dumpfen Aufschlag und verlor das Bewusstsein.

10

In mir brannte es.

Lichterloh.

Mein Blick war rotgerändert.

Mein Körper fühlte sich fremd an, als ich mich mit übermenschlicher Geschwindigkeit bewegte.

Alles um mich herum war langsam.

So langsam.

Die Geräusche gedämpft, als wäre ich unter Wasser, doch ich spürte den Wind, der meine Haare aufwirbelte.

Ich hielt inne und sah mich um.

Ich stand inmitten eines gigantischen Trümmerhaufens.

Es war eine Engelszentrale.

Gewesen.

Bevor ich sie zerstört hatte.

Der Gedanke schickte Energiewellen durch meine Adern.

Meine Macht brannte in mir wie ein Inferno.

Ein Lächeln stahl sich über mein Gesicht.

Ich drehte ich mich um und verließ den Schauplatz meiner Wut.

Das war der erste Streich gewesen.

Nur der erste.

Ich war auf dem Weg zu meinem nächsten Ziel.

Interludium

Haakon Welhaven stand im Tórshavner Büro und fragte sich, was aus der Welt geworden war. Er war beinahe tausend Jahre alt, in dieser langen Zeit hatte er Kriege erlebt und war in viele Schlachten gezogen.

In den ersten dreihundert Jahren fuhr er zur See, entdeckte Gebiete, nahm sie ein, verteidigte sie gegen Feinde und steckte manche bittere Niederlage ein.

Er verlor Freunde, Weggefährten. Manche sah er sterben, andere verschwanden oder es ereilte ihn die Nachricht, dass sie dem Feind zum Opfer gefallen waren.

Mit all diesen Umständen konnte er umgehen, nahm sie als gegeben hin und machte weiter, bis er sein Ziel, Ratsmitglied zu werden, erreichte.

In dieser Zeit hatte er gehasst und geliebt.

Freunde, Feinde und zahllose Frauen begleiteten ihn auf seinem Weg länger oder kürzer, manche hinterließen einen größeren, andere keinen Eindruck bei ihm.

Doch niemanden hatte er je so geliebt wie die Frau, die er am meisten hasste. Diese Frau – die, der sein Herz gehörte, egal, wie sehr sie einander anfeindeten – war durchgedreht.

Er bekam eine Meldung vom Spurensicherungsbüro in Oslo, wonach Desdemona auf einem Handy angerufen hatte, das einem menschlichem Opfer des Anschlags zuzuordnen war. Der Agent berichtete ihm, dass sie auf die Todesnachricht des Mannes äußerst bestürzend reagiert hatte. Der Forensiker hörte einige besorgniserregende Geräusche, danach sei die Leitung unterbrochen worden und sie war nicht mehr zu erreichen gewesen.

Deswegen rief er Haakon an.

Was anschließend geschah, wusste er mittlerweile: Desdemona hatte das Engelsquartier der Färöer zerstört. Dabei war sie mit einer Wut vorgegangen, die selbst die größten Angriffe der Engel in den letzten Wochen in den Schatten stellten. Von dem Gebäude blieb nichts übrig als Schutt und Asche, alle elf Engel kamen ums Leben.

Danach war sie – vermutlich durch einen Sprung durch die Höllendimension – nach Schottland gereist und machte die Zentrale in Aberdeen dem Erdboden gleich. Wieder blieb von dem Gebäude nur ein qualmender Haufen Schutt übrig. Danach war sie nach Glasgow gegangen, hatte das Spiel wiederholt und war nach Manchester gezogen. Das alles war innerhalb der letzten sechsunddreißig Stunden passiert.

Sie hatte sie eiskalt erwischt. Niemals hätten sie damit gerechnet, dass die Hölle derart zurückschlug.

Nicht einmal die Hölle selbst.

Seit Manchester war sie verschwunden und Satan schwieg zu ihrem Aufenthaltsort.

Haakon wartete darauf, dass sein Jet startklar war, um nach Hamburg zu fliegen. Dort würde er sich mit Satan, Helene, Santini und den anderen Lords treffen und gemeinsam einen Plan schmieden.

Sofern das möglich war.

Er könnte wetten, dass Desdemona auf dem Weg nach London war, um sich Nathan Light, diesen unerträglichen Himmelsengel, vorzunehmen.

Bisher blieben Reaktionen der Engel aus, sie schienen schockstarr, als warteten sie voll Entsetzen den nächsten Schlag ab. Und er wusste, dass dieser schlimmer als alles Vorangegangene werden würde.

Zur Hölle, er stand hier herum und wusste nicht, was als nächstes passierte.

Sie war zwischen ihren Attacken nicht auffindbar, verschwand spurlos.

Der Drang sie zu suchen, wurde übermächtig. Seine Manifestation schillerte in allen Farben der Meere und pulsierte mit seinem Herzschlag. Die Geschwindigkeit beunruhigte ihn. Sein Körper war bereit, loszustürmen und sie zu beschützen. Seine Muskeln spannten sich an und sein Kiefer mahlte.

Er musste sie finden.

Er konnte nicht zulassen, dass sie ihr etwas antaten.

Sie verletzten oder gar töteten.

Sie konnten nicht untätig bleiben, dafür waren die Verluste zu hoch. Nach Berichten Giles de Beauchamps waren bisher etwa tausendvierhundert Engel Desdemona zum Opfer gefallen. Damit waren die getöteten Dämonen doppelt gerächt. Einhundertfünfzig Menschen waren getötet worden, Kollateralschäden, wie sie auch bei den Angriffen der Engel entstanden waren.

Er hörte diese Zahl mit einer gewissen Genugtuung und beglückwünschte sie still dafür, dass sie ihre Kräfte so effektiv nutzte. Doch die Sorge brachte ihn fast um.

Sobald die Engel aus ihrer Schockstarre erwachten, wäre ihre Rache umso schrecklicher. Egal wie stark sie war, sie konnte es mit einer Bataillon Erzengel nicht aufnehmen.

Vor einem solchen Ausgang hatte er Angst. Sollte er nach England fliegen und sie suchen?

Er musste sie finden und aufhalten. Sie schützen, mit allem, was er hatte. Auch vor sich selbst.

Je mehr er darüber nachdachte, desto dringender erschien es ihm, das zu tun. Er machte sich auf den Weg zum Ausgang und suchte nach seinem Fahrer. Alles, was unausgesprochen zwischen ihnen war, wollte sich seinen

Weg an die Oberfläche bahnen und er spürte eine bisher unbekannte Angst, sie zu verlieren.

Er durfte sie nicht verlieren.

Er musste sie retten.

Überzeugen, dass sie zu ihm gehörte.

Sein Telefon klingelte.

Unwillig nahm er das Gerät aus der Hosentasche, entschlossen, den Anruf abzuweisen.

Satan.

Haakon knurrte, nahm das Gespräch aber an.

»Du wirst sie nicht suchen«, sagte sein Herr ruhig.

»Satan, ich...«, er verstummte.

»Ich weiß. Doch das ändert nichts daran. Sie verändert gerade die Welt.« Er klang so stolz, dass Haakon Eifersucht in sich aufwallen fühlte und kurz bereute, dass nicht er es war, der halb Großbritannien in Schutt und Asche legte. »Regle deine Angelegenheiten und komm nach Hamburg.«

»Ja, Herr«, gab er sich geschlagen. Satan beendete das Gespräch und er starrte wie betäubt ins Leere.

Seine Gefühle tobten wie ein Sturm.

Er wusste nicht mehr, was richtig und falsch war.

Desdemona...

11

Ich atmete die kühle Luft ein und sah hinüber zu dem Gebäude, das von Anfang an mein Ziel gewesen war: Ein moderner, eleganter Glasbau, zwanzig Stockwerke hoch.

Das würde nicht leicht werden, war aber machbar.

Hier saß jemand, dessen Auslöschung mir eine besondere Genugtuung verschaffen würde.

Wieder war ich ganz ruhig. Wahrscheinlich sollten mich solche Operationen mit Unruhe erfüllen und meine Hände zittern lassen. Doch mein Kopf war leicht und meine Glieder entspannt.

Ich war bereit. Bereit für meinen nächsten Schlag, um Rache zu nehmen. Je blutiger, desto besser.

Ich hatte keine Wahl. Und ich würde weitermachen, bis ich mein Ziel erreichte.

Doch mein Gemütszustand verbesserte sich nicht.

Im Gegenteil.

Mit jedem Engelsquartier, das ich zerstörte, mit jedem Engel den ich tötete, wurde ich rasender. Jedes Mal war der Blackout nach der Zerstörung länger. Ich sehnte mich danach, weil ich Jans Verlust dann nicht spürte.

Die Nachricht seines Todes hatte ein Loch in mich gerissen. Nie hätte ich für möglich gehalten, mein Herz nach so kurzer Zeit an jemanden zu hängen.

So sehr, dass sein Tod mich derart verletzte. Mich so aufwühlte, dass ich nicht mehr ich selbst war.

Ohne seinen Tod hätte ich Wochen, Monate, wenn nicht Jahre gezögert und versucht, sinnlose Verhandlungen zu führen, um einen Krieg, der sowieso bald begann, zu verhindern. Es war zu spät, doch wir hatten es ignoriert. Das kostete unschuldige Leben.

Jans Leben.

Die Erinnerung ließ mein Blut kochen. Die Macht, die Satan mir verliehen hatte, pulsierte und bündelte sich, bis ich sie nicht mehr in meinem Körper behalten konnte und sie aus mir herausbarst wie eine explodierende Granate.

Ein Feuerwirbel umgab mich und hüllte mein Gesichtsfeld in grelles Rot. In meinen Ohren rauschte es so laut, dass ich die entsetzten Schreie um mich kaum wahrnahm.

Ich war zu einer wahren Dämonin, einer Naturgewalt geworden. Unbeirrbar schritt ich über die Straße, deren Teer unter meinen Füßen schmolz und jagte das Eingangsportal der Himmlischen Niederlassung in die Luft.

Ich lächelte kalt, als ich die schreckensstarren Gesichter der Engel sah.

Auge um Auge.

Dieses Gebäude würde außer mir niemand lebendig verlassen.

Zahn um Zahn.

So, wie sie es mit uns gemacht hatten.

Nathan Light sah mich nicht kommen. Im Chaos meines Angriffs verlor er den Überblick. Überall brannte es. Niemand entkam mir und die, die lebten, fanden spätestens, wenn ich das Haus abriss, ihr Ende.

Und dieser arrogante Scheißkerl, der sich bei Verhandlungen über uns lustig machte und viel Zeit und Energie in unsere anhaltende Feindschaft investierte, war jetzt dran. Mit Nathan ging es heute zu Ende.

Vor ihm stoppte ich meinen Lauf und sah ihm in die engelsgrauen Augen. Als er meiner gewahr wurde, stockte ihm der Atem und er wich einige Schritte zurück. »S... Sie?«, fragte er fassungslos. »Sie sind für all das verantwortlich?« Mir war nicht nach reden zumute. Alle Worte wären Verschwendung, weil ich ihn jetzt tötete. Ich sparte mir jegliche Antwort und griff mit meiner rechten, in Flammen stehenden Hand nach seiner Kehle.

Er war mir nicht gewachsen. Krampfhaft umklammerte er mein Handgelenk mit beiden Händen, doch unter meinen dämonischen Kräften schmolz er wie eine Kerze.

Seine grauen Augen weiteten sich, die Angst wich Panik und schließlich der Erkenntnis, dass dies seine letzten Sekunden waren.

Nachdem ich ihn zwei Minuten meinen schrecklichsten Kräften ausgesetzt und mich an seinem Entsetzen und anschließenden Tod geweidet hatte, hob ich auf, was von ihm übriggeblieben war: eine silberne Feder.

Für mich war sie wertlos, doch ich verhinderte, dass seine Seele im Chaos ihre Ruhe fand. Ich würde sie, wie die anderen Federn, die ich gesammelt hatte, Satan schenken, wenn meine Mission vollendet war.

Ein bunter Strauß Federn, die dokumentierten, wie ich das kosmische Gleichgewicht ins Lot brachte.

Ich materialisierte eine Energiekugel, die einer Bombe mit Zeitzünder gleich explodierte, wenn ich das Gebäude verließ. Damit wurde ein weiteres Zentrum Himmlischer Macht auf Erden eliminiert. Ich legte sie im Erdgeschoss ab, dort, wo sie die verheerendste Wirkung entfaltete.

Zufrieden dämmte ich meinen Flammenwirbel ein, bis er verlosch, verließ das Haus und wartete an der nächsten Straßenecke.

Um mich herum sammelten sich Menschen, die ungläubig auf das rauchende Gebäude starrten. Sie diskutierten über die möglichen Ursachen und riefen nach Hilfe. Auf sie wirkte ich so schaulustig wie sie selbst.

Dabei war alles gleichgültig. Es zählte das Ergebnis.

Die Energiebombe ging mit einem gewaltigen Knall hoch und zerfetzte das Gebäude, das in sich zusammenfiel wie ein Soufflé. Menschen wurden von der Detonation zu Boden geworfen.

Ich hörte Schreie.

So viele Schreie.

Dichter schwarzer Rauch stieg auf, Asche wirbelte durch die Luft. Jeder Atemzug brannte in der Lunge. Es war heiß. Neben mir schlug ein Betonklotz in den Boden. Glasscherben fielen auf uns nieder wie scharfer Regen. Es prickelte auf meiner Haut.

Noch mehr Schreie.

Ein zweites dumpfes Poltern. Der Rest des Gebäudes brach in sich zusammen. Eine zweite Aschewolke stieg auf. Ich hörte Sirenen.

Es gab nichts mehr zu retten.

Mein Körper war rußbedeckt, doch ich rührte mich nicht vom Fleck. Ich wollte noch nicht gehen.

Beobachtete, wie die Federn zu Boden sanken und dort liegen blieben, bis sie sich ganz auflösten.

An den Seelenfedern der niederen Engel hatte ich kein Interesse. Sie durften ihre letzte Ruhe finden.

Gelassen beobachtete ich die Feuerwehr bei den Löscharbeiten. Dann machte ich mich auf die Suche nach einem Ort, um meinen nahenden Blackout zu verbringen.

Interludium

Kommandantin der Jäger Orabel MacDermot stand vor Haakon Welhaven und verstand die Welt nicht mehr. Was ihr der Lord gerade eröffnete, machte sie sprachlos.

Mühsam schaffte sie es, ihren offenen Mund zu schließen und eine halbwegs professionelle Miene zu ziehen.

Die kleinen Rädchen in ihrem Kopf ratterten so schnell, dass sie keinen klaren Gedanken fassen konnte.

In den knapp zweihundert Jahren, die sie Satan diente, erlebte sie viele verrückte Situationen, war überrascht worden und hatte allen Begebenheiten ihren unerschütterlichen Pragmatismus entgegengesetzt. Doch nach dem, was ihr Welhaven berichtete, war sie ratlos.

Sie wusste davon, dass Engelsquartiere in Schottland und England angegriffen und verwüstet worden waren, doch mit Lady Desdemona als Verursacherin hätte sie im Leben nicht gerechnet.

Ausgerechnet diese Frau, die sie für ihre Professionalität und ihren eisernen Willen schätzte, war auf einem unkontrollierten Rachefeldzug quer durch Großbritannien und nun spurlos verschwunden?

Als Steele sie anrief und ihr mitteilte, dass Aberdeen vernichtet worden war, fragte sie sich, ob das die Geheimmission war, von der seit Monaten hinter vorgehaltener Hand gesprochen wurde. Es hieß, dass etwas Großes in Planung sei, um endlich einen gezielten Schlag gegen den Himmel zu führen.

MacDermot hätte geschworen, es sei ein ausgeklügelter Plan des Militärs. Das war zumindest ihre erste Annahme und sie hatte sich gefreut, dass es endlich losging.

Doch die Wahrheit war bestürzend

Wenn der Angreifer tatsächlich Lady Desdemona gewesen war ... Sie schauderte. Eine Frau allein, egal, wie mächtig, konnte es nicht mit dem ganzen Himmelreich aufnehmen. Obwohl der Erfolg ihr recht gab.

Doch irgendwann machte sie einen Fehler und die Hölle verlor im schlimmsten Fall einen ihrer Stützpfeiler.

Jetzt saß sie mit ihren beiden besten Männern im Besprechungsraum der färöischen Niederlassung mit Lord Haakon und den Abd El Wahabid-Brüdern und bekam ihre neuen Befehle. Sie würden die Inseln in Kürze verlassen, doch es schien, als warte ein Spezialauftrag auf sie. Ihr Team war eines der besten Nordeuropas und bereits fertig ausgerüstet, um eine Mission zu übernehmen.

MacDermots Herz machte einen Satz. Nach all den ruhigen Jahren in Schottland kam nun ihre Möglichkeit, an etwas Großem mitzuwirken.

»Wir gehen davon aus, dass ihr nächstes Ziel Paris ist«, sagte Fatih Abd El Wahabid.

MacDermot ahnte warum. »Dort residiert Jesaja an ar Anam.« Fatih nickte.

»Sie haben von der Forderung der Engel gehört. Deswegen sind alle ortsansässigen Teams mit der Sicherung unserer Gebäude beschäftigt. Wir haben derzeit niemanden, der sich um die Engelszentrale kümmern kann. Hier kommen Sie ins Spiel.«

MacDermot straffte sich. Jetzt kam ihre große Stunde.

»Wenn Lady Desdemona nach Paris reist, werden Sie vor ihr da sein. Ihre Aufgabe ist es, sie zu lokalisieren und uns umgehend zu informieren.«

»Ist unser Auftrag damit ausgeführt, oder sollen wir intervenieren?«, schaltete sich Keyes ein.

»Keine Intervention, aber schützen Sie Lady Desdemona mit allen Mitteln.« Tekin Abd El Wahabid sah von einem zum anderen. »Möglicherweise rechnet Jesaja mit ihr und ergreift Maßnahmen, um sie zu töten. Sie werden über sie wachen und mögliche Gefahren ausschalten.«

»Wahrscheinlicher ist, dass sie Paris so kalt erwischt wie die anderen Städte, doch dafür gibt es keine Garantie«, sagte Fatih.

Welhaven, der am Fenster stand und ihnen den Rücken zudrehte, atmete tief ein. Es war auffällig, dass er um Fassung rang. Während des ganzen Meetings hatte er kein Wort gesagt, schien mit düsteren Gedanken ganz woanders zu sein.

MacDermot kannte den Lord Europas kaum. Dennoch bemerkte sie – mit ihrer weiblichen Intuition und nicht als Jägerin – dass Welhaven besorgt war.

Der Rat der Lords war legendär, um seine Mitglieder rankten sich viele Geschichten. Es ging das Gerücht um, dass Desdemona und Haakon einander mieden, weil sie vor Jahren eine Liebesbeziehung unterhalten hatten, die unglücklich endete.

MacDermot gab wenig auf Klatsch und Tratsch, doch manchmal schnappte sie etwas auf und diese Information fiel ihr ein, als sie Welhaven und seine Unruhe sah.

Sie wusste, dass sie seine ohnehin strapazierte Geduld auf die Probe stellte, doch eines musste sie loswerden: »Eine Frage, Oberst. Lady Desdemonas Spur ließ sich bisher nur von Anschlag zu Anschlag verfolgen, dazwischen ist eine Lücke. Wie sollen wir sie ausfindig machen? Wir wissen nicht, ob sie in die Höllendimension gewechselt ist. Dort ist sie nicht aufzufinden.«

»Legen Sie sich vor der Pariser Zentrale auf die Lauer. Wenn Lady Desdemona auftaucht, melden Sie sich. Das ist derzeit unsere einzige Spur«, erwiderte Tekin.

Damit war das Treffen beendet und die Jäger verließen den Besprechungsraum. MacDermot warf einen letzten

Blick über ihre Schulter auf den mächtigen Dämon und versuchte, aus ihm schlau zu werden. Wenn sie es nicht besser wüsste, würde sie denken, Haakon Welhaven kam vor Sorge um eine geliebte Person beinahe um.

Doch das war nicht ihre Sorge. Vor ihr lag ein Flug nach Paris. Und sie war gespannt, was geschehen würde.

Haakon unterdrückte ein Seufzen. Die Sache drohte, ihm über den Kopf zu wachsen. Seit London hatte er nichts mehr von ihr gehört.

Es war, wie die Jägerin sagte: sie verschwand nach jedem Angriff, als wäre sie ausgeschaltet worden.

Er musste seine Zelte endlich in dieser verdammten Kleinstadt auf dieser verfluchten Inselgruppe abbrechen und tätig werden.

Er wusste, dass er sie finden konnte.

In wenigen Augenblicken brach er nach Hamburg auf, um dort hoffentlich Klarheit zu bekommen.

Doch er bezweifelte, dass Satan an Desdemonas Ausbremsung interessiert war.

12

Ich wachte mit einem dumpfen Pochen hinter den Schläfen auf. Die warme Dunkelheit meines Blackouts verflüchtigte sich viel zu schnell und ließ mich in der kalten grauen Wirklichkeit zurück.

Mit letzter Kraft hatte ich mich nach der Explosion in ein Taxi geschleppt und mich zu meiner Wohnung in Mayfair fahren lassen. Dort angekommen schaffte ich es nur durch die Eingangstür und war im Foyer liegengeblieben. Ich rappelte mich auf und streckte meine steifen Glieder, doch das änderte nichts.

Ich war leer und taub.

Der letzte Angriff hatte viel Energie verbrannt, mein Körper protestierte gegen jede Bewegung. Dennoch zwang ich mich zum Aufstehen. Es musste sein, obwohl die Dunkelheit tröstend war und mich meinen Schmerz für kurze Zeit vergessen ließ.

Er war noch da. Hartnäckig wie eine Krankheit. Ich wollte ihn loswerden, doch er blieb. Unerbittlich.

Ich ging die Treppe hinauf in den ersten Stock und zog mich dort aus. Seit Tórshavn trug ich dieselbe Kleidung, ich stank nach Feuer und Tod. Mein Kleid war schmutzig und zerrissen, meine Schuhe zerschrammt und der linke Absatz abgebrochen.

Ich wandte mich schauernd ab. Auch als rasende Rachedämonin brauchte ich nicht auszusehen, als hätte ich die letzten Jahrhunderte im Fegefeuer verbracht. Ein Blick in den Spiegel zeigte, dass meine Haare und mein

Gesicht so mitgenommen wie meine Kleidung waren. Ich musste meine Kräfte schonen.

Der nächste Schlag wurde umso heftiger, wenn ich ihn richtig ausführte.

Paris.

Auf Paris legte ich ein besonderes Augenmerk.

Jesaja.

Jesaja stand über Nathan Light, doch ich wollte mich in London aufwärmen.

Ein kleines Lächeln stahl sich über mein Gesicht, als ich meine Taten Revue passieren ließ.

Ich hatte den Ruf meines Herrn wiederhergestellt. Dank mir wussten die selbstgefälligen Engel, dass sie mit uns nicht machen konnten, was sie wollten. Dass sie verloren.

Ich drehte die Hähne meiner Dusche bis zum Anschlag auf und ließ mich zu Boden sinken, während das Wasser auf mich einprasselte.

Ich blendete alle Gedanken und Gefühle aus. Jan… Haakon, Satan… die Konsequenzen meines Handelns… Diese Gedanken gestattete ich mir nicht. Ich konzentrierte mich auf mein nächstes Ziel, legte mir einen Plan zurecht, wie ich am besten nach Paris kam.

Langsam fühlte ich mich besser. Stärker.

Nach einem Blackout kam die Kraft nach einer kurzen Phase der Schwäche zurück, stärker als zuvor.

Der Gedanke an mein nächstes Ziel zauberte mir ein Lächeln aufs Gesicht. Ich ging nach Paris. Ich konnte die Abkürzung durch die Höllendimension nehmen.

Dann erfuhr Jesaja, mit wem er sich angelegt hatte.

Mit Paris war ich nie warmgeworden. Das lag zum Teil daran, dass es zu Haakons Herrschaftsgebiet gehörte, zum anderen an der großen Engelspopulation. Alte Städte wie Paris, Rom und Prag waren wie Jahrmärkte für Engel, die sich aufgrund der hohen Kirchendichte unangreifbar fühlten.

Die Zentrale lag im Stadtzentrum am Quai Voltaire mit Blick auf den Louvre und die Tuilerien.

Wie dekadent.

Es war ein modernisierter Bau aus dem achtzehnten Jahrhundert, es tat mir fast leid, ihn zu vernichten. Das Gebäude würde im Stadtbild fehlen. In den anderen Städten waren es auch schöne Gebäude gewesen und ich hatte sie trotzdem dem Erdboden gleichgemacht.

Ich bemerkte die Anwesenheit dämonischer Jäger.

Orabel MacDermot war unter ihnen.

Ob Haakon sie schickte?

Lächerlich!

Auf keinen Fall könnten sie mich aufhalten, nicht einmal in einer größeren Gruppe.

Wut kochte in mir hoch. Hielt er mich für eine Idiotin? Dachte er, ich wüsste nicht, was ich tat? Sie durften mir gern zusehen und erkennen, dass sie chancenlos gegen mich waren. Satan könnte mich als einziger aufhalten. Doch er kam nicht. Ich war auf dem richtigen Weg.

Energie schoss durch meine Adern und das vertraute Hochgefühl kam zurück. Jede Zelle in meinem Leib summte und vibrierte, bereit, zuzuschlagen.

Ich schloss die Augen.

Meine Kraft schwoll an und stieg wie eine Flutwelle in mir hoch.

Ich liebte dieses Gefühl.

Zu lange hatte ich mich hinter der kultivierten Fassade des Ratsmitglieds versteckt und meine wahre Natur verleugnet. Ich besaß diese Kraft nicht, um meinen Teil der Welt am Telefon zu regieren. Ich besaß diese Kraft, um meinen Teil der Welt zu verteidigen und zu erweitern und für Satan die Hölle zu stärken und zu vergrößern.

Koste es, was es wolle.

Wie ein Lavastrom floss meine Energie durch jeden Zentimeter meines Körpers und löschte alle Empfindungen aus.

Ich brauchte sie nicht.

Ich war vollkommen klar, mir meiner Mission bewusst.

Gleich...

Ich atmete tief ein und sah, dass mein Atem als Rauch aus meinem Mund kam. Meine Hände und Unterarme waren pechschwarz, meine Nägel lange Krallen. Die Manifestation zeigte nur, was ich war: ein Monster.

Es war so weit.

Ich erreichte den Zenit meiner Macht und schritt entschlossen über die Straße. Mein Herz machte einen Satz vor Vorfreude.

Auf diesen Moment hatte ich mich gefreut, seitdem ich den Entschluss, hierherzukommen, gefasst hatte.

Interludium

Orabel MacDermot war auf ihrem Beobachtungsposten und hielt ihr Sturmgewehr in der Hand, bereit, jeden anzugreifen, der es auf Lady Desdemona anlegte. Dennoch könnte sie keinen Schuss abgeben.

Fassungslos beobachtete sie, wie sich ihre Zielperson in einen dämonischen Feuerball verwandelte. Ein schwarzroter Energiewirbel stürmte um sie herum, ließ ihre Haare flattern und schob alles von sich, was in ihrer Nähe war, wie ein gewaltiges Kraftfeld.

Auf offener Straße.

MacDermot hatte kaum damit gerechnet, dass die Lady auftauchte und stellte sich darauf ein, mindestens eine Woche lang auf der Lauer liegen zu müssen, in der Hoffnung, das kleinste Lebenszeichen von ihr zu empfangen.

Sie hatte sich geirrt.

Vor kaum einer Stunde hatten sie hier Stellung bezogen, als Desdemona tatsächlich auftauchte. Sie erschien aus dem Nichts, manifestierte sich einfach auf der Straße. Lange Minuten stand sie da und schaute die Zentrale an.

MacDermot und ihre Begleiter Keyes und Dunn beratschlagten, ob sie ihren Posten verlassen und die Lady ansprechen sollten, doch ihr Auftrag sah das nicht vor.

Gerade, als MacDermot Kontakt zu Oberst Abd El Wahabid aufnehmen wollte, ging das Spektakel los. Sie war wie erstarrt.

Desdemona lief wie eine lebendige Feuerwalze auf das Gebäude zu. Für Menschen war dämonisches Feuer unsichtbar, doch wer übersinnlich begabt war, nahm eventuell eine Veränderung der Luft wahr.

Engel hingegen...

Keyes stieß ein Zischen aus, als einer der Engel im Foyer Desdemona erblickte und wie am Spieß schrie. Mit einem nachlässigen Wink ihres Armes setzte sie ihn in Brand und ließ nichts als ein Häufchen Asche und eine blassweiße Seelenfeder zurück.

MacDermot gab Shane Keyes das Zeichen, sich dem Gebäude zu nähern, um der Lady Feuerschutz zu geben, falls jemand sie von hinten angriff. Obwohl sie bezweifelte, dass jemand dieser Urgewalt etwas anhaben könnte.

Menschen rannten in Panik aus dem Haus. Schwer zu sagen, was sie sahen, aber die Gefahr erkannten sie.

»Orabel!«, flüsterte Keyes, als sie sich an das Gebäude heranschlichen. »Sollen wir mit reingehen?«

»Bloß nicht!«, zischte sie und hielt ihr Gewehr im Anschlag. »Ich habe keine Ambitionen, mir den Arsch verkohlen zu lassen.« Per Funk nahm sie Kontakt zu Dunn auf. »Braeden, was siehst du?«

Braeden Dunn hatte auf dem Dach des gegenüberliegenden Gebäudes Position bezogen und beobachtete die Stockwerke fünf bis zehn durch den Sucher seines Gewehrs, den Finger am Abzug.

»Oben ist alles ruhig«, antwortete er gelassen. Dunn war der beste Schütze des Teams, MacDermot und Keyes sicherten das Erdgeschoss.

Eine Explosion erschütterte das Gebäude. Sie hatte eine Energiebombe im ersten Stock hochgehen lassen.

Dunn hörte MacDermot fluchen. »Alles in Ordnung?«

»Du kannst dir gar nicht vorstellen, was für eine Kraft sie hat. Sie hat in drei Minuten vierzig Engel kaltgemacht.« MacDermot schüttelte benommen den Kopf.

»Von mir aus kann diese Zahl exponentiell ansteigen«, brummte Dunn und sah durch den Sucher seines Gewehres. »Sie sind in Panik ausgebrochen.«

»Siehst du Jesaja?«, fragte sie.

Er schwenkte auf das oberste Stockwerk. Tatsächlich war dort Jesaja an ar Anam gerade von seinem Schreibtisch aufgesprungen, als ihm seine verängstigte Sekretärin entgegenkam. Er nahm sich die Zeit, sie zu beruhigen.

»Dummer alter Mann«, murmelte der Jäger. Diese Sekunden fehlten dem Erzengel, um zu entkommen. »Er ist in seinem Büro. Seine Sekretärin hat ihn aufgehalten. Das verschafft ihr Zeit«, informierte er seine Kollegen.

»Wir gehen rein und sehen nach.«

»Seht zu, dass ihr eure Ärsche da heil rausbekommt.« Dunn beobachtete, wie Desdemona in den fünften Stock gelangte. Die Engel konnten nicht entkommen. Mit einer Präzision, die ihn zutiefst beeindruckte, löschte sie einen nach dem anderen aus und jagte einen grellen Lichtblitz durch die Etage, der alles Übriggebliebene pulverisierte.

Scheiben wurden aus den Fensterrahmen gepresst und ein Scherbenregen fiel auf die Straße. Qualm stieg aus den Stockwerken auf, die sie hinter ihr lagen und in den darüber liegenden breitete sich Panik aus.

Sie waren chancenlos. Der Rauch und die Flammen schnitten ihnen den Fluchtweg ab. Sie rotteten sich zusammen und suchten Verstecke, doch das machte der Hohen Dämonin die Arbeit nur leichter.

»Was für eine Frau«, hauchte der Jäger und beobachtete, wie sie das Treppenhaus betrat und den sechsten Stock erklomm. Danach den siebten, achten und neunten. Sie hinterließ nichts als Feuer und Rauch, die Seelenfedern der getöteten Engel stoben durch die Luft wie ein gespenstisches Mobile. Als sie den zehnten Stock erreichte, beugte sich Braeden Dunn vor.

Er wagte kaum zu atmen. Desdemona traf auf Jesaja.

»Showdown«, murmelte Braeden und presste sein Auge an den Sucher, um nichts zu verpassen.

13

Die Zerstörung um mich machte mich schwindelig. Trunken vor Macht lief ich durch die Himmelszentrale und vernichtete jeden, der mir begegnete und den ich als Engel ausmachte. Meine Gier nach Vergeltung brannte, endlich meinem alten Feind gegenüber zu treten.

Auf ihn freute ich mich seit Tórshavn.

Seitdem ich den ersten Engel getötet hatte, verlangte alles in mir nach seiner Seelenfeder. Es war Zeit, die Erde von Jesaja zu erlösen.

Durch neun Stockwerke arbeitete ich mich. Ich hätte ahnen müssen, dass er ein Feigling war und sich in seinem Büro vor mir versteckte. Fast hätte ich darüber lachen können, dass er zu schwach war, um sich mir eher zu zeigen und wenigstens zu versuchen, ein paar seiner Angestellten zu retten.

Das war ihm egal, denn dieser arrogante Scheißkerl interessierte sich seit jeher nur für sich.

Jesaja an ar Anam.

Ich wusste nicht, wie lange unsere Feindschaft währte. Ich wusste nur, dass es heute Nacht zu Ende ging.

Mit einem Energiestoß drückte ich die Tür zu seinem Büro auf, sodass sie aus den Angeln gerissen wurde und durch die Scheibe des dahinterliegenden Fensters flog. Das Bersten des Glases drang gedämpft durch den roten Schleier aus Feuer, der mich umgab. Undeutlich hörte ich eine Frau schreien.

Ich trat durch die Tür und wurde von einem Strahl Himmelsenergie getroffen. Jesaja versuchte, mich aus dem Gleichgewicht zu bringen. Qualm stieg von dem versenkten Fleisch meiner Schulter auf, doch den Schmerz spürte ich kaum.

Es war lächerlich, wie feige er agierte.

Das war seine letzte Finte.

Wütend drehte ich mich zu dem Niederen Erzengel um, der sich in der Ecke seines Büros verschanzte. Hinter ihm kauerte ein schwächerer Engel.

»Komm her und ich lasse sie laufen.« Ich lächelte raubtierhaft. Sie brach in Tränen aus.

Der Erzengel schnaubte verächtlich und sah mich mit seinen himmelsgrauen Augen an. Er wich keinen Zentimeter zurück. »Das glaubst du selbst nicht, du Monster.«

Ich verzog das Gesicht. So hatte ich mir das nicht vorgestellt: hier herumzustehen und mich von Jesaja beleidigen zu lassen. Über diesen Punkt waren wir hinaus.

»Ich werde dich töten«, teilte ich ihm mit. »Wehr dich, damit du nicht als feigster Erzengel, der jemals ermordet wurde, in die Annalen des Himmelsreiches eingehst.«

Das saß.

Ich sah den Ärger in Jesaja hochsteigen. Er machte einen Schritt auf mich zu und verschränkte seine Arme vor der Brust. Um ihn baute sich eine Korona weißer Energie auf und schmerzte in meinen Augen.

Ich ging in die Knie, schätzte ab, wie ich ihn treffen konnte. Spielte es überhaupt eine Rolle? Egal, wie er sich aufblies, in wenigen Minuten war er tot.

Ich drückte mich vom Boden ab und sprang.

Jesaja hatte mit allem gerechnet, aber nicht mit einem offensiven Angriff. Ich sah seine fassungslose Miene, als ich ihn umriss und zu Boden warf. Ich konzentrierte meine dämonische Kraft auf meine rechte Faust und schlug ihm ins Gesicht.

Die Höllenenergie fraß sich in sein Fleisch wie Säure.

Er schrie.

Bevor er reagierte, stieß ich mich vom Boden ab und sprang rückwärts in die Zimmerecke.

Brüllend kam Jesaja auf die Beine und sah mich hasserfüllt aus seinem verbrannten Gesicht an. Die Wunde könnte heilen, doch dazu gab ich ihr keine Chance mehr.

Mit aller Kraft drückte ich mich von der Wand ab und schoss wie ein Pfeil auf ihn zu, traf ihn erneut mit meiner tödlichen Faust. Er hielt mich fest, seine Arme schlossen sich wie weißglühende Scheren um mich, doch ich sprang in die Luft, überschlug mich und kam hinter ihm zum Stehen.

Ich versetzte ihm einen heftigen Tritt in die Kniekehle, sodass er zu Boden ging.

Jetzt stellte ich mich hinter ihn und legte meine Hände an seine Schläfen. Die höllische Energie schoss durch seinen Kopf in seinen Körper und marterte ihn. Hinter mir kreischte der Engel hysterisch, als Jesaja einen schrillen Schrei ausstieß.

Ich beugte mich an sein Ohr. Seine Augen waren weit aufgerissen, doch aus seinem Mund kam kein Ton mehr.

»Das war's.«

Mit einem Ruck riss ich seinen Kopf zur Seite. Ein Genickbruch tötete einen Erzengel nicht, doch ich holte mit meiner rechten Hand aus. Wie ein Messer durchdrang sie seinen Nacken, trennte Haupt und Rumpf voneinander.

Für immer.

Helles Engelsblut sprudelte silbrigrot aus der klaffenden Halswunde, sein Körper sackte vornüber.

Jesaja an ar Anam war nicht mehr.

Ich hob die strahlendweiße, an den Rändern goldglänzende Erzengelsfeder auf, die von ihm übrig war.

Hinter mir schrie die Sekretärin wie am Spieß. Ich tötete sie mit einem Blick.

Einen Moment lang gestattete ich dem Nebel, der mich tröstend einhüllte, sich zu lüften und ließ alle Schmerzen und das Gefühl des Triumphs zu.

Ich war glücklich.

Gleichzeitig brannte ich vor Qualen.

Ich spürte den Verlust von Jans Tod.

Ich fühlte die Angst vor einer Beziehung mit Haakon und den Schmerz über das, was er mir angetan hatte.

Mich überkam die Verzweiflung darüber, dass Satan meine Gefühle nicht erwiderte.

Dann bemerkte ich einen stechenden Schmerz an meiner rechten Schulter. Anscheinend war Jesajas Angriff doch heftiger gewesen, als ich gedacht hatte. Mein Fleisch war verbrannt und meine Bluse durchlöchert, doch diese Wunde würde heilen.

Alles andere blieb.

Ich ließ den Schleier zurückkommen, verschloss meine Gefühle tief in mir und machte mich auf, um meine Mission auszuführen.

Ich drehte mich um und verließ das Büro, um das Gebäude dem Erdboden gleichzumachen.

Interludium

»Orabel, Shane! Sie hat ihn getötet! Macht, dass ihr da rauskommt!«, rief Braeden Dunn in sein Headset, als er sah, wie Lady Desdemona sich umdrehte und anschickte, das Gebäude zu verlassen. Ihre Arbeit hier war fast getan und sie alle wussten, was jetzt kam.

Dunn war wie benebelt. Sein Körper pumpte Adrenalin, als hätte er den Erzengel selbst getötet.

»Wo ist sie?«, fragte MacDermot und zwang ihn, sich auf seinen Auftrag zu konzentrieren. Die Sicherheit seiner Kameraden stand an erster Stelle.

»Auf dem Weg nach unten, beeilt euch.« Dunn sah mit Grauen, dass der Fahrstuhl, in dem sie sich befand, MacDermot und Keyes im sechsten Stock überholte. »Sie ist im Erdgeschoss.« Keyes stieß einen derben Fluch aus.

»Ins Treppenhaus, schnell!«, rief MacDermot. Dunn sah sie durch eine Tür verschwinden.

Schnell sprang er über die Feuerleiter hinunter auf die Straße, bereit, in das Haus zu stürmen und seine Kameraden herauszuholen. Am Eingang der Himmelszentrale verharrte er wie angewurzelt.

Desdemona stand im Erdgeschoss und blickte in Richtung Treppenhaus, aus dem die beiden Jäger stürmten. Die Dämonenlady befeuerte sie mit Energiestößen, sodass sie zu Boden gingen. Jetzt legte sie eine Energiebombe auf den Fußboden und verließ das Gebäude.

»Sie wird sie sterben lassen!« Dunn wartete mit zum Zerreißen gespannten Nerven, bis sie außer Sichtweite war. Er würde sofort losstürmen, wenn er außer Gefahr war. Tot nützte er Orabel und Shane nicht.

Ihm blieben drei Minuten, bis die Bombe hochging, das zeigten die Recherchen zu den anderen Angriffen.

Dunn rannte an schockstarren Parisern vorbei, umging eine Gruppe asiatischer Touristen, die das qualmende Gebäude mit ihren Smartphones fotografierten, und sprang durch die Eingangstür.

In Windeseile erreichte er seine Kameraden.

MacDermot war nicht so schwer getroffen, sie rappelte sich bereits auf, aber Keyes hatte den Energiestoß mitten ins Gesicht bekommen. Dunn schulterte ihn und zog sie hoch. Unsicher kam sie zum Stehen und hielt sich die Wange mit einer großen Verbrennung.

Dunn versetzte ihr einen Stoß in Richtung Ausgang.

Noch siebzig Sekunden.

MacDermot machte unbeholfen einige Schritte. Dunn griff nach ihrer Hand und zerrte sie hinter sich her. Es waren gute zehn Meter bis zum Ausgang.

Braeden Dunn zerrte an seiner Einsatzleiterin, die sich wie eine Schlafwandlerin bewegte. Dann knickten ihre Knie ein und sie riss ihn mit sich zurück.

Noch vierzig Sekunden.

Schweißperlen liefen ihm über die Stirn in dem Bemühen, MacDermot hoch zu zerren.

Was sollte er machen?

Hinter ihm dehnte die Bombe sich aus und tauchte den Raum in eine unerträgliche Hitze.

Endlich stand MacDermot.

Zwanzig Sekunden.

Verzweifelt schrie Dunn sie an, schneller zu laufen.

Keyes über seiner Schulter war weiterhin bewusstlos.

Zehn Sekunden.

Sie bewegte sich nicht.

In blanker Panik ließ Dunn ihre Hand los und flüchtete aus dem Gebäude. Eine Druckwelle schleuderte ihn über die Straße, wo er hart auf den Beton aufschlug. Die Luft entwich ächzend seiner Lunge. Neben ihm wurde ein Körper auf das Pflaster geschleudert.

Orabel.

Dunn befreite sich von Keyes, der auf ihm gelandet war, und kroch auf sie zu. Hinter ihm stand die Himmelszentrale von Paris in Flammen.

Von Desdemona war nichts zu sehen.

»Orabel?« Sacht schüttelte er sie.

Sie antwortete nicht. Er fühlte ihren Puls.

Da war er.

Schwach, aber doch wahrzunehmen.

Shane Keyes neben ihm bewegte sich nicht, sein Gesicht war rußbedeckt und sein schwarzer Jägeranzug zerrissen, doch sie lebten beide.

Gerade eben.

Sofort rief Dunn in der Jägerzentrale von Paris an und orderte Hilfe. Anschließend machte er Oberst Abd El Wahabid Meldung über die Vorkommnisse.

General Sebastien Santini war ein unbeschwerter Geist. Das war ein Grund, warum er seinen Job gut machte. Jemand, der allzu kopflastig war, zerbrach daran.

Er nicht. Er sammelte verlässliche Leute um sich und genoss das Vertrauen Satans und der Königin. Außerdem war er mit der Frau verheiratet, die er liebte, und jetzt bekam sie sogar ein Baby von ihm.

Sein Leben könnte nicht besser sein.

Santini hatte in den über sechshundert Jahren als Dämon einiges gesehen. Vieles war erschreckend gewesen, doch es gab eine Beständigkeit: Satan und den Rat. Sie fanden immer eine Lösung. Seitdem er das höllische Heer befehligte, leistete er ebenfalls einen Beitrag dazu.

Doch seit sechs Tagen, war diese Sicherheit erschüttert.

Ausgerechnet Desdemona begab sich auf einen mörderischen Kreuzzug. Auf ihr Konto gingen bereits sieben Himmelszentralen und über zweitausend Engel.

Santini war fassungslos gewesen, als ihm Tekin Abd El Wahabid berichtete, was in Paris geschehen war. Jesajas Tod und die Zerstörung der Zentrale waren zu erwarten, doch dass sie die eigenen Leute angriff, ängstigte ihn.

Es bestätigte seinen Verdacht, dass es sich nicht um eine geplante Aktion handelte, die Desdemona in Satans Auftrag ausführte, sondern dass sie auf eigene Faust handelte. Seine Eingeweide fühlten sich wie ein Eisklumpen an, wenn er daran dachte.

Was war geschehen?

Niemand wollte es ihm sagen, möglicherweise wusste wirklich keiner, was auf den Färöer-Inseln passiert war. Er hoffte, die Konferenz in Hamburg würde Licht ins Dunkel bringen.

Satan saß am Kopfende des Konferenztisches, Helene zu seiner Rechten. Als General oblag es Santini, sich ihm gegenüber an das untere Ende zu setzen. Zwei Stühle würden unbesetzt bleiben: Südamerika und natürlich Desdemonas Platz.

Santini verneigte sich vor Satan und Helene und nickte den Lords zu. Haakon kam durch das Portal und ließ sich schwer auf seinen Sitz fallen.

Die Tür ging erneut auf und ein Mann kam herein. Er trug einen Tweedanzug und eine Nickelbrille und wirkte eher wie ein Museumskurator als wie ein Teilnehmer der höchsten Runde der Dämonen.

Satan nickte ihm zu und ergriff das Wort: »Giles de Beauchamp, Desdemonas Kanzler für Großbritannien, wird sie heute vertreten, da sie aus Gründen, die wir alle kennen, abwesend ist. Er wird uns ein Bild über die Zustände nach den Angriffen zeichnen.« Er erhob sich und richtete sein Augenmerk auf die weiße Wand hinter sich. Einer der Assistenten startete den Projektor und zeigte eine Karte Westeuropas. Eine rote Linie war eingezeichnet, die bei den Färöer-Inseln begann und über Schottland bis Frankreich reichte.

Desdemonas Reise der Verwüstung, dargestellt auf einer Landkarte von *Google Maps*.

Santini schüttelte es innerlich.

»Ihr wisst, was das ist«, wandte Satan sich an die Versammelten. Seine Oberlippe kräuselte sich beim Sprechen und er zog eine Augenbraue hoch – Santini fragte sich, ob er Desdemonas Aktion guthieß. Sein Blick huschte zu Helene, die mit blassem Gesicht auf ihrem Stuhl saß.

Sie sah traurig und verletzt aus. Santini vermutete, dass sie und Satan keine gemeinsame Linie gefunden hatten, sie sich aber vor dem Rat zurückhielt.

Helene und Amelia waren Freundinnen und mit dieser Verbindung lernte er Seiten an seinem Herrn kennen, deren Existenz er vorher nicht für möglich gehalten hatte. Helene vertrat aus ihrer menschlichen Perspektive stets einen eigenen Ansatzpunkt, was Satan aus seiner Unnahbarkeit heraustrieb und ihn veränderte.

Heute hatte sie die Diskussion offenbar verloren und beschlossen, an der Konferenz schweigend teilzunehmen.

»Desdemona hat sich aus bisher unbekannten Gründen erhoben und führt einen einsamen Feldzug gegen den Himmel. Ein paar Prominente hat sie bereits erwischt: Nathan Light und kürzlich Jesaja an ar Anam.«

Santini sah, wie sich Yanis Gesicht verzerrte. Wahrscheinlich bemerkte es die Regentin Asiens nicht, doch ihre Miene war ein Abbild von Neid.

Satan wandte sich ihm zu. »Santini.«

Er erhob sich. »Die Schauplätze der Anschläge bezeugen die immense Kraft, mit der Desdemona zuschlägt. Die Vorgehensweise wirkte zunächst unorthodox, doch mittlerweile wissen wir, dass sie ein Schema einhält. Ob die Gegenseite schon analysieren konnte, ist fraglich. Noch sind sie an allen Schauplätzen mit der Tatortsäuberung beschäftigt und von uns sind keine Kontaktaufnahmen versucht worden. Auf diese Provokation wollen wir verzichten. Es hat bisher keine Vergeltungsschläge gegeben, alle Jäger sind in Alarmbereitschaft und die Standorte weitgehend geräumt. Wir rechnen mit Reaktionen, haben aber bisher keine Anhaltspunkte, wie diese aussehen werden und wann sie geschehen sollen. Von Desdemona fehlt jede Spur. Meine Spezialisten gehen von einer Art Burnout aus, das für kurze Zeit jegliche dämonische Energie auslöscht. Sie ist währenddessen äußerst verletzlich.«

»Woher hat sie die Macht, das zu tun?«, schaltete sich Yani ein, nicht länger in der Lage, diese Frage zurückzuhalten. Sie wandte sich dabei direkt an Satan.

Dieser blieb gelassen, wie bei jedem außer seiner Frau, die noch bleicher geworden war und beharrlich schwieg.

»Yani, diese Macht trägt jeder von euch in sich. Nicht jeder kann sie aktivieren, doch vorhanden ist sie seit eures Erwachens als Dämon.«

Sie presste die dünnen Lippen aufeinander und senkte den Kopf. Falls sie hoffte, damit den Anschein zu erwecken, dass sie Satan zustimmte, ließ sich von dieser Geste niemand täuschen. Santini sah, dass sie vor Wut und Neid kochte und den Saal am liebsten verlassen hätte, doch das wagte sie nicht.

»Ist es wahr, dass sie unsere Jäger angegriffen hat?«, fragte Sergej Kasjanow.

Santini nickte ernst. »Sie sind nur knapp mit dem Leben davongekommen. Glücklicherweise scheint Desdemona sie für Grundengel gehalten zu haben und hat deshalb nicht mit aller Macht zugeschlagen. Der Jäger, der Tekin anrief, hat seine Kameraden aus dem Gebäude gerettet, bevor die Bombe explodierte.«

Er sah Helene Luft holen und wandte ihr seine volle Aufmerksamkeit zu.

»Sebastien, gibt es irgendwelche Erkenntnisse, warum sie das tut?« Sie besaß keine natürliche Autorität, war nur ein Mensch, doch ihr Blick nagelte ihn fest. Sie hatte diese Art, dass man ihr alles erzählen und dafür tun wollte, damit sie lächelte.

Helene zog jeden in ihren Bann und wenn sie fröhlich war, strahlte sie wie ein Stern. Doch jetzt machte sie sich Sorgen um ihre engste Freundin.

Santini hasste es, seine Königin zu enttäuschen. »Ich fürchte, nein. Der ganze Tathergang und die Vorgehensweise ergeben keinen Sinn. Seit dem Anruf, den sie in Tórshavn erhalten hat, sind ihre Handlungen irrational.«

»Moment mal, von welchem Anruf sprichst du?«

»Desdemona rief auf dem Mobiltelefon eines Opfers an. Bisher können wir uns noch nicht erklären, wie es ins Bild passt. Es war ein junger Norweger namens Jan Aarset, der bei der Explosion getötet wurde. Er hat keinerlei Verbindungen zu uns. Unsere Recherchen haben ergeben, dass er Wandermusiker war, der sich in Bars seinen Lebensunterhalt verdient hat. Er kann sie nicht gekannt haben, er war bisher in keinem ihrer Regierungsländer. Zuletzt war er laut seiner Bewegungsdaten in den Niederlanden.« Santini brach ab, als er die Gesichter von Helene und Haakon sah. Auf seinem Gesicht glomm eine Erkenntnis, die auf ihrem längst angekommen war.

Satans Miene war unbewegt, doch Santini entging ein Zucken seines Augenlids nicht.

Was wusste er darüber?

Und warum teilte er dieses Wissen nicht?

Helene wandte sich ihrem Mann zu. »Lass uns bitte eine Pause machen, ich muss dringend mit dir reden.«

Satan beobachtete seine geliebte Frau, deren Gesicht ein Ausdruck puren Unglücks war. Jetzt war sie über alles im Bilde und es tat ihr weh.

Wie es ihm wehtat, sie so zu sehen.

»Warum ist Jan in Oslo gewesen?«, fragte sie. »Er meinte doch, dass er seine Reise fortsetzen will. Sie… du weißt nicht, wie sehr er sie verändert hat.«

Doch, das wusste er. Desdemona war das Geschöpf, das er von allen am besten lesen konnte. Er wusste Bescheid und hatte Maßnahmen ergriffen.

»Sie überlegte sogar, ihm die Wahrheit zu sagen.« Tränen traten in Helenes Augen. »Die Nachricht seines Todes muss sie wie ein Blitz getroffen haben. Bitte, du musst sie aufhalten!«

»Das werde ich nicht tun.« Sie sah ihn entgeistert an.

»Was?«

»Sie hat sich diesen Weg ausgesucht. Es ist ihre Mission. Wenn ich sie davon abhalte, wird es ihr noch schlechter gehen.«

»Das wäre besser, als wenn sie getötet wird.«

»Helene, ich werde nicht eingreifen.« Er sah ihr fest in die Augen und kämpfte mit ihrem Widerstand. Sie war wütend, umso mehr, weil sie solche Angst hatte.

Darauf konnte er keine Rücksicht nehmen, nicht jetzt, da der Plan endlich funktionierte. Nicht so, wie er es geplant hatte. Bei weitem nicht.

Es war besser.

Riskanter.

Und erfolgsversprechender.

»Aber du…«

»Ja, du hast recht. Vollkommen. Trotzdem werde ich es nicht tun.« Er schloss sie in seine Arme und spürte ihr Schluchzen. »Es tut mir leid, dich zu enttäuschen. Aber es ist richtig so. Lass Desdemona ihren Weg gehen.«

»Ich könnte nicht damit leben, wenn ihr etwas zustößt.«

»Ich weiß. Hab Vertrauen in sie.« Er löste sich von ihr. »Ruh dich einen Moment aus. Ich muss eine kurze Sache klären und komme gleich zu dir zurück. Kannst du an der Besprechung teilnehmen?«

Sie nickte und wischte sich übers Gesicht.

Er ließ sie allein und ging hinüber zu dem Büro, in dem Rhea an ihrem Laptop saß. Sie wurde blass, als er eintrat.

»Herr?«

»Es ist Zeit für die letzte Phase.«

Sie wurde noch bleicher. »Aber Herr…«

»Rhea, tu es einfach.« Er zwang sie dazu, doch ihr Widerstand war groß. Endlich brach sie den Blickkontakt ab und ließ ihre Hände über die Tastatur fliegen.

Als sie die Enter-Taste drückte, biss sie sich auf die Unterlippe. »Erledigt.«

Santini sah Satan und die Königin erwartungsvoll an, als sie zurückkehrten. Zu welchem Schluss waren sie gekommen?

Sein Herr setzte sich. Er wirkte gelassen, doch Santini bemerkte ein Glitzern in seinen Augen. Helenes Mund war verzogen. Er sah ihre Wut. Enttäuschung. Kummer.

Ihre Augen waren leicht gerötet, als hätte sie geweint.

Sie waren sich uneins. Ein schlechtes Zeichen.

»Desdemona handelt aus Rache. Doch diese Erkenntnis ändert nichts an der Situation.«

Die Botschaft war eindeutig: Die Informationen würden in diesem Kreis nicht durchspekuliert werden. Sowieso hatte jeder eins und eins zusammengezählt und keiner war gewillt, sie zu diskutieren.

Satan nickte zu diesem stummen Einverständnis und wandte sich Beauchamp zu. »Bitte.«

Dieser erhob sich und ging nach vorn an die Wand, auf der die Projektion der Route zu sehen war. Falls er nervös war, vor den versammelten Lords sprechen zu müssen, merkte man es ihm nicht an.

»Wie General Santini bereits sagte, herrscht momentan Funkstille mit den Engeln. Bisher hat niemand versucht, uns zu kontaktieren, nicht mich und auch nicht Anais in Paris. Wir halten uns bereit und haben unsere Leute in Sicherheit gebracht, aber aktuell fehlen Anhaltspunkte für Reaktionen.«

»Haben sich Raphael oder Gabriel gezeigt?«, mischte sich Welhaven ein. Er sah Santini dabei an. Santini verstand, dass der andere zu unruhig war, um sich mit Analysen und Mutmaßungen auseinanderzusetzen.

Welhaven wirkte wie ein Raubtier, das seine Muskeln für den Sprung anspannte.

»Nein. Wir vermuten, dass Raphael sich in die Himmlische Dimension zurückgezogen hat. Gabriel befand sich zuletzt in Brasilia, doch von dort ist er nach dem Anschlag auf Paris aufgebrochen«, führte Santini aus.

»Wohin?«, fragte Satan gedehnt.

»Vermutlich ebenfalls in den Himmel. Sicher können wir das nicht sagen. Eventuell...« Santini holte Luft. Die nächste Spekulation war die wahrscheinlichste und unerfreulichste. »Eventuell hat er sich hierher auf den Weg gemacht, um Desdemona persönlich aufzuhalten«, vollendete er seinen Satz.

Unruhe breitete sich unter den Lords aus. Satan hingegen hatte einen triumphalen Zug um den Mund.

»Was sollen wir machen?«, fragte Ali Abd El Wahabid.

Erwartungsvoll sahen alle zu Satan.

Er lächelte.

»Gar nichts.«

Der Himmel versank in Arbeit. Rund um die Uhr kamen E-Mails und Anrufe von verängstigten Engeln aus ganz Europa an und die Krisenabteilung hatte alle Hände voll zu tun, um sie zu beruhigen. Schon vor Jesajas Ermordung stieg das Arbeitspensum, doch seit dieser Tragödie waren sie in Panik.

Deswegen traf sich der Hohe Kader in seinem privaten Konferenzraum.

Gabriel sah seine Felle davonschwimmen. In den zahlreichen Jahrhunderten seiner Existenz hatte er sich noch nie so hilflos gefühlt.

Seinen drei Brüdern ging es genauso, doch jeder hatte eine andere Art, mit dieser Situation umzugehen.

Michael schäumte vor Wut. Das Papier mit detaillierten Informationen über die Ereignisse war zerfetzt und er trommelte mit den Fingerkuppen auf dem Tisch. Nicht mehr lange und er würde die Faust benutzen.

Raphael räusperte sich. Der hitzige General der Himmlischen Armee hielt sich erstaunlich ruhig. Gabriel hatte damit gerechnet, dass einer der beiden mittlerweile in wilder Raserei durch das Zimmer tigerte.

»Sie ist verschwunden«, erklärte er und stürzte so Gabriel in ein tiefes Dilemma.

»Sie aufzuspüren ist unmöglich?«, fragte er.

Raphael zuckte resigniert mit den Schultern. »Ich habe meine besten Sucher auf sie angesetzt. Nach jedem Angriff verschwindet sie und ihnen bleibt nur die Spurensicherung. Seit den Färöern hängen sie hinterher. Meine besten Sucher.«

»Sie ist ein Monster, wie alle von Satans Kreaturen. Lord hin oder her, wir werden uns wehren. Ich sehe nicht länger tatenlos dabei zu, wie dieses Weib unsere Leute abschlachtet!« Michael schlug mit der Faust auf den Tisch. Die Platte ächzte und Gabriel sah, dass das Holz gebrochen war. »Satan sitzt vor dem Rat und lacht sich ins Fäustchen, dass wir keine Reaktion zeigen!«

Das rote Mal auf seiner Brust schimmerte dunkel durch Michaels graues Oberhemd und pulsierte mit seinem Herzschlag. Gabriel fragte sich, wie schlimm es noch mit seinem Bruder werden würde.

»Und was schlägst du vor?« Er sah finstere Zeiten auf sich zukommen. Wenn er nur wüsste, was mit ihm geschehen war, damals, auf dem Dach in London. Wenn er an Helene herankäme, könnte er es vielleicht herausfinden, doch Satan beschützte sie zu gut.

Michaels Veränderung war dramatisch, von dem klugen Strategen, der zurecht die Leitung des Himmels innehatte, war nicht mehr viel übrig. Die Vehemenz, mit der er hinter Helene her war, erschreckte Gabriel.

Es war nicht nur Hass, der ihn antrieb, doch Gottes Geschöpfen war es verboten, zu lieben. Aus gutem Grund, denn welche Folgen solche Gefühle haben konnten, wurde gerade sichtbar.

Michael wollte sie für sich. Dafür war er bereit, Opfer zu bringen, die Gabriel, Raphael und Uriel unmöglich tragen konnten.

Die Situation spitzte sich zu und Gabriel machte sich nicht nur Sorgen um seinen älteren Bruder, sondern auch darüber, dass Raphael sich so unbedacht mit hineinstürzte. Sein Angriff auf Amelia Santini war beinahe in einer Katastrophe biblischen Ausmaßes geendet.

Gabriel und Uriel hatten alle Hände voll zu tun gehabt, um das unvermeidlich Erscheinende abzuwenden und Raphael davor zu bewahren, zu fallen. Er hatte beinahe einen Menschen getötet. Nur, weil sie überlebt hatte, hatten sie seinen Fall verhindern können.

Aber es war knapp gewesen.

Viel zu knapp.

Zwar hatte Raphael Einsicht gezeigt, doch Gabriel wusste, dass es immer gefährlicher für sie alle wurde.

Sie waren nicht mehr sie selbst. Er fragte sich, wie oft er noch den Kodex des Himmels bis zum Äußersten biegen musste, um seine Brüder zu schützen.

Uriel wirkte erschöpft. Es kostete ihn genauso viel Kraft, sich ständig mit den beiden zu messen, wie Gabriel selbst. Die vielen Feuer, die sie momentan löschen mussten, verlangten ihm alles ab.

Von Michael war keine Hilfe zu erwarten. Der Oberste des Himmels fixierte ihn kalt. »Wir tun das, was schon längst überfällig ist: wir vernichten die Hölle. Dämon für Dämon. Und mit Desdemona werden wir anfangen. Sie schreit geradezu danach, dass wir ihr den Garaus machen. Dazu kommt, dass ihr Tod sowohl Satan als auch Helene empfindlich treffen wird. Wir nehmen uns den Rat der Lords als erstes vor. Dieses Mal vernichten wir sie, Gad.«

»Das wird Satan dazu bringen, uns den Krieg zu erklären«, wandte Raphael ein. »Wir werden sie nicht einzeln erwischen können und sie sind stark. Kasjanow und Abd El Wahabid würde ich nicht ohne weiteres angreifen und einen Zweikampf riskieren.«

»Ich schon«, knurrte Michael.

»Du kannst sie nicht alle allein zur Strecke bringen.« Gabriel schüttelte den Kopf. »Und ich fürchte, du unterschätzt, wie stark Desdemona ist.«

»Ich habe es mit Satan aufgenommen. Einen vierhundert Jahre alten Dämon erledige ich problemlos.«

»Noch bis vor sechs Tagen hätte ich dir vorbehaltlos zugestimmt. Doch die Wut, mit der sie vorgeht, zeigt eine Kraft, die ich nicht vermutet hätte«, erwiderte Gabriel.

»Gad hat recht«, sagte Raphael. »Trotzdem ist sie nicht

unbesiegbar. Ihre Angriffe wirken ungeplant und spontan. Die Hölle sieht ebenso atemlos zu wie wir.«

»Wenn ich mich nicht täusche, sind Desdemonas Angriffe eine Reaktion auf die jüngsten Anschläge unserer Leute.« Gabriel hielt den Atem an. Uriel hatte sich weit vorgewagt. Vielleicht zu weit.

»Was willst du mir damit sagen?«, fragte der oberste Erzengel drohend. »Dass diese Verwüstung meine Schuld ist?«

»Du hast deinen Teil dazu beigetragen«, entgegnete Uriel ruhig. Gabriels Hand ballte sich zur Faust. Uriel wusste, wie unberechenbar ihr Oberster in letzter Zeit war. Ihn zu provozieren war äußerst gefährlich.

Michael hieb erneut mit der Faust auf den Tisch, dieses Mal zersplitterte die Platte. Gabriel, Raphael und auch Uriel wichen zurück.

»Satan muss einen Denkzettel bekommen! Er hat gegen unsere Verträge verstoßen indem er eine *Weiße* zur Frau genommen hat! Er hat uns bestohlen, um seine Macht zu mehren! Ihre Seele hat seiner Seite einen Vorteil verschafft, den er niemals hätte bekommen dürfen. Das dürfen wir nicht hinnehmen.« Seine Stimme wurde immer lauter, hektische rote Flecken breiteten sich auf seinem Gesicht aus. Das rote Mal leuchtete wie frisches Blut.

»Das ist alles hinlänglich diskutiert worden«, unterbrach Gabriel ihn. Er bemühte sich um einen besänftigenden Tonfall. »Du hast recht. Dennoch wäre es Heuchelei, nach all den Attacken über einen Gegenschlag überrascht zu sein.«

»Was also schlägst du vor, König der Pazifisten?«, spottete Michael. »Willst du einen bösen Brief schreiben?« Gabriel wurde wütend. Nur, weil er der besonnenste von ihnen war, musste er sich nicht verhöhnen lassen. Michael und Raphael waren unberechenbar geworden. Er konnte nicht zulassen, dass sich einer von beiden zu der nächsten unbedachten Attacke hinreißen ließ. Die Gefahr, sie zu verlieren, war zu groß.

Es stimmte, dass Desdemona erstaunlich stark war. Sie hatte Jesaja fast schon beiläufig getötet, einen Erzengel, der über dreitausend Jahre alt gewesen war. Sie war nicht zu unterschätzen.

Doch das hatte er auch nicht vor.

Er strafte seinen Bruder mit einem verächtlichen Blick.

»Ich werde Desdemona aufhalten. Tritt sie das nächste Mal in Erscheinung, werde ich sie angreifen. Danach ist das Problem erledigt.«

Erstaunte Stille senkte sich über den Raum. Die anderen drei starrten Gabriel mit großen grauen Augen an.

»Warum du?«, fragte Uriel schließlich, Sorge zeichnete sein Gesicht. Einen dritten Bruder außer Kontrolle konnte er nicht gebrauchen. Dann stünde es drei gegen einen.

So weit würde Gabriel es nicht kommen lassen. Er war sich dessen, was tun wollte, vollkommen bewusst.

»Einigen wir uns darauf, dass ich ein besonderes persönliches Interesse habe.«

14

Als ich zu mir kam, fühlte ich mich zerschlagen.

Mein Kopf dröhnte und meine Haut war so empfindlich, dass die Seide meiner Bluse wie Stecknadeln kratzte. Ich öffnete die Augen und untersuchte meine Schulter. Sie war fast verheilt, doch in meinen zerrissenen, nach Qualm stinkenden Kleidern sah ich aus als hätte ich knapp einen Krieg überlebt.

Mühsam setzte ich mich auf und sah mich um. Ich erinnerte mich nicht, was geschehen war, nachdem ich Jesaja getötet und das Gebäude vernichtet hatte.

Jeder Muskel meines Körpers schmerzte, als hätte ich erst an einem Triathlon teilgenommen und wäre anschließend zusammengeschlagen worden.

Matt strich ich mir eine schmutzige Haarsträhne aus dem Gesicht und erinnerte mich an die Zeit, als ich immer so ausgesehen hatte. Vielleicht stimmte es ja doch, dass sich jedes Leben im Kreis drehte und wir irgendwann dort endeten, wo wir hergekommen waren.

In meinem Fall war das wohl die Gosse.

Genug im Selbstmitleid gesuhlt. Es war Zeit, herauszufinden, wo ich war. Das Zimmer war heruntergekommen. Ein Motel, um meinen Blackout zu überstehen. Das Türschild war auf Französisch, weit war ich also nicht gekommen und vermutlich noch in Paris.

Ich stellte den Fernseher an, drehte die Lautstärke auf und ging ins Bad. Ich musste über meine nächsten Schritte nachdenken. Darüber, was ich nach dieser Mission machte. Dass ich mich dem Rat und Satan stellen musste.

Und Helene.

Sie verstand nicht, was ich tat und zu tun plante. Sie würde mein Handeln verurteilen und mich für eine Mörderin halten. Damit hätte sie recht.

Ich war eine Mörderin. Nicht erst seit Tórshavn.

Sie hatte mich niemals nach meiner Verwandlung gefragt und kannte die Geschichte meines menschlichen Lebens nicht. Wusste nicht, welche Umstände mich zu Satan gebracht hatten.

Falls ich überlebte, würde ich versuchen, es ihr zu erklären. Und vielleicht brachte sie Verständnis für mich auf und verzieh mir mein Handeln.

Aber dafür war ich noch nicht bereit.

Zwar war ich weit gekommen und hatte meinen Feinden großen Schaden zugefügt, doch das reichte nicht, um mein Bedürfnis nach Rache zu stillen.

Egal, wie viele Engel ich tötete, ihre Leben wogen Jans nicht auf. Bei weitem nicht.

Ich musste sie empfindlicher treffen.

Ihnen mehr schaden.

Ihr Fundament einreißen.

Dazu gab es nur ein Ziel: den Hohen Kader.

Gabriel.

Mein Herz schlug schneller bei diesem Entschluss.

Gabriel zu töten wäre mein absoluter Triumph. Von dieser Niederlage könnte sich der Himmel nicht erholen. Es gab niemanden, der seinen Platz einnehmen könnte.

Satan würde erkennen, wie sehr er mich brauchte und wie wertvoll ich für ihn war. Dass es sonst niemanden gab, auf den er sich so verlassen konnte. Mein Inneres würde hoffentlich aufhören zu brennen wie ein Scheiterhaufen oder es verlosch mit meinem Lebenslicht.

Ich trat aus der Dusche und sah die Nachrichten im Fernsehen. Mein Attentat wurde thematisiert. Der Experte eines renommierten Instituts spekulierte mit dem Nachrichtensprecher darüber, ob das Unglück ein Terroranschlag gewesen war. Offiziell war die Ursache der Explosion ein Gasleck. So hatten wir den Angriff auf meine Zentrale in London auch vertuscht. Der Terrorismusexperte bezweifelte diese Angabe und prognostizierte, dass es bald ein Bekennerschreiben geben würde.

Mir war es gleich. Wenn sich jemand mit meiner Tat brüsten und zum Ziel machen wollte, sollte er es tun.

»Von vielen Angestellten fehlt jede Spur, doch die Spurensicherung hat mindestens dreißig Leichen geborgen. Es ist derzeit unklar, wie viele Menschen sich zum Zeitpunkt der Explosion in dem Gebäude befunden haben. Wegen des Ausmaßes der Katastrophe ist es unwahrscheinlich, dass jemand lebend geborgen werden könnte.« Der Nachrichtensprecher machte ein betroffenes Gesicht.

Er irrte sich.

Es war nicht unwahrscheinlich, sondern ausgeschlossen, dass jemand überlebt hatte. Und die fehlenden Leichen würden sie nicht finden. Von den Engeln war nichts mehr übrig. Die Menschen waren Kollateralschäden.

So wie Jan für die Engel ein Kollateralschaden war.

Ich trocknete mein Haar und legte meine Handflächen auf meine Kleidung. Energie schoss in meine Finger und veränderte den zerrissenen Stoff, bis wieder heil war. So verfuhr ich auch mit meinen Lederstiefeln.

Es wurde Zeit, diesen Ort zu verlassen. Vermutlich wurde meine dämonische Signatur bald sichtbar, doch ich wollte nicht gefunden werden. Schnell verließ ich das Zimmer und ging zur Rezeption.

Der schmierige Typ grinste. »Na, aufgewacht?«, fragte er und spitzte die Lippen. Ich antwortete nicht, mein Blick war auf die Schlagzeile einer Boulevardzeitung gefallen, die die Zerstörung der Engelszentrale als *Sturm der totalen Vernichtung* deklarierte.

Der Rezeptionist folgte meinem Blick. »Schöne Scheiße, oder? Angeblich ein Gasleck, aber wenn du mich fragst, war's ein Terroranschlag. Wahrscheinlich 'ne Firma, die krumme Dinger mit der Mafia dreht.«

Wenn der wüsste!

Ich warf ein paar Scheine und meinen Schlüssel auf den Tresen und verließ das Motel.

Meine Kraft kehrte zurück, doch langsamer als sonst. Vielleicht konnte ich bald nicht mehr.

Vielleicht war es doch zu viel für mich.

Ich schloss die Augen, um klar zu werden.

Denk an dein nächstes Ziel, an den nächsten Schritt.

Gabriel.

Meine Atmung beschleunigte sich und meine Handflächen wurden feucht.

Mein nächstes Ziel. War ich größenwahnsinnig?

Mittlerweile war es mir egal. Der Kampf gegen Jesaja zeigte mir, dass ich stark war. Stärker, als ich es für möglich gehalten hätte. Außer der kleinen Wunde war ich unbeschadet aus dem Kampf herausgekommen.

Ich sank auf eine Bank. Der kühle Wind klärte meine Gedanken und es ging mir besser.

Gabriel war seit jeher mein Erzfeind. Das tiefe Gefühl der Abneigung manifestierte sich bereits bei unserer ersten Begegnung. Wann war das gewesen?

Meine Gedanken glitten zurück zu meinen Anfängen als Ratsmitglied.

৽◌৻

Budapest, 1808

Ich war nervös, obwohl ich es nur ungern zugab. Heute stand meine erste Verhandlung nach meiner Erhebung an. Neben mir schritten Satan, Richard von Grünbünden und Ruy Tito Martinez. Wir verhandelten über Herrschaftsansprüche auf dem amerikanischen Kontinent und da Kanada in meiner Obhut war, nahm ich teil.

Tito lächelte aufmunternd. Der kräftige Spanier trat stets selbstsicher auf und vermittelte ein Gefühl der Gelassenheit. Richard strahlte hingegen eine unterdrückte Nervosität aus. Er war kein Freund von Verhandlungen, operierte lieber aus dem Hintergrund und schickte, wenn möglich, seine Kanzler zu Gesprächen. Diese waren brillante Händler, doch heute, wenn Satan anwesend war, war Richard gezwungen, mitzukommen.

Unser Herr ließ seinen Gemütszustand nicht erkennen. Sein markantes Gesicht war gelassen und seine Augen funkelten erwartungsvoll.

Es schien, als freue er sich auf das Treffen. Mit langen Schritten ging er den Korridor hinunter zu dem Saal, in dem wir uns heute mit den Engeln trafen.

Erzengel.

Seit meiner Verwandlung hatte ich einige Engel getötet und mehrere Projekte bearbeitet, in denen Verhandlungen das Ziel waren. Die Partizipation an einer mit so hochrangingen Teilnehmern war allerdings ein Novum für mich, da Satan mich bisher aus dem Hintergrund operieren ließ. Dabei wollte ich mich längst beweisen.

Ich wusste, dass er stolz auf mich wäre, wenn ich die Gelegenheit bekam, mein Talent zu entfalten. Der ruhige Richard und der arrogante Tito würden neben mir verblassen.

Wir erreichten den Verhandlungsraum.

Satan öffnete die Tür und nickte jemandem respektvoll zu. Ich war darüber informiert, dass bei solchen Verhandlungen Unparteiische geladen waren, die, wenn nötig, einen Gerichtsschluss fällten.

Die Unparteiischen waren *Ungezeichnete*. Menschen, die dem Chaos angehörten und gegen Himmels- und Höllenmächte immun waren. Himmel und Hölle betrieben lange Zeit viel Aufwand, um sie auszurotten, da sie über gewaltige Energie verfügten.

Zwar gab es mittlerweile ein Abkommen, dass die *Ungezeichneten* nicht mehr gejagt wurden, doch das Misstrauen bestand fort. Ich an ihrer Stelle hätte mich keinem Dämon oder Engel genähert.

Der Richter musste viel dafür bekommen und mächtig sein, wenn er erschienen war, um die Verhandlung zu leiten. So mächtig, dass er keine Angst vor den Höchsten beider Seiten hatte.

Ich erhaschte im Vorbeigehen einen Blick auf ihn: Es war eine Frau, die auf dem Richterstuhl winzig wirkte. Ihr helles Haar war zu einem strengen Knoten frisiert und in der blauen Robe, der Farbe der Parteilosigkeit zwischen Himmel und Hölle, sah sie aus wie ein Gespenst, das durch einen Windzug verschwinden könnte.

Mein Nacken jedoch prickelte. Diese war Frau sehr mächtig. Vermutlich kämen wir nicht einmal in ihre Nähe, wenn wir ihr Schaden zufügen wollten.

Je länger ich sie betrachtete, desto besser verstand ich, warum beide Seiten Jagd auf diese Gruppe gemacht hatten: die Energie, die dieser kleine Mensch ausstrahlte, war beinahe beängstigend. Es bräuchte einiges an Planung, um so jemanden zu töten.

Doch deswegen waren wir heute nicht hier.

Satan ließ sich am Verhandlungstisch nieder. Ich nahm zu seiner Linken Platz, rechts saßen Richard und Tito.

»Unsere Gäste verspäten sich, Richterin al-Aroud. Sie beglücken uns heute einmal mehr mit ihren schlechten Manieren«, sagte er seidenweich und lächelte. Er war entspannt, die *Ungezeichnete* verunsicherte ihn nicht im Geringsten, und schien zum Plaudern aufgelegt.

Sie warf ihm einen harten Blick zu. »Von Gästen kann kaum die Rede sein«, sagte sie eisig. »Kümmern Sie sich lieber um wichtige Dinge.«

»Die da wären?« Satan fand anscheinend Gefallen an dem Gespräch. Richterin al-Aroud bekam keine Gelegenheit zu antworten, die Tür öffnete sich und die Himmelsdelegation kam hinein.

Ich erkannte die Teilnehmer sofort: Gabriel führte sie an, ein hochgewachsener Mann mit breiten Schultern und den für Engel typischen silbergrauen Augen. Sein hellbraunes Haar fiel in weichen Wellen in seinem Nacken und wenn er kein Erzengel gewesen wäre, hätte ich ihn durchaus attraktiv genannt.

Ich konzentrierte mich auf die vor mir liegende Aufgabe, sein Aussehen spielte keine Rolle. Heute zeigte ich ihm, aus welchem Holz ich geschnitzt war und dass er in mir eine neue Gegnerin hatte, bei der er mit juristischen Tricks nicht weiterkam.

Hinter Gabriel betraten zwei Männer den Raum, die ihm vom Körperbau und Gebaren ähnelten: Achaz und Issachar an ar Anam, zwei Niedere Erzengel.

Engel, das wusste ich, hörten sich gern reden. Sie waren in dieser Hinsicht schlimmer als Dämonen. Das lag an ihrem Kodex, der ihnen Vergnügungen versagte, die wir Dämonen uneingeschränkt genossen.

Es war nicht verwunderlich, dass Engel umso mehr redeten, je weniger emotionalen Austausch sie pflegten. Satan würde uns solche Einschränkungen niemals auferlegen. Ihm war daran gelegen, dass wir die Ewigkeit mit

Hingabe in seinem Dienst verrichteten. Da wir unsere Macht aus den Emotionen der Menschen gewannen, war Sex ein Mittel, um an sie zu kommen.

Und die frustrierten Engel profilierten sich speziell vor mir als Frau besonders, indem sie unendlich viel redeten.

Ich kreuzte die Knöchel unter meinem Stuhl. Mein Haar war nach Vorbild der antiken Griechen frisiert und mit Perlenschnüren verziert. Ich wusste, dass ich im Gegensatz zu Yani, die sich traditionell in Kimonos kleidete, die Aufmerksamkeit der Männer auf mich zog. Meine Kollegen warfen meinem tiefen Dekolleté Blicke zu und auch die Augen der Engel hafteten an mir.

Satan und Gabriel begrüßten sich mit ausgesuchter Höflichkeit. Trotzdem war die Feindschaft spürbar.

Mein Herr ergriff das Wort: »Dies ist Desdemona Gaunt, mein Lord für Großbritannien, Australien und Kanada.« Gabriel starrte mich mit seinen quecksilberfarbenen Augen an. Das machte mich nicht nervös, es *widerte* mich an. Der Blick war kein strenges Mustern, wie man einen neuen Feind taxierte, ich hatte eher den Eindruck, er...

Nein, das war unmöglich.

Ein Engel könnte einen Dämon niemals *hübsch* finden. Das verbot nicht nur der Kodex.

Gabriel schien sich unwohl zu fühlen, er nickte mir zu und wandte sich Satan zu, dessen linke Augenbraue sich leicht hob. Er warf mir einen Blick zu, den ich nicht deuten wollte.

Die Verhandlung begann. Sie versprach lang und zäh zu werden, nach einigen Stunden verließ mich die Lust. Der Holzstuhl war furchtbar unbequem und die monotonen Stimmen der beiden Niederen Erzengel entnervend. Wie vermutet waren sie kaum zu bremsen und brauchten viele Worte, um ihren Argumenten Nachdruck zu verleihen. Endlos stritt sich Issachar mit Tito um ein Gebiet in Ecuador. Keiner gab einen Zentimeter nach und es wurde anstrengend.

Mehrere Male fing ich Blicke von Gabriel auf, die mich verwirrten. Wurde er dessen gewahr, konzentrierte er sich sofort auf das Gespräch, doch ich wurde das Gefühl nicht los, dass er mich beobachtete.

Nach einer schieren Unendlichkeit kam das Gespräch auf für mich interessante Gebiete. Ich verließ meinen Beobachterposten und konzentrierte mich auf Achaz.

Satan und Gabriel griffen selten in die Diskussion ein, es sei denn, sie hatten einen Trumpf in der Hinterhand. Die restliche Zeit maßen sie einander stumm und Satans Gesicht nahm einen lauernden Ausdruck an. Seiner Aufmerksamkeit entgingen Gabriels Blicke nicht.

Ich sah mich nun verstärkt in der Offensive, Achaz war rhetorisch erstaunlich inkompetent und es dauerte nicht lange, da hatte ich ihm einige wichtige Gebiete in Alberta und Manitoba abgeschwatzt und war auf dem besten Wege, diese Serie in Ontario fortzuführen, als Gabriel sich Satan zuwandte: »Eine weise Entscheidung, sie in den Rat zu erheben. Ihm fehlte in den letzten Jahrhunderten der Biss, doch mit Miss Gaunt könnte er ein wenig Erfolg haben.«

Satan lächelte Gabriel süffisant an. »Es freut mich, dass du es so siehst. Dass sie Eindruck auf dich macht, ist nicht zu übersehen.«

Ich senkte den Blick. Dass so unverblümt über mich gesprochen wurde, obwohl ich daneben saß, brachte mich aus dem Konzept.

Achaz warf mir einen gehässigen Blick zu, der nur auf seine emotionale Blindheit zurückzuführen war.

Das Geplänkel war beendet, also schob ich meine Papiere zusammen. Ich sprach laut und klar und legte meine

Punkte dar. Trotzdem war ich mit meinen Gedanken nicht bei der Sache.

Richard übernahm, sodass ich meine Aufmerksamkeit auf Satan und Gabriel lenkte. Die beiden hörten zu, doch ich spürte die unterschwellige Anspannung.

Endlich war die Verhandlung vorüber, die Richterin entlohnt und wir auf dem Weg nach draußen.

An der Tür bemerkte ich, dass eine Zierbrosche von meinem Kleid fehlte. Ich kehrte um, um sie zu suchen. Gabriel war noch da und sprach mit Achaz. Als ich zurückkam, unterbrach er das Gespräch.

Ich mied den Blickkontakt und sah unter meinem Stuhl nach, ob meine Brosche dort lag. Hinter mir hörte ich die Tür schlagen und fuhr alarmiert hoch. Eine starke Hand packte mein linkes Handgelenk und verdrehte mir den Arm hinter dem Rücken.

Warmer Atem ließ meine Nackenhärchen vibrieren und mein Herzschlag beschleunigte sich. »Dir ist klar, dass dies kein Spiel ist, oder?«, hauchte Gabriel in mein Ohr.

»Lass mich los!«

»Du magst Satans neuer kleiner Liebling sein, doch am Ende werden wir triumphieren. Das hättest du dir vor deiner Umwandlung denken können. *Bevor* du dich dem Bösen verschrieben hast.«

»Gott hat mir nicht geholfen, als ich ihn brauchte«, erwiderte ich. Der Druck auf meinen Arm verstärkte sich. Ich unterdrückte einen Schmerzlaut. »Satan schon. Er hat mich gerettet, deshalb schulde ich ihm Gefolgschaft bis in den Tod. Daran wirst du nichts ändern.«

»Nein«, sagte der Engel rau. »Für Wesen wie dich gibt es nur einen Ausweg: den Tod. Wenn ich die Gelegenheit dazu bekomme, werde ich sie ergreifen.«

»Touché.« Das ging zu weit. Ich konzentrierte mich auf meinen Arm und ließ einen Energiestoß durch Gabriels

Körper fahren, der ihn zurückwarf und den schmerzhaften Griff endlich lockerte. Ich wirbelte herum und musterte den Erzengel hasserfüllt.

»Das ist das Verhandlungsgebaren des Himmels? Aus dem Hinterhalt angreifen? Das bestätigt nur meine Meinung von euch: nichts als Feiglinge, die eine offene Konfrontation scheuen. Lass mich gehen, bevor ich es auf einen Kampf ankommen lasse. Satan ist nahe genug, um mir zur Hilfe zu kommen und dann wird dir deine Hinterhältigkeit nichts nützen.«

Erhobenen Hauptes stolzierte ich an ihm vorbei. Aus dem Augenwinkel sah ich meine Brosche aus der Tasche seines Gehrocks blitzen.

Mir wurde alles klar und ebenso, dass ich heute einen mächtigen Feind gewonnen hatte.

Ich musste auf der Hut vor Gabriel sein.

Ständig.

Doch käme es zum Kampf, wäre ich die Siegerin, das schwor ich mir und vergaß niemals das Gefühl seines Atems in meinem Nacken.

Als hätte mich meine Erinnerung geleitet, erreichte ich am nächsten Abend Budapest. Die Stadt hatte sich seit meinem letzten Besuch verändert und ein neues, modernes Gewand angelegt.

Ich folgte einem Weg an der Donau entlang und sah mich um. Die Niederlassung der Engel lag zentral mit Blick auf den Fluss und in unmittelbarer Nähe des Heldenplatzes, doch das Wetter war heute angenehm warm. Die Sonne schien an einem strahlend blauen Himmel. Ich beschloss, mir ein wenig Zeit zu nehmen, bevor ich alles auf eine Karte setzte und Budapest vernichtete, in der Hoffnung, Gabriel möge erscheinen.

Ich wusste, dass er diese dumme Stadt mochte, die ihm auf diesem Platz der Helden ein Denkmal in Form einer Statue gesetzt hatte. Sie stand auf einer fast vierzig Meter hohen Säule und wachte mit ausgebreiteten Flügeln und hocherhobenen Armen über die Stadt.

Dies war der richtige Ort, um auf ihn zu warten. An der Himmelszentrale verlor ich das Interesse, als mir der Gedanke kam, ihm meine Signatur wie eine Botschaft zu schicken.

Zu Fuß legte ich die Strecke schnell zurück und stand auf dem Platz. Die Säule wurde von zwei Kolonnaden flankiert, die wie ein Tor den Eingang zu dem dahinterliegenden Stadtwäldchen bildeten. Es war Samstag und der Platz voller Menschen, die ihr Wochenende im Freien genossen. Ich beschloss, sie zu verscheuchen.

Ich sammelte Energie und dehnte sie über den gesamten Platz aus. Schon sah ich die ersten Reaktionen der Menschen: Sie wussten nicht, wer ich war und was ich tat, doch sie spürten eine Bedrohung, ein Unwohlsein, als begänne die Luft, sich elektrisch aufzuladen.

Die Härchen auf ihren Unterarmen sträubten sich unangenehm. Die ersten bekamen es mit der Angst zu tun, sie machten, dass sie wegkamen.

Furcht ist eine starke Emotion, die viel Energie freisetzt. Energie, die ich brauchte, also fing ich sie ab und absorbierte sie.

Der Platz leerte sich bis auf ein paar Menschen, die ihren eigenen Instinkten misstrauten oder zu dumm waren, auf sie zu achten. Auf diese vier oder fünf Leute konzentrierte ich mich und machte ihnen Beine. Ein Lächeln stahl sich auf mein Gesicht, als ich sie erschrocken davonlaufen sah.

Ich war allein.

Meine Macht schirmte den Platz ab wie eine Alarmanlage, die mir zeigte, wenn sich jemand näherte.

Es dauerte nicht lange, bis ich die ersten Energien wahrnahm. Versteckt hinter den Säulen der Museen, die den Heldenplatz flankierten, bezogen Engel und Dämonen Position, keiner von ihnen stark genug, um mein Energiefeld zu durchbrechen.

Sollten sie doch Zuschauer des Spektakels werden, das sich hier gleich abspielte!

Für mich gab es nur zwei Optionen: Entweder Gabriel tötete mich oder ich tötete ihn. Danach richtete sich, wie es weiterging. *Ob* es weiterging.

Das waren gute Aussichten.

Da spürte ich sie, Himmelsenergie, so stark, dass sie es mit mir aufnehmen konnte.

Ich erkannte ihn, bevor ich ihn sah.

Gabriel.

Er war hier.

Mein Plan ging auf und ich bekam endlich die Möglichkeit, einen neuen Weg einzuschlagen.

Für mich. Für Satan. Und für die Hölle.

Ich schloss die Augen und sammelte mich. Er war da, der Moment, für den ich seit vierhundert Jahren lebte: Ich konnte Satan beweisen, wie treu ich ihm war. Wie ich ihn liebte. Welchen Wert ich für ihn hatte.

Endlich.

Gabriel kam die Andrássy út zum Heldenplatz hinunter. Seine Macht umgab ihn wie ein Lichtschein, der seinen grauen Mantel und sein Haar zum Leuchten brachte. Mit schnellen Schritten überbrückte er die Distanz zwischen uns und durchbrach meinen Schutzwall nahezu mühelos.

Ich ließ ihn gern hinein.

Als unsere Energien aufeinandertrafen, lud die Luft sich so elektrisch auf, dass meine Haare sich trotz ihrer Länge aufrichteten und meine Haut prickelte.

Dem Erzengel ging es wie mir.

Mein Herzschlag verlangsamte sich, ich fokussierte mich. Die Sonne verzog sich, als hätte sie Angst vor uns und in der Elektrizität unserer Energien braute sich über uns ein Unwetter zusammen.

Die Jägertrupps, die sich außerhalb meines Energiefeldes postiert hatten, würden dafür sorgen, dass wir nicht gestört wurden.

Gabriel erreichte mich. Drei Meter vor mir blieb er stehen, seine kalten grauen Augen blitzen vor Hass.

»Du hast meine Einladung erhalten.« Ich schenkte ihm ein höhnisches Lächeln.

Seine Augen verengten sich zu Schlitzen. »Ich bin nicht hier, um zu verhandeln, sondern um dir Einhalt zu gebieten. Du hast meine Mitarbeiter getötet. Jesaja. Du hast den Bogen überspannt.«

Meine Mundwinkel zuckten. Er dachte, er könne mir Befehle erteilen. Er hatte keine Ahnung, dass er die Beute war und ich der Jäger.

»Deinen Schoßhund zu töten war mir ein besonderes Vergnügen.« Ich strich mein Haar über meine Schulter. »Keine Verhandlung. Über diesen Punkt sind wir hinaus. Und eines lass dir gesagt sein: Dass es so weit gekommen ist, ist eure Schuld!«

Gabriels Mund war ein dünner Strich. Um ihn manifestierte sich noch mehr Himmelsenergie.

»Was hast du vor? Mich zum Duell fordern und töten?«

Der Erzengel nickte.

»Die Arena ist bereit. Du stirbst zu Füßen deines eigenen Denkmals.«

Er breitete seine Flügel aus. Also das volle Programm. Ich sammelte mich, meine Manifestation wurde ebenfalls sichtbar. Er war stärker als Jesaja.

Das war gut.

Ich sehnte mich nach einem ebenbürtigen Gegner. Seine Flügel erhöhten seine Kraft, machten ihn aber gleichzeitig zu einem größeren Ziel und langsamer.

Erregung durchflutete mich.

Endlich war der Moment gekommen.

Endlich konnte ich es zu Ende bringen und Jans Tod an dem rächen, der Schuld war. Wut kochte in mir hoch und verlieh mir größere Kräfte. Die Luft um mich brannte.

Gabriel beobachtete mich, ohne sich zu regen.

»Worauf wartest du? Willst du mir nicht heimzahlen, dass ich deinen Liebling getötet habe?«, rief ich durch meinen Energiesturm. »Ich habe ihn enthauptet, wenn du es wissen willst. Ganz schnell. Er konnte nicht einmal schreien.« Ich verlagerte mein Gewicht auf die Fußballen. »Ich hatte ihm eine faire Chance gegeben. Im Gegensatz zu euch Feiglingen greife ich von vorne an.« Ich maß ihn mit wildem Blick. »Davon verstehst du nichts, oder? Auch du hast dich damals von hinten an mich herangeschlichen.«

Was war mit ihm los? Er machte keine Anstalten, anzugreifen. Zwar war er leicht in die Knie gegangen und spannte seine Muskeln an, schien aber nicht zu wissen, wie er den ersten Schlag platzieren sollte.

Natürlich.

Ich verzog den Mund. Gabriel war ein Mann der Worte. Wahrscheinlich war sein letzter Kampf Jahrhunderte her. Ich musste ihm mehr zusetzen, wenn ich ihn aus der Reserve locken wollte. Bei der Erwähnung unseres ersten Treffens zuckte sein Augenlid.

Er wusste es noch.

»Kann ich dich anlocken, indem ich dir einen Teil meiner Kleidung zur Verfügung stelle? Oder hast du die Brosche noch?« Ich lächelte voller Hohn. »Wer hätte das für möglich gehalten: ein Erzengel, der es auf eine Dämonin abgesehen hat. Im sexuellen Sinne. Träumst du manchmal von mir? Träume, für die du fallen könntest?«

Dass ich einen wunden Punkt getroffen hatte, merkte ich sofort: In Gabriels Augen loderte kaltes Feuer. Er stieß einen Schrei aus, bevor er in die Knie ging und auf mich zuschoss. Ich machte einen Ausfallschritt, doch er erwischte mich an der Schulter und riss mich zu Boden.

»Wie kannst du so anmaßend sein?«, zischte er.

Ich versetzte ihm einen Energiestoß, der ihn zurücktaumeln ließ. Blitzschnell war ich auf den Beinen und attackierte ihn mit meiner energiegeladenen Faust. Doch Gabriel war nicht Jesaja, ihn zu treffen war schwieriger.

Seine Wut machte ihn stark und er fügte mir einige schmerzhafte Verletzungen zu, während wir einander umkreisten wie zwei Schwergewichtsboxer. Einer belauerte den anderen, dass die Deckung sank und er endlich den entscheidenden Treffer landete.

Um uns herum stoben Erde und Pflastersteine auf, der Boden des Heldenplatzes sah aus wie ein Schlachtfeld. Tiefe Furchen von unseren Absprüngen und Landungen gruben sich in den Boden und Gabriel entwurzelte mit einem Energiestoß einen Baum am Rande des Platzes.

Meine Hose und sein Mantel waren mit Staub und Erdspritzern bedeckt, mein Haar hing wirr in meine Stirn. Es war ein ausgeglichener Kampf und obwohl wir nach Schwächen in der gegnerischen Verteidigung suchten, gelang keinem von uns ein Ausfall, der den anderen ernsthaft hätte verletzen können.

Noch nicht.

Ich bearbeitete den Erzengel mit Feuerbällen und Energiesicheln, doch auch ihm gelangen Treffer mit grell blitzenden Himmelsenergiekugeln. Frustriert strich ich mir das Haar aus der Stirn und fegte Erdkrümel von meiner Schulter.

»Du dummes Kind. Auf Kurz oder Lang werde ich dich besiegen«, höhnte Gabriel.

»Träum weiter, alter Mann«, schoss ich und holte aus. Das Spiel begann von neuem, da gelang Gabriel ein Schlag mitten in mein Gesicht.

Für einen Moment von Schmerz geblendet taumelte ich und verlor das Gleichgewicht. Sofort war er über mir und drückte mich nieder. Seine weißen Flügel ragten über ihm auf wie ein Segel, das an den Stellen, wo ich ihn mit Feuerbällen erwischt hatte, angesengt war.

»Es ist aus, Desdemona. Ich wollte dich gefangen nehmen und als Druckmittel in den anstehenden Verhandlungen benutzen, doch ich habe es mir anders überlegt«, flüsterte er in mein Ohr und bedeckte mit seiner linken Hand mein Gesicht. Er drehte meinen Kopf zur Seite und fesselte meine Arme mit seinen Beinen.

Ich konnte mich nicht rühren.

Panik schoss durch meine Adern und ich öffnete meine Lippen zu einem Schrei, den Gabriel sofort mit seinen Fingern erstickte.

»Nicht doch, meine Liebe«, sagte er sanft. »Ich verspreche dir, dass ich schnell machen werde... schneller, als du es verdienst.« Seine freie Hand strich zärtlich über meinen Hals. Vor Abscheu hätte ich beinahe erneut geschrien. Sinnlos. Gabriel hatte die Oberhand und er riskierte sie nicht durch Unachtsamkeit.

Ich war ihm hilflos ausgeliefert.

Sein Daumen folgte meiner Halsschlagader, sein Fingernagel kratzte über meine Haut und ich biss mir fest auf die Unterlippe, um meine Konzentration zu bündeln, eine Chance zu finden, wie ich mich befreien könnte...

Denk nach, Desdemona!

Mir seiner Hände nur allzu deutlich bewusst, ließ ich meinen Körper erschlaffen, meine Hände wurden wieder normal. Der Qualm, der aus meinem Mund aufstieg, verflüchtigte sich. Das war meine letzte Chance, die letzte Waffe, die ich gegen ihn einsetzen konnte, wenn ich überleben wollte.

Ich wölbte meinen Oberkörper und stöhnte. Mit der Zungenspitze fuhr ich über die Innenseite seiner Finger.

Jäh ließ er mein Gesicht los und lehnte sich zurück.

Das war meine Chance.

»Du hast gewonnen, Gabriel«, flüsterte ich heiser. »Du kannst das tun, worauf du zweihundert Jahre gewartet hast. Du brauchst nicht sanft zu sein, ich mag es hart.«

Als hätte ich ihn ins Gesicht geschlagen, ließ er mich los und taumelte zurück.

Auf seinem Gesicht tobten widersprüchliche Gefühle, doch schließlich siegten Ekel und Wut.

So lange wartete ich nicht ab. Behände kam ich auf die Beine und ging in Angriffshaltung.

»Dass du es wagst...« Gabriel zitterte vor Wut. Sein Körper zuckte, die Himmelsenergie knisterte und krachte um ihn herum. Ich hatte einen Nerv getroffen und konnte es zu Ende bringen.

Ich sammelte alle Kraft in meiner rechten Faust und sprang auf ihn zu. Gabriel hatte noch Zeit für einen erschrockenen Aufschrei.

Meine Faust traf seine Schläfe wie eine Abrissbirne. Meine Krallen hinterließen hässliche schwelende Kratzer in seinem Gesicht.

Das Licht seiner Augen verlosch, er sank zu Boden.

Seine Flügel verschwanden, als er das Bewusstsein verlor. Seine linke Gesichtshälfte qualmte wie Grillkohle.

Ich könnte ihn töten. Jetzt.

Ich schloss die Augen und atmete tief durch. Bereitete den letzten Schlag vor. Viel Kraft besaß ich nicht mehr und ich musste das Energiefeld auflösen. Unsere Zuschauer waren noch da und die Engel würden mich angreifen, sobald sie die Gelegenheit bekamen.

Vor allem, wenn ich Gabriel vor ihren Augen tötete.

Es musste sein.

Ich musste es zu Ende bringen und wenn das meine letzte Tat war, war es die beste, mit der ich abtreten konnte.

Ich konzentrierte mich auf meine rechte Hand und ließ die Energie in die Fingerspitzen von Zeige- und Mittelfinger fließen. Die dunkle Energie knisterte über meine schwarzverfärbte Haut und verdichtete sich.

Ich würde ihn enthaupten wie Jesaja.

Es kam Bewegung in die Zuschauer. Die Engel versuchten, zu mir zu kommen und die Jäger meiner Seite griffen sie an.

Sie waren weit genug weg, um mich nicht zu stören.

Meine Haare knisterten, als eine neue Energie erschien. Zwischen meinen Fingern sprühten Funken und die Luft war so dick, dass ich kaum atmen konnte.

Es gab nur zwei Wesen mit einer solchen Macht: Michael und Satan.

Diese Energie gehörte meinem Herrn, nicht Gabriels Bruder, doch es konnte nicht lange dauern, bis sich letzterer zeigte.

Weitere starke Auren näherten sich. Haakon und Sergej, doch sie waren zu weit entfernt.

Ich hörte Schritte neben mir. Als ich zur Seite sah, stand da Satan und legte mir die Hand auf den Arm.

»Es ist genug«, sagte er sanft.

Mit einem Mal waren alle Gefühle, die unter der Wut brodelten, zurück. Der heiße Hass löste sich auf und gab preis, was ich verzweifelt versuchte, zu verbergen.

Ich war machtlos gegen diesen Gefühlssturm. Die mühsam gebündelte Kraft entwich aus meinen Fingern. Ich sank zusammen und schluchzte wie ein kleines Kind.

Satan legte die Hand auf meine Stirn.

Ich wurde ruhig.

Das vertraute Hochgefühl wirkte wie eine Droge, die mich einhüllte und die Intensität meiner Emotionen abschwächte.

Das Schluchzen hörte auf.

Ich war müde und ausgebrannt.

Hinter ihm erschienen Soldaten der Höllischen Armee und ich sah Haakon und Sergej neben Gabriel stehen.

Haakon sah mich an. Ich konnte den Blick seiner blauen Augen nicht deuten, ich hatte kaum die Kraft, ihn zu erwidern.

Mein Herr hob mich auf und trug mich davon.

Ich hörte, wie er Anweisungen gab, Gabriel mitzunehmen, da versank alles in willkommener Dunkelheit.

15

Jemand tätschelte meine Hand und sprach zu mir. Nach langer Zeit war ich ausgeglichen und nicht kraftlos wie nach den Blackouts. Ich fühlte mich gut, fast, als wäre ich von einer langen Reise nach Hause gekommen und hätte so lange geschlafen, wie mein Körper es brauchte.

Meine Erinnerungen kamen zurück.

Das Feuer, der Rauch, die Schreie.

Krach und Verwüstung um mich herum.

Einstürzende Gebäude und sterbende Menschen.

Ich war der Auslöser für all das gewesen.

Ich brachte den Tod, weil mir etwas genommen wurde, das ich liebte, ohne es zu wissen.

Die Erinnerungen schmerzten mich. Sie zeigten mich, wie ich mich nicht kannte. Doch ich hatte all das willentlich getan. Niemand zwang mich dazu. Je eher ich das akzeptierte, desto eher konnte ich weitermachen.

Das verrückteste war, dass ich überlebt hatte. Ich war entkommen. Dabei war ich überzeugt gewesen, dass mich jemand aufhielt und tötete. Das hatte ich mir sogar gewünscht, doch jetzt, ausgeruht und ausgeglichen, war ich froh, dass es anders gekommen war.

Satan hatte mich abgehalten, Gabriel zu töten, und mich getröstet wie ein Vater sein Kind.

In meinem Kopf öffnete sich die Tür einer Erkenntnis und nahm mir eine Last, die jahrhundertelang auf meiner Brust gelegen hatte: Satan würde mich niemals als Frau lieben. Diese Art von Liebe gab es zwischen uns nicht. So liebte er nur Helene.

Helene saß an meinem Bett und wachte über mich. Weil sie mich liebte wie eine Schwester, die trotz meiner Taten zu mir hielt.

Ich schlug die Augen auf, um mich zu vergewissern, dass sie bei mir war.

Das Gesicht meiner Königin war besorgt. Ihr Kleid in koralle biss sich furchtbar mit ihrem rotblonden Haar. Ich hatte mich noch nie so gefreut, sie zu sehen.

»Desi, endlich bist du wach«, flüsterte sie.

»Nenn mich nicht so«, sagte ich matt. Sie schluchzte und warf sich auf mich.

»Ich habe mir *solche* Sorgen um dich gemacht, du blöde Kuh! Seit drei Tagen sitze ich hier und warte und du mäkelst an mir herum!«, heulte sie an meiner Schulter.

»Tut mir leid«, sagte ich sanft und strich ihr über den Kopf. Ihr Haar war völlig zerzaust. Sie sah bezaubernd aus. »Danke.«

Helene wischte sich über die Augen. Dabei verteilte sie ihr Make-up in alle Richtungen. Seufzend strich ich ihr übers Gesicht und behob den Schaden. Meine Energie kribbelte in meinen Händen, doch jetzt war sie so, wie ich sie kannte: ein Rauschen, sanft und kontrollierbar, keine wilde Feuerwalze.

Ich war wieder ich selbst.

Und doch nicht.

Die letzten Tage hatten mich verändert.

»Moment, drei Tage?«

»Ja, allerdings. Damian hat dich in einen Heilungsschlaf versetzt. Du hast dagelegen, als wärest du tot. Ich habe mir *solche* Sorgen gemacht.« Sie schluchzte erneut, deswegen legte ich ihr die Hand auf den Arm. So viele Gefühle konnte ich nicht verarbeiten und ich brauchte Helene, damit sie mir berichtete, was geschehen war.

»Was ist mit Gabriel?«

»Damian hat ihn eingesperrt«, sagte sie. »Er ist sicher verwahrt und wird ein wertvolles Unterpfand für die anstehenden Verhandlungen sein. So, wie es geplant war.«

So stellte Satan es also dar. Mir brummte der Schädel. Vielleicht war all das kurz nach dem Aufwachen doch zu viel für mich.

»Das ist die offizielle Version.« Ihre braunen Augen fixierten mich ernst. Alles leichte, mädchenhafte war verschwunden. Meine Königin saß vor mir.

»Was du getan hast, war grauenhaft. Du hast die Welt in Angst und Schrecken versetzt und viele Leben genommen. Das schlimmste ist, dass ich das Ganze verkaufen muss, als würde ich es gutheißen, weil ich dir nicht in den Rücken fallen will. Aber ich heiße es nicht gut. Nichts weniger als das. Ich weiß«, sagte sie und hob die Hand, als ich etwas erwidern wollte. Ich hatte Sendepause. »… was in Oslo geschehen ist. Ich habe von Jans Tod gehört und es tut mir leid. Das hat dich sehr getroffen.«

Sie streichelte meinen Arm und schob mir eine Locke hinters Ohr. Ich fühlte mich wie ein Kind, das von seiner Mutter getröstet wurde.

Dann wurde ihr Blick hart.

»Alles was danach kam, kann ich nicht fassen. Ich war wie erstarrt vor Entsetzen. Die EU war kurz davor, einen Krieg auszurufen, weil sie dachte, Terroristen stecken dahinter. Du hast alle teuer für deinen Verlust bezahlen lassen. Nicht nur du hast einen erlitten. sondern unzählige andere auch. War es das wert?«

Es war, als fiele ich.

Tiefer und tiefer.

Meine Kehle brannte und eine Träne lief über meine Wange. Dann eine zweite.

Helene sah mich stumm an, kein Mitleid war in ihrem Blick, nur kalte Wut und Enttäuschung.

Ich bekam eine furchtbare Ahnung: dies war das letzte Mal, dass ich sie sah.

Sie hasste mich.

Zu sehr war ich von ihren menschlichen Moralvorstellungen abgewichen und das Monster gewesen, vor dem sie sich fürchtete und das sie in keinem ihrer Untertanen oder in ihrem Mann sehen wollte. Das sie selbst niemals werden wollte. Versagte sie Satan nun endgültig ihre Seele, war das meine Schuld.

Es war alles meine Schuld.

All das Leid, das ich gebracht hatte.

All das Leid, das ich fühlte.

Es war noch da und schlimmer denn je. Doch jetzt waren Trauer und Schmerz allein, die tröstende Wut war verschwunden.

Ich sank in mich zusammen und barg mein Gesicht in meinen Händen, als ich von Schluchzern geschüttelt wurde. Die Tränen rannen sturzbachartig über meine Wangen, mein Körper krampfte sich zusammen.

Ich weinte um Jan und die Möglichkeiten, um die man uns betrogen hatte. Ich weinte um die Menschen, die meiner Wut zum Opfer gefallen waren und ich weinte um mich, weil ich mich so verloren hatte.

Eine Hand legte sich auf meine Schulter. Helene zog mich an sich. Meine Wange lag auf ihrem Schlüsselbein und ich weinte in den Stoff ihres Kleides. Sie hielt mich stumm im Arm, bis ich mich beruhigte.

»Es ist gut.« Sie schob mich ein Stück weg, sodass wir uns ansahen. Die Verachtung war verschwunden. »Erkenntnis ist der erste Schritt zu einer Veränderung, weißt du? Es ist Zeit für dich. Du hast angefangen, aber du brauchst meine Hilfe. Es kommen neue Zeiten auf uns zu und dein altes Ich nützt dir nichts mehr. Ich brauche dich an meiner Seite, wenn es losgeht. Als meine rechte Hand und Botschafterin für den Frieden, den wir um jeden Preis wahren müssen. Dank dir haben wir nun ein mächtiges Druckmittel in der Hand. Wir werden kämpfen müssen, um es klug einzusetzen, denn Damian hat andere Pläne mit Gabriel als ich.«

Sie hielt mir ihre Hand hin. »Bist du bei mir?«

Ich sah ihr in die Augen und begriff, dass Satan mir mein zweites Leben geschenkt hatte, ich aber nun etwas wirklich Großes daraus machen konnte. Etwas, das ich in mir nie gesehen hatte, doch Helene tat es.

Und ich wollte es.

Ich ergriff ihre Hand und legte meine Stirn darauf.

»Ich schwöre es, meine Königin.«

Sie atmete auf. »Ich war mir nicht zu hundert Prozent sicher, ob du mit mir gehst. Wie fühlst du dich?«

»Als hätte ich einen Kampf um Leben und Tod knapp überstanden«, sagte ich zaghaft lächelnd. Helene zwinkerte und stand auf.

»Ruh dich aus. Ich lasse dich allein. Achso«, sagte sie und drehte sich wieder um. »Haakon war hier und wollte nach dir sehen. Er war in den letzten Tagen nicht er selbst. So habe ich ihn noch nie erlebt. Dass er dich liebt, hätte er auf ein Plakat schreiben und mit sich herumtragen können. Er kommt bestimmt zurück.«

Ich wusste nicht, wie wir zueinander standen, aber was Helene erzählte, stand im krassen Gegensatz zu dem, was Satan mir gesagt hatte.

Mein Herz verkrampfte sich. Helene würde mich niemals anlügen. Was hätte sie auch davon. Gerade sie, die sich so sehr wünschte, dass ich glücklich wurde.

Ich würde es selbst herausfinden müssen, aber die Ablehnung, die ich ihm gegenüber empfand, schrumpfte nach ihrer Bemerkung beträchtlich.

Gab es doch noch eine Chance für uns?

Doch das war nicht mein vordringlichstes Problem. Mit Haakon hatte ich alle Zeit der Welt. Und wenn die Gelegenheit kam, konnte ich herausfinden, was da war.

Und ob das, was Satan mir gesagt hatte, die Wahrheit war, in der ich lebte und die ich fürchtete.

Ich brauchte keine Ruhe, ich wollte aufstehen und meine Pflicht tun: zu Satan gehen und mit ihm über die jüngsten Ereignisse sprechen.

Helene schüttelte den Kopf, als sie meine Absicht erriet. »Vergiss es. Du bist gerade erst aufgewacht und warst schwer verletzt. Wenn du denkst, dass ich dich gehen lasse, hast du dich geschnitten.«

Frustriert sank ich in mein Kissen. »Verflucht«, murmelte ich und starrte an die Decke.

Helene wühlte in ihrer Handtasche. Sie war schrecklich, korallenrot, gehäkelt und mit kleinen Perlen appliziert. Ein modischer Totalausfall. Ich würde ihr eine neue besorgen. Eine, die wirklich zu ihr passte.

Das schuldete ich ihr. Und noch viel mehr.

»Was machst du?«, fragte ich, als sie aufstand und den Inhalt des Täschchens auf meine Bettdecke schüttete.

»Ich suche mein Handy«, sagte sie aggressiv und fischte das besagte Ding zwischen Tampons und zerknüllten Geldscheinen heraus.

»Und jetzt?« Meine Augen folgten ihren Fingern, die eine Nummer wählten. Dabei fluchte sie leise. Ich beobachtete sie mit einem flauen Gefühl im Magen. Sie wusste bei weitem nicht alles, was Satan tat, und ich bezweifelte, dass sie alle seine Absichten kannte. Doch sie zog ihre eigenen Schlüsse.

Mit meinem Schwur versprach ich ihr, sie auch dann zu unterstützen, wenn es Satans Willen zuwiderlief.

Ich fragte mich, ob ich mich damit zur Zielscheibe machte.

Fürs Erste würde ich sie mit all meiner Kraft unterstützen, ich wollte den Krieg unbedingt verhindern.

Und ich musste herausfinden, was geschehen war.

In letzter Zeit gab es einfach zu viele Zufälle.

Dennoch: mein Herz gehörte ihm. Ich könnte nie etwas tun, dass ihn verärgerte.

Oder hatte ich das bereits getan?

»Sie ist wach und will dich sehen. Okay, bis gleich.« Helene riss mich aus meinen Gedanken. »Was ich alles für dich tue«, sagte sie, während sie ihre Habseligkeiten in das Täschchen stopfte.

»Ich kann mein Glück kaum fassen«, erwiderte ich trocken, doch die Worte waren wahr.

Kurz darauf öffnete sich die Tür. Satan klopfte nie an.

»Desdemona.« Er sah mich auf eine Art an, die noch vor kurzem mein Herz rasen ließ. Nun schlug es schneller, weil ich mich vor seiner Reaktion fürchtete. Ging er mit mir so hart ins Gericht wie Helene? Ein zweites Mal stand ich das nicht durch.

Er sah mich lange an, forschend, registrierte jede Kleinigkeit. Er las in mir wie in einem Buch.

Ich hielt seinem Blick stand und gab ihm freiwillig alles, was er sich sowieso genommen hätte. Ich war mit mir im Reinen und versuchte nicht, Dinge und Gefühle vor ihm zu verbergen, die er ohnehin kannte. Zum ersten Mal fühlte ich mich in seiner Gegenwart frei.

Er lächelte und ich wusste, dass er mir vergab. Wahrscheinlich war es ihm leichter gefallen als Helene, die sich anschickte, zu gehen.

»Ich lass euch allein, ihr habt sicher ein paar Dinge zu besprechen.« Satan warf ihr einen glühenden Blick zu, dann war sie zur Tür hinaus.

Er wandte sich mir zu. »Wie geht es dir?« »Die Wunden sind verheilt. Ich fühle mich gut. Ich hätte zu dir kommen können«, erwiderte ich ein wenig großspurig. Ich räusperte mich. »Was den Rest angeht... Es tut mir leid. Ich hätte nicht auf eigene Faust die Zentralen angreifen dürfen. Ich habe damit einen Krieg provoziert, den wir verhindern wollten.«

Er schlug die langen Beine übereinander. »Du brauchst dich nicht zu entschuldigen. Nicht bei mir. Helene hat sich sicherlich dazu geäußert.«

»Ja, das hat sie.«

»Gut. Ich habe Probleme, die vordringlicher sind.«

»Wie kann ich helfen?«

»Das werde ich entscheiden, wenn es soweit ist.« Ich sah in seine grünen Augen, die mich prüfend musterten. »Fürs Erste schulde ich dir meinen Dank. Mit Gabriel in unserer Hand haben wir eine bessere Ausgangsposition als erhofft. Michael wird es sich nun zweimal überlegen, ob er weitere Angriffe startet.«

»Also können wir in Friedensverhandlungen gehen«, sagte ich. Er warf mir einen langen Blick zu.

»Denkst du, dass Michael sich in seinem Zustand zu Friedensverhandlungen überreden lässt?«

Ich schluckte. »Nein. Wenn du danach gehst, wird er nun mit umso größerer Härte angreifen.«

»Davon gehe ich aus, ja.«

»Wozu habe ich Gabriel dann besiegt?«, fragte ich zweifelnd. »Du hättest ihn mich töten lassen sollen.«

»Das wäre unklug gewesen.«

Ich brauchte ein paar Sekunden, dann verstand ich, was er meinte. Mein Mund wurde trocken. Konnte das wirklich alles geplant sein? Konnte er es darauf angelegt haben? Konnte er... »Aber Satan...«

»Ich verpflichte dich zur Verschwiegenheit, Desdemona«, unterbrach er mich. »Verstehst du mich?«´ Ich nickte geschlagen.

Loyalität, schwer wie ein Berg, drückte mich nieder.

»Ich bin stolz auf dich. Lange Jahrhunderte habt ihr Lords euch hinter euren Titeln versteckt. Ich habe euch nicht stark gemacht, damit ihr euch in Luxusbüros verschanzt und eure Zeit mit Flügen und Konferenzen zubringt. Die Lords sind meine obersten Feldherren, die meine Armeen anführen, wenn es zum Entscheidungskampf kommt. Doch all diese Verantwortung lastet auf Santini.« Er sah nachdenklich aus dem Fenster. »Soll ich das tolerieren? Ist der Rat der Lords schwach, muss ich euch ersetzen. Dein Ausbruch macht das deutlich.«

Das Gespräch ging in eine völlig andere Richtung, als ich erwartet hatte. Helene hatte recht: es brachen neue Zeiten an. Er verstand das und reagierte entsprechend. Aber seine Pläne liefen konträr zu ihren. Und ich war mittendrin.

»Ich danke dir für dein Lob. Also wirst du uns an die Spitze der Armeen setzen, wenn Michael…«

»Ja?«

»Wenn Michael uns den Krieg erklärt.« Ich sah ihn an. »Es wird geschehen, oder?«

»Ich halte es für unausweichlich.«

Und ich hatte Helene geschworen, alles zu tun, um das zu verhindern. »Satan, du brauchst uns sieben. Theoretisch mehr von uns. Mehr Leute wie Santini.«

»Ich kann aus niemandem mehr machen, als er ist«, sagte er entspannt.

»Ich weiß. Aber ich glaube an uns. An den Rat. Wir schützen den Kern der Hölle: dich und Helene. Michael hat es auf sie abgesehen. Ich habe Angst um sie.«

Er blickte mich an und ließ für einen winzigen Moment seine Maske fallen. Ich sah seine Angst. Nicht um sich, nicht um mich, aber um Helene. Sie lehrte das Urwesen Satan Gefühle, die es nicht kannte. Liebe. Furcht.

Für sie, das verstand ich, würde er alles riskieren. Mehr, als er es vielleicht selbst für möglich hielt. Hier ging es nicht mehr um das Klein-Klein der letzten Jahrhunderte, um Gebiete, keine Machtspiele.

Satan war bereit, alles auf eine Karte zu setzen.

Und dieses alles, war so umfassend, dass es beinhaltete, uns, den Rat, an exponierter Stelle auf das Spielfeld zu bringen. Wir würden nicht mehr geschont werden. Die Zeit des Versteckens war vorbei.

Ich hatte keine Angst mehr davor, mich in diese Gefahr zu bringen, spätestens jetzt wusste ich, was ich konnte. Doch ich hatte Angst davor, was geschehen könnte, wenn diese Bastion fiel.

Die Gefahr bestand.

Es gab viel mehr Erzengel als Lords. Die Armeen des Himmels waren größer als unsere.

Ein Blick in Satans Gesicht sagte mir, dass er bereit war, alles auf eine Karte zu setzen.

Ich wollte das für ihn tun.

Und gleichzeitig nicht.

Um meinen Schwur Helene gegenüber nicht zu brechen, würde mein Weg steinig und gefährlich werden.

Dennoch: Ich wollte nicht, dass er Kummer hatte und würde auch ihm folgen. Eine innere Zerreißprobe stand mir bevor.

Satan erriet meine Gedanken und lächelte. »Jetzt weißt du es.« Ich nickte stumm.

Er erhob sich und beugte sich zu mir herab. Sein Gesicht war vor meinem und ich sah ihm in die Augen, in denen sich mein Gesicht spiegelte. »Ich bin froh, dass du hier bist. Ich habe keine Sekunde an dir gezweifelt, aber du hast mir Wege gezeigt, die ich vorher nicht gesehen habe. Dafür danke ich dir. Dein Weg hat dich verändert. Jetzt kannst du endlich glücklich werden.«

Er fasste mein Kinn und küsste mich auf den Mund. Nur ganz kurz, doch dieser winzige Moment veränderte alles in mir. Ich ließ los. Endlich.

»Ich bin stolz auf dich«, sagte er und ging zur Tür.

»Satan.«

»Ja?«

»Was geschieht nun mit Gabriel?« Ich hätte noch tausend andere Fragen gehabt, doch ich scheute mich, sie zu stellen.

»Der Oberste Jurist des Himmlischen Gerichtshofs ppa. wird ein wertvolles Unterpfand in jeder Verhandlung sein, die nun kommt. Dass du ihn gefangen hast, war der krönende Abschluss deiner Mission. Du weißt, dass all deine Taten nur aus diesem Grund geschahen, nicht wahr?« Er sah mir tief in die Augen.

Ich nickte. »Natürlich.«

»Gut. Wir uns bei der Besprechung. Neunzehn Uhr.« Er war zur Tür hinaus, bevor ich antworten konnte.

Ich stand auf. Nach den Tagen im Bett waren meine Beine wackelig, als ich ins Bad ging. Ich gönnte mir eine ausgedehnte Dusche und genoss das Gefühl des heißen Wassers, das meine Muskeln lockerte. Sorgfältig richtete ich anschließend mein Make-up und meine Haare her. Als ich die letzte Nadel in den Knoten setzen wollte, überlegte ich es mir anders und zog alle übrigen wieder heraus. Heute trug ich sie offen.

Als ich aus dem Bad kam, war Helene zurück. Völlig zerzaust. Wahrscheinlich hatten sie und Satan sich eine wilde Knutscherei geliefert. Mindestens.

Sie hielt mir einen Kleidersack hin. »Mit Grüßen von Sadie und Roman. Sie waren mehrmals hier und haben sich nach dir erkundigt.«

»Danke«, sagte ich warm. Beide verdienten eine Belohnung. Für ihre Voraussicht und ihre unerschütterliche

Treue, obwohl ich mich in eine rasende Furie verwandelt und sie ihrem Schicksal überlassen hatte.

Ich schlüpfte in das schwarze Etuikleid und die Lackpumps. Nun fühlte ich mich wie ich selbst. Helene blickte mich besorgt an. »Bist du wirklich so fit, dass du zu der Besprechung gehen kannst?«

»Mach dir keine Sorgen. Ich fühle mich gut«, sagte ich.

»Das denkst du, doch in Wahrheit ist das nicht so. Du brauchst dringend Urlaub.«

»Gerade in dieser Situation ist das unmöglich«, widersprach ich. Als könnte ich Urlaub machen! Die anderen Lords würden sich darauf stürzen.

»Wir müssen planen, was mit Gabriel passiert. Dabei darf ich so wenig fehlen wie du.«

Helene schnitt eine Grimasse. »Als hätte ich Lust auf dieses nervige Meeting, bei dem sich alle nur wichtigmachen und der Konsens am Ende ist, dass man ein weiteres Meeting braucht«, murmelte sie. Ein Klopfen an der Tür hinderte mich am Antworten. »Herein!«

Wahrscheinlich Sadie und Roman, die sich von meiner Genesung überzeugen wollten. Es war Haakon, der hereinkam.

»Lord Haakon, welche Freude«, lächelte Helene.

Er verneigte sich. »Meine Königin. Hätten Sie die Güte, mir ein paar Minuten mit meiner Kollegin zu schenken? Ich möchte gern allein mit ihr sprechen.«

»Wie könnte ich ablehnen? Falls du mich suchst, ich bin in der Kantine und trinke einen Kaffee. Und esse ein Törtchen. Nein, kein Törtchen, einen Donut. Oder einen Obstsalat ...« Die Tür schlug hinter ihr zu.

Er sah mich an. »Ich wollte dich besuchen, aber sie hat es verhindert.«

»Ich bin erst vor einer Stunde aufgewacht.« Ich bemühte mich, nicht allzu zickig zu sein. Unser letztes Treffen –

und der Sex – waren mir lebhaft im Gedächtnis und ich fühlte mich nicht stark genug, um mich zu streiten.

Ein Blick in Haakons Gesicht sagte mir, dass sich für ihn etwas zwischen uns geändert hatte.

»Ich habe mir Sorgen gemacht«, sagte er und zog die blonden Brauen zusammen. Schwer ließ er sich auf Helenes Stuhl fallen. Also doch. »Während du halb Europa in Schutt und Asche gelegt hast, war ich krank vor Angst um dich. Was hast du nur getan?«

»Ich habe Gabriel gefangen genommen«, antwortete ich kühl. »Uns den entscheidenden Vorteil verschafft und unsere Leute gerächt. Das muss doch in deinem Interesse sein. Du hast ständig von Vergeltung gesprochen.«

»Und der Gedanke kam dir, weil du zufällig Langeweile hattest?« Er glaubte mir aus gutem Grund nicht, doch wie sollte ich es erklären? Ich war nicht bereit, mein Innerstes vor ihm auszubreiten. Er musste nichts von dem Schmerz und der Wut wissen.

»Es war an der Zeit, etwas zu unternehmen.«

»Der Tod dieses Menschen hat damit nichts zu tun?«

Ich verbannte jede Regung aus meinem Gesicht. Woher wusste Haakon von Jan?

»Welcher Mensch?«, stellte ich mich dumm.

»Der, auf dessen Handy du angerufen hast, kurz bevor du verschwunden bist. Und der vermutlich der Grund für deinen *glänzenden* Auftritt in Den Haag war«, sagte er schneidend.

»Wen interessieren die Motive, wenn die Ergebnisse gut sind?« Ich wollte nicht darüber reden. Niemals.

Er atmete tief durch. In seinem Blick lag keine Feindschaft, er war weich. »Dein Feldzug war beeindruckend.«

»Ich weiß.« »Lass das doch mal sein!«, fuhr er auf. »Ich habe mich in Tórshavn wie ein Idiot verhalten. Du hattest recht. Desdemona, ich...«

»Nicht!«, unterbrach ich ihn. » Sag es bitte nicht. Du weißt, dass es für uns kaum möglich ist, in einem Raum zu sein, ohne zu streiten. Bitte verkompliziere es nicht. Wir haben keine Zeit, um dieses Experiment zu wagen. Wir müssen alle Energie in den Rat stecken.«

Seine Miene verfinsterte sich.

»Ich mache dir einen Vorschlag«, beeilte ich mich zu sagen. »Wenn es zum Krieg kommt und wir beide überleben, werden wir uns zusammensetzen und du sagst mir, was ich momentan nicht hören will. Ich werde fair sein und dir eine Chance geben. Vielleicht sogar uns. Aber momentan ist es die schlechteste Idee, etwas Ernsthaftes anzufangen. Satan braucht uns beide zu hundert Prozent. Es kommen harte Zeiten auf uns zu.«

»Wir könnten einander Halt geben«, sagte Haakon rau.

»Oder uns mit Streitereien ablenken«, konterte ich. »Akzeptierst du meinen Vorschlag?«

»Ich will das heute klären«, erwiderte er stur.

»Dann lautet die Antwort nein.«

»Wir verschenken Zeit. Ich weiß, ...«

»Haakon!«, unterbrach ich ihn. »Bitte. Gib mir die Zeit. Auch wenn du dir sicher bist... ich bin es noch nicht.«

Er sah aus, als habe er auf eine Zitrone gebissen. »Ich nehme an, wir sehen uns heute Abend in der Besprechung?« Erleichtert bejahte ich. Er schickte sich an, den Raum zu verlassen. Im letzten Moment drehte er sich um und kam auf mich zu. Ich fand mich in seinen Armen wieder, seine Lippen auf meinen.

Dieses Mal stand nichts zwischen uns. Nichts blockierte mich mehr, keine vergrabenen Gefühle, die niemals erwidert werden würden. Ich ließ den Kuss geschehen.

Heiß strichen seine Hände über meinen Rücken zu meinen Oberschenkeln. Er griff fest in meinen Hintern und zog mich an sich.

Ich stöhnte auf, als er mich gegen sich presste, fordernd von meinem Mund Besitz ergriff.

Er ließ mich los. Ich taumelte zurück, der Abbruch war wie ein Schock. Seine Augen brannten und seine Manifestation pulsierte unter seinem offenen Hemdkragen.

»Überlege dir, wie lange du mit deiner Antwort warten willst,« flüsterte er und fuhr mit seiner Zunge an meiner Ohrmuschel entlang. Dann verließ er den Raum.

Es dauerte, bis sich mein Herzschlag auf ein normales Maß reduzierte. Langsam verzog sich die Hitze aus meiner Körpermitte und meine Hände wurden wieder normal. Zurück blieb ein ungeduldiges Pochen. Ich würde die Entscheidung schneller fällen als gedacht.

Sadie und Roman besuchten mich später und wir nahmen unsere Arbeit wieder auf. Sie waren froh, dass ich zurück war, stellten aber keine Fragen. Ich vermutete, dass Helene ihnen etwas gesagt hatte. Das war mir recht. Ich wollte diese Episode schnellstmöglich vergessen, auch wenn ich wusste, dass es nicht leicht werden würde.

Meine Lippen kribbelten noch immer von Haakons Kuss und ich ertappte mich dabei, dass ich an ihn dachte.

Erleichtert bemerkte ich, dass Roman keine Schäden von seiner Verletzung davontrug. Die Heiler hatten ganze Arbeit geleistet, nur eine Narbe auf der linken Schläfe würde ihn an diesen Tag erinnern.

Mich auch.

Als ich mich später auf die Besprechung vorbereitete, hielt ich inne und schloss meine Augen.

Ich dachte an Jan und was seinetwegen geschehen war. Es gab bestimmt einen kosmischen Plan hinter all dem, auch wenn ich nicht verstand.

Ich wünschte ich, wir wären uns niemals begegnet. Vermutlich wäre er dann in Portugal, um in kleinen Pubs und Bodegas die Einheimischen und Touristen zu erfreuen. Vielleicht hätte er seine Traumfrau gefunden, mit Sicherheit aber noch viele Jahre vor sich gehabt, in denen er andere mit seiner Musik glücklich gemacht hätte. Er hätte noch so viel von der Welt sehen sollen. Er hätte Kinder haben können. Er hätte all das mehr als verdient.

Vor meinem geistigen Auge sah ich sein schmales Gesicht mit dem schüchternen Lächeln. Fühlte seine Hände auf meinem Körper und seine Lippen auf meinen. In meine Nase stieg sein Geruch.

Die Note eines Saxophons hing plötzlich in der Luft und mit ihr die Schwermut seines Spiels.

Tränen stiegen in meine Augen.

Auf keinen Fall hätte er sterben sollen.

Obwohl niemand hier seinen Namen kannte, wusste ich, dass er der Stein gewesen war, der alles ins Rollen brachte. Ich würde ihn niemals vergessen.

Alles hatte sich seinetwegen und durch mein Handeln verändert. Der Himmel musste mit zwei Erzengeln weniger auskommen, die verbliebenen hatten jetzt ein besonderes Interesse an meinem Tod.

Mehr denn je war ich auf der Hut. Michael hatte mich nun sicher ganz oben auf seine Liste gesetzt.

Alle Zeichen standen auf Krieg. Auf schwere Zeiten und harte Verluste. Ich musste alles tun, um das zu verhindern und den Frieden zu erhalten.

Für Helene.

Für Satan.

Für Jan.

Vielleicht für Haakon.

Und für mich.

☙❧

Epilog

Rhea klappte ihr Laptop zu und fühlte sich wie erschlagen. Die letzten Wochen waren hart gewesen, voller Arbeit und mit kurzen Nächten.

Sie ballte die Hand zur Faust und spreizte anschließend die Finger, um die Verspannungen zu lösen.

Sie wusste von Anfang an, dass sie einen Fehler gemacht hatte, als sie Satan auf die Auffälligkeiten im System aufmerksam machte.

Als sie ihm durch die Blume zu verstehen gab, dass sie von seiner Manipulation des Auswahlverfahrens wusste. Im Nachhinein war sie sich nicht mehr sicher, warum sie das getan hatte. Es war dumm gewesen, obwohl es nicht so schlimm ausgegangen war, wie sie befürchtete, immerhin lebte sie.

Doch das verdankte sie am ehesten ihrer Abstammung.

Seitdem sie ihm bewiesen hatte, dass sie gut war, hatte sie keine ruhige Minute mehr. Seine Pläne ängstigten sie und mit niemandem darüber sprechen zu können, tat sein Übriges dazu.

Und das alles nur, um Michael aus der Reserve zu locken. Sie verstand ja, dass er seinen Erzfeind loswerden wollte, vor allem, weil dieser es auf seine Frau abgesehen hatte, doch der Preis erschien ihr zu hoch.

Sie standen am Rande eines Krieges.

Rhea starrte auf ihre Hände und rang mit sich.

Es würde schlimmer werden.

Viel schlimmer.

Sie hatte die Möglichkeit, etwas dagegen zu tun.

Sie hatte Kontakt zu demjenigen, der beinahe so mächtig war wie ihr Herr.

Es war riskant.

Es war dumm.

Das schien ihr Ding zu sein.

Sie verstaute ihr Laptop in ihrer Tasche und erhob sich.

Sie musste darüber sprechen, ihre Bedenken äußern und ihm sagen, dass sie das nicht mehr machen wollte: die gezielten Provokationen, das Streuen falscher Informationen. Sich in das Netzwerk des Himmels zu hacken hatte ihr Spaß gemacht, doch die Aufträge nahmen schnell eine Dimension an, die bedenklich war.

Sie schloss die Tür hinter sich und ging den Flur entlang. An seinem Ende blieb sie stehen. Die beiden Türen lagen sich gegenüber.

Ihre Hand zitterte.

Sie musste vernünftig sein.

Sie musste ihre Familie schützen.

Sie durfte keinen Fehler machen.

Ihre Hand legte sich auf die Türklinke und drückte sie herunter. Ihr Herz schlug ihr bis zum Hals. Sie stieß die Tür auf.

Er war da und sah auf, als sie hereinkam.

»Rhea.« Seine schwarzen Augenbrauen zogen sich fragend zusammen, er hatte nicht mit ihr gerechnet.

Nicht jetzt.

Worte bildeten sich in ihrer Kehle, sie wollten wie ein Sturm heraus, doch der große Respekt, den sie ihm gegenüber empfand, verhinderte, dass sie einfach mit der Tür ins Haus fiel.

»Darf ich hereinkommen?«

Er stand auf und wies mit der Hand auf seine Sitzgruppe. Seine Augen wanderten über ihr Gesicht, er fragte sich, was sie von ihm wollte.

Ob es schlimm war.

Sie wünschte sich, es wäre anders.

»Was gibt es?«

»Ich muss dringend mit dir sprechen. Unser aller Sicherheit hängt davon ab. Es ist...« Sie schloss die Augen und sammelte sich.

Er wurde unruhig.

»Es ist furchtbar und ich darf nicht darüber sprechen, aber ich muss es tun. Du musst mir helfen. Nicht nur mir, du musst uns allen helfen, denn du bist der einzige, der das kann, Vater.«

Register

Die Höllische Hierarchie

SATAN

Herrscher über die Hölle und alle Seelen, die er durch Seelenhandel erworben hat. Unsterblich, kaum zu verwunden, unendliche Energie

Rat der Lords

Hohe Dämonen mit Hoheitsgebieten von je einem Kontinent, insgesamt hat der Rat 7 Sitze, derzeit ist Südamerika unbesetzt.

Hohe Dämonen

Höchste Stufe, maximale psychische und physische Kräfte, benötigen kaum Schlaf, Selbstheilung, Selbstversorgung Energie

Starke Dämonen

Kontrolle eines Elements, ausgeprägte psychische Kräfte, kaum Regenerationsbedarf

Elementardämonen

Manipulation eines Elements, erweiterte psychische oder physische Kräfte

Niedere Dämonen

eine psychische oder physische Kraft, hoher Regenerationsbedarf

Neugeborene

relativ machtlos, stärker als normale Menschen, hoher Energiebedarf, gehen nach Registrierung in Grundausbildung

Seelenhandel

Durch das Rufen Satans kommt der Austausch zustande, der Vertrag ist unwiderruflich

Der Rat der Lords

Sergej Kasjanow	Satans ältester Lord, ca. 2000 Jahre alt, verantwortlich für Osteuropa und Russland bis zum kaspischen Meer, seit 436 im Rat
Ali Abd El Wahabid	Satans mächtigster Lord, ca. 1200 Jahre alt, sein Gebiet ist der Nahe Osten einschließlich Arabien, bis Indien, seit 1571 im Rat
Richard v. Grünbünden	Der klügste Lord, ca. 1200 Jahre alt, Gebiet Nordamerika (ohne Kanada) bis Mittelamerika, interimsweise Südamerika, seit 1562 im Rat
Yani Akutagawa	Der erste weibliche Lord, ca. 1000 Jahre alt, Herrin über Asien (Mongolei bis Indonesien), seit 1484 im Rat
Haakon Welhaven	Satans selbstbewusstester Lord, 911 Jahre alt, verantwortlich für Europa (außer Großbritannien) und Nordafrika (Marokko bis Ägypten) seit 1630 im Rat
Steve Obasanjo	Satans neuester Lord, 759 Jahre alt, Hoheitsgebiet Mittel- bis Südafrika, seit 1982 im Rat
Desdemona Gaunt	Satans Liebling, 611 Jahre alt, Gebiet Großbritannien, Kanada, Australien und Neuseeland, seit 1796 im Rat

Außerdem

Helene Peters   Königin der Hölle, 29 Jahre alt, eine Menschenfrau, lebt mit Satan zusammen in Hamburg

Sebastien Santini   General der Höllischen Heerscharen, 634 Jahre alt, Hauptstützpunkt Rom

Ehemalige Lords (ab 1000 n. Chr.)

Ruy Martinez dos Santos: bis 1917 Südamerika
Alasan Mbane: bis 1809 Afrika
Charles de Montclair   bis 1724 GB, Kanada, AUS
Friedrich Keilenstein   bis 1521 Europa
Mak   bis 1412 Nord- und Mittelamerika
Chin Pao   bis 1207 Asien

Familienmitglieder (Auszug)

Rhahida   Ehefrau Ali Abd El Wahabids, geboren 1352, Starker Dämon

Fatih   Ältester Sohn Alis und Rhahidas, geboren 1685, Starker Dämon

Tekin   Jüngster Sohn Alis und Rhahidas, geboren 1832, Starker Dämon

Rhea   Tochter Alis und Rhahidas, geboren 1949, Elementardämonin

Amelia Santini   Ehefrau Sebastien Santinis, 30 Jahre alt, Mensch

Die Himmlische Hierarchie

GOTT

Der Hohe Kader	Michael: Vorsitz Gabriel: Himmlischer Gerichtshof Raphael: Himmlisches Heer Uriel: Himmlische Verwaltung

Der Hohe Kader

Michael: Vorsitz
Gabriel: Himmlischer Gerichtshof
Raphael: Himmlisches Heer
Uriel: Himmlische Verwaltung

Erzengel

dem Kader unterstellt, tragen den Namenszusatz „an ar anam" (von der Seele) מן הנשמה

Himmelsengel

leitende Engel von Niederlassungen, tragen den Namenszusatz „vom Lichte" מן האור

Himmelsboten

geflügelte Korrespondenten, die zwischen den Niederlassungen vermitteln oder dem Heer angehören, tragen den Namenszusatz „von der Feder" מן האביב

Grundengel

Ungeflügelte im Erddienst, meistens in einer Niederlassung tätig oder in einem der militärischen Ausbildungszentren, tragen den Namenszusatz „Luft" אוויר

Anwärter

gereinigte Seelen, die ihre Grundausbildung im Himmelreich erhalten und je nach Eignung den Fachbereichen zugeteilt werden

Menschen, die in ihrem sterblichen Leben einen besonderen Verdienst am Himmelsreich erbracht haben, können nach ih-

295

rem Tod Engel werden. Hierzu werden ihre Seelen bereinigt und von der Last ihres sterblichen Lebens befreit, nur die positive Energie bleibt erhalten. Durch e Arbeit und besondere Erfolge für den Himmel, können Engel in der Hierarchie bis zum Erzengel aufsteigen.

Die Erzengel des Hohen Kaders waren niemals Menschen, sondern wurden von Gott erschaffen. Sie sind die unbestrittenen Herrscher des Himmelsreiches und vertreten Gott und seine Interessen, da dieser sich aus dem weltlichen Geschehen zurückgezogen hat. Alle Gewalten und Befugnisse liegen bei ihnen und ihrem Vorsitzenden Michael.